AF402913

ELLI STERN

Vorwort

Dezember ... Kein Monat eignet sich besser, um sich mit einem Heißgetränk und schönen Erinnerungen zu wärmen. Um sich auf Gutes zu besinnen, Altlasten abzuwerfen, Glücksmomente zu genießen, innere Ruhe und Frieden im Herzen zu finden. Aber ... ist es nicht oft ganz anders? Der Dezember, der letzte der zwölf Freunde im Jahr, ist es schließlich, der uns gnadenlos an alle Schattenseiten erinnert. Ein unbequemer Monat. Zum Jahresende verleitet er uns zum Grübeln, zum rigorosen Aufarbeiten von liegengebliebener Arbeit und Chaos. Er drängt uns zur Klärung von Konflikten und zur Reflexion von Vergangenem. Er entfacht Hoffnung auf Neues, zwingt uns, die Augen zu öffnen und manchmal piekst er mit dem Finger in eine Wunde. Was, wenn traurige Momente trüben, Dinge nicht so laufen wie erhofft? Wenn Schatten der Vergangenheit zu riesigen Monstern wachsen oder existenzielle Bedrohungen durch Krankheit, Trennung und Verlust erdrückend auf den Schultern lasten? Wie kann dann die viel gepriesene Zeit im Jahr ein Hafen sein, in dem wir ankommen wie ein Schiff, das sich gerade noch durch Sturmböen, Unwetter und hohe Wellen gekämpft hat?

Um ehrlich zu sein, liebe Freundinnen, Weggefährten, Adventsfeen und Weihnachtsmuffel – ich weiß es nicht. Vielleicht begibt man sich auf eine Reise, in die weite Welt, in die Traummetropole oder ins eigene Innere, so wie Miriam, die Protagonistin dieser Geschichte.

Für endgültiges Glück und Zufriedenheit im Herzen gibt es kein Rezept. Dafür habe ich in diesen Roman einige mit Liebe kreierte Rezepte gepackt, die hoffentlich euer Herz wärmen und sei es nur für einen kurzen Augenblick – nicht nur, aber besonders in diesem letzten Monat.

Kommt gut und mit wundervollen Momenten durch den Dezember.

Von Herzen
Elli Stern

1

Prolog

Der Schnee knirscht unter meinen Schritten. Letzte Nacht hat es endlich geschneit. Ein komisches Kratzen hat mich frühmorgens geweckt, noch bevor mein Wecker klingelte. Ich ging barfuß zum Fenster und da war eine Schneedecke. Zart und weiß. Das Kratzgeräusch kam von dem dicken Herrn Mayer von nebenan, der mit dem Schneeschieber zugange war.

Heute ist ein ganz besonderer Tag, denn Mama und Papa sind gleich nach der Arbeit mit mir zum Striezelmarkt gegangen. Darauf habe ich mich schon lange gefreut. Alles leuchtet und duftet hier. Ich komme mir vor wie in einem Märchen. Ich hauche und beobachte die Dampfwölkchen, die mein Atem in die kalte Luft malt. An einem Stand mit kandierten Äpfeln bleibe ich stehen. Mir läuft das Wasser im Mund zusammen. Ich äuge zu Papa. „Willst du einen?", fragt er augenzwinkernd und ich nicke. Mama guckt zwar streng, aber ich sehe, wie sie grinst, als sie sagt: „Sie hatte doch gerade erst eine süße Waffel, Armin!"

Papa zuckt nur mit den Schultern und meint: „Ach, Vera, lass sie doch." Er überreicht mir das leckere, klebrige Ding. Später pule ich mit der Zunge die Reste der roten Glasur aus meinen Zähnen und betrachte im Glitzerlicht die tanzenden Kinder auf der Bühne, die als Schneeflocken und Wichtel verkleidet einen schönen Tanz aufführen. Ich zappele herum, weil ich am liebsten mittanzen würde. Als der Auftritt zu Ende ist, gehe ich an Mamas und Papas Hand weiter durch den knirschenden Schnee. Es schneit wieder und ich versuche, die Schneeflocken mit meiner Zunge aufzufangen. An einer mit Tannenzweigen verzierten Hütte werden kleine, lustige Männchen aus Pflaumen mit einem Zylinder auf dem Kopf verkauft. „Die sehen aus wie Schornsteinfeger", stelle ich fest.

„Das sind Pflaumentoffel", sagt die Verkäuferin. Ich gehe näher heran und sie erklärt mir mit geheimnisvoller Stimme, dass früher Waisenkinder, so alt wie ich, in enge Schornsteine kriechen und sie reinigen mussten. Die Kinder trugen schwarze Mäntel und Kapuzen und waren das Vorbild für den früheren Pflaumentoffel. Ich höre mit großen Augen zu, wie sie erzählt, dass es glücklicherweise irgendwann verboten wurde, Kinder als Essenkehrer arbeiten zu lassen und dass der spätere Pflaumentoffel einen Zylinderhut bekam, wie ihn die Schornsteinfeger heute noch tragen. Und dass diese Figur ein Wahrzeichen für die Dresdner Weihnacht und das wohl beliebteste Mitbringsel vom ganzen Striezelmarkt sei.

Ich zupfe an Mamas Ärmel. „Können wir einen mitnehmen?", frage ich hoffnungsvoll und Mama lässt sich dazu überreden. Während ich zwischen meinen Eltern weiterschlendere, lausche ich dem Kinderchor auf der Bühne, der *Sind die Lichter angezündet* singt. Dieses Lied lernen wir gerade in Musik und ich summe die Melodie mit. Wir kommen an einem Häuschen vorbei, das wie das Pfefferkuchenhaus bei *Hänsel und Gretel* aus meinem Märchenbuch aussieht. „Das duftet himmlisch“, schwärme ich, während ich durch das kleine Fenster hinein spähe und der Bäckerin mit dem Nudelholz dabei zusehe, wie sie mit anderen Kindern Plätzchen backt. Da tippt mir jemand von hinten auf die Schulter und ich wirbele herum. Vor mir steht ein riesiger Schneemann. Kein echter, das weiß ich schon. Da hat sich nur ein Mensch verkleidet, trotzdem bin ich erschrocken und in meinem Bauch grummelt es. Ich greife nach Mamas Hand. Der Schneemann hält mir einen kleinen Schokoladenstern vor die Nase und fragt, ob ich einen Weihnachtswunsch habe. „Ich wünsche mir Schlittschuhe“, antworte ich leise und schüchtern. Der Schneemann scheint nett zu sein, trotzdem ist er mir irgendwie nicht geheuer. Ich schaue unsicher zu Mama und Papa. Aber sie lachen fröhlich, also ist alles in Ordnung und ich muss keine Angst haben vor diesem Schneemann oder vor etwas anderem. Meine Eltern sind die liebsten und glücklichsten Menschen auf der Welt. Und dies hier ist der schönste Tag meines Lebens, denke ich, während ich den Pflaumentoffel festhalte und auf das Karussell mit den auf und ab wogenden Pferdchen zusteuere.

2

Montag, zweiter Dezember

Miriam schluckt an dem Kloß in ihrem Hals und ringt um Fassung. Sie hat den Artikel versaut, das weiß sie selbst. Trotzdem donnern unbarmherzig Patricias Worte auf sie nieder wie erbsengroße Hagelkörner.

„… begleitet vom lieblichen Gesang des Kinderchores, der zuckersüß in den Ohren klebt wie der karamellisierte Sirup des kandierten Apfels, in den die kleine Lina beißt, schiebt sich Familie W. durch die Massen glühweintrinkender und bratwurstessender Striezelmarktbesucher. Ob sich hier Besinnlichkeit einstellen wird, bleibt abzuwarten", zitiert die Chefredakteurin aus dem Bericht über die Familie, die Miriam letzte Woche für die neue *ELBFLAIR*-Ausgabe interviewt hat. Mit einem vernichtenden Blick klatscht sie die Mappe mit dem Bericht auf den Tisch. Miriam spürt den Windzug im Gesicht wie eine Ohrfeige und zuckt zusammen. Ihre Oberlippe beginnt unmerklich zu zittern. *Na toll, jetzt denken sie auch noch, ich hab nicht mehr alle Tassen im Schrank.*

Als wäre es nicht genug, dass das missglückte Ergebnis ihrer Arbeit gerade vor aller Augen auseinandergenommen wird. Miriam lockert ihr Tuch, weil ihre

Hände nicht wissen, wohin und weil es ihr eng am Hals wird.

„War etwas Komisches in deinem Kaffee? Das kann doch nicht dein Ernst sein, Miriam!" Patricia wirkt fassungslos.

Hendrik Schwarzbach grinst selbstgefällig.

In dem Bemühen, das Zittern ihrer Oberlippe in den Griff zu bekommen und dabei keine noch seltsameren Grimassen zu schneiden, setzt Miriam zu einer Antwort an, schließt den Mund aber wieder, als Patricia erbarmungslos fortfährt: „Während der unvermeidliche, rotmantelige Weihnachtsmann an eine Traube Kinder Süßigkeiten verteilt und sich in seiner Rolle als spendabler Samariter sonnt ... Sag mal, geht es eigentlich noch?" Patricia durchbohrt sie fast mit ihrem Blick.

Den Anwesenden wird wieder einmal klar, warum sie sie hinter vorgehaltener Hand *Patty Power* nennen. Wegen ihrer knallharten Art, ihrer Unnachgiebigkeit und ihrem eisernen Streben nach Erfolg. Eigenschaften, ohne die sie das Magazin vermutlich nicht zu dem gemacht hätte, was es heute ist. Nie im Leben würde der perfekten Patty Power eine solche Ungeheuerlichkeit passieren.

Miriam kaut auf ihrer Unterlippe und senkt den Blick auf die gläserne Tischplatte. *Ja, verdammt, sie hat recht.* Ihre eigenen Sätze aus Patricias Mund hören sich einfach nur zynisch an. *Hab ich das wirklich geschrieben?* Sie spürt die Blicke ihrer Kollegen, die mit ihr an dem großen verchromten Glastisch im Konferenzraum sitzen, während ihr das Blut in den Kopf schießt wie überkochende Milch im Topf. Verena bläst unauffällig die Backen auf, Jasmin schaut sie fragend an und Tamara verzieht den Mund, als hätte sie Zahnschmerzen. Die Situation ist so unangenehm, dass Miriam einfach nur aufspringen und wegrennen will. Ganz weit weg. Nach Timbuktu oder wenigstens unter die Sofadecke in ihrer Wohnung. Aber das wäre noch unprofessioneller als ihr verpatzter Weihnachtsartikel. *Du sitzt ganz schön in der Patsche. Kläre das, und zwar schnell!*

Sie bemüht sich, ihre Stimme fest klingen zu lassen und zwingt ihre Oberlippe zur Ruhe. „Tut mir leid, Patricia, ich bringe das in Ordnung. In einer Stunde hast du den Artikel auf dem Tisch."

Ihre Absätze klackern stakkatoartig über den gekachelten Boden des Foyers, als Miriam später die Redaktion in der Nähe des Goldenen Reiters verlässt. Sie hat ihren Text in eine vorzeigbare, dem Anlass würdige Version umgeschrieben, ist sich aber nicht sicher, ob Patricia ihr diese dumme Sache durchgehen lässt. Krachend fällt die schwere Eingangstür hinter ihr ins Schloss. Draußen schlägt ihr eisige Luft entgegen.

Verfluchte Kälte. Verfluchter Dezember. Ein Zeitsprung um einen Monat nach vorn wäre jetzt genau das Richtige.

Das Gesicht tief in ihrem XXL-Schaltuch vergraben, eilt Miriam durch die Dunkelheit und grollt mit sich selbst. Das hätte ihr nie passieren dürfen. *Damit habe ich mich zur größten Versagerin aller Zeiten gemacht.*

Ein Auto bremst hupend und schlammspritzend knapp vor ihr. Ein entsetzter Schrei gellt über die Straße. Miriam schlägt sich die Hand vor den Mund. Durch die Windschutzscheibe des Wagens, der nur eine Handbreit vor ihr zum Stehen gekommen ist, starrt die Fahrerin sie erschrocken an. Miriam hebt entschuldigend die Hand und weicht zurück. Die Autofahrerin, hinter der ein böses Hupkonzert beginnt, fährt kopfschüttelnd weiter.

Na prima, nicht nur eine Versagerin, auch eine Verkehrssünderin. Das wird immer besser.

Mit schlotternden Beinen wankt sie zurück zum Fußweg und versucht, die Blicke der Passanten an der roten Ampel zu ignorieren, die sie vor lauter Groll übersehen hat. Am liebsten würde sie im Erdboden versinken. „Alles in Ordnung?", fragt ein Mann neben ihr. Mehr als ein Nicken und ein schiefes Lächeln bringt sie nicht zustande. Nachdem sie mit dem Menschenstrom die Straße überquert hat, drängt sich ihr schwerer Patzer zusammen mit einer nagenden Ungewissheit wieder in ihr Hirn.

Wahrscheinlich kann ich meinen Job an den Nagel hängen! Kurz vor Weihnachten … Der Dezember war schon immer mein Lieblingsmonat, denkt Miriam und verzieht verächtlich den Mund. Sie stülpt sich die Kapuze ihres dunkelblauen Parkas über den Kopf, um dem feinen, eisigen Sprühregen zu entgehen, der ihr wie Nadelstiche ins Gesicht piekst.

Das Smartphone in ihrer Tasche vibriert. Eine Nachricht von Karo.

Wo bleibst du denn?

Zehn Minuten

, tippt Miriam. Die Haltestelle ist nicht mehr weit, doch sie sieht nur noch die Rücklichter der davonfahrenden Straßenbahn. Sie ballt die Hand in der Jackentasche zur Faust und könnte gegen die nächstbeste Straßenlaterne treten. Was ist das nur für ein Tag? Zehn Minuten bis zur nächsten Bahn, blinkt es von der Anzeigetafel. Da kann sie auch zu Fuß gehen.

Im festlich geschmückten Dresden wimmelt es von Menschen, die den weihnachtlichen Trubel in vollen Zügen genießen und zielstrebig in die Innenstadt strömen. Anstatt sich in das Chaos zu stürzen, würde Miriam lieber schnurstracks nach Hause stiefeln und sich mit der Decke aufs Sofa zu ihren beiden Katzen kuscheln. Aber das geht nicht, weil Karo wie verabredet bei ihrem Lieblingsspanier wartet. Außerdem freut sich Miriam schon lange auf den Abend mit ihrer besten Freundin bei Tapas und Wein. Sie schlängelt sich vorbei an händchenhaltenden Pärchen mit Strickmützen im Partnerlook und älteren Damen mit Hut. Es riecht nach gebrannten Mandeln und an den Straßenlaternen prangen hell leuchtende Weihnachtssterne als müssten sie explizit darauf hinweisen, dass wirklich niemand das nahende Fest der Liebe vergisst. Miriam sieht über all diese Dinge seit vielen Jahren geflissentlich hinweg, weil es in ihren Augen unnötig ist. Würde sie diesen unsäglichen Weihnachtskram an sich heranlassen, kämen die Schatten ihrer Vergangenheit hervor wie gefährliche Dämonen, die sich an ihre Fersen heften, wie es jahrelang der Fall war. Aber das ist lange her. Abgehakt und vergessen.

Bis zum letzten Freitag, als sie mit der netten Familie Wilhelm anlässlich der Eröffnung des Dresdner Striezelmarktes ein Interview führen musste.

Da war ein Schmerz in ihr aufgeflammt, den sie schon sehr lange nicht mehr gespürt hatte und von dem sie dachte, er würde überhaupt nicht mehr existieren.

Anfangs war es ihr noch gelungen, die hervorbrechenden Erinnerungen im Zaum zu halten. Doch die Visionen waren stärker. Und dann passierte etwas, was ihr noch nie zuvor im Job passiert war. Ihre Gefühle und der alte Schmerz beeinflussten sie derart, dass sie als Reporterin versagte. Ihr Bericht für die Weihnachtsausgabe war völlig daneben und noch dazu hatte sie damit für jede Menge zusätzlichen redaktionellen Stress gesorgt, den niemand am Ende des Jahres brauchte. *Lächerlich. Peinlich. Unnötig.*

Hupende Autofahrer drängeln sich durch die verstopften Straßen vorbei an Reisebussen, die ihre von überall anreisenden Insassen in die Innenstadt zum Weihnachtsmarkt bringen. Miriam schüttelt sich kurz, als könnte sie damit ihre Gedanken abwerfen.

„Autsch!", entfährt es ihr, als eine Frau ihr mit dem Kinderwagen von hinten in die Beine fährt und ihr einen Blick zuwirft, als wäre es eine Frechheit, sich in der Umlaufbahn eines Kinderwagens fortzubewegen. Miriam schluckt die spitze Bemerkung, die ihr auf den Lippen liegt, herunter und fragt sich im Stillen, ob ein Tag noch grässlicher werden kann als dieser. Sie biegt auf die Augustusbrücke und lehnt sich an das Gemäuer in einer steinernen Ausbuchtung. Hinter ihren Schläfen beginnt es zu pochen. *Kopfschmerzen, auch das noch!*

Gegenüber auf der anderen Elbseite ragt die Sandsteinkuppel der Frauenkirche anmutig in den dunklen Abendhimmel. Schnell tippt sie eine Nachricht an Karo.

Bahn war weg. Lass mir noch was übrig. Freu mich.

Sie hastet im Sturmschritt über die Brücke, biegt links auf das Terrassenufer und folgt ein Stück der Elbe unterhalb der Brühlschen Terrasse. „Sie haben Ihr Ziel fast erreicht", murmelt sie an der Durchführung zur Münzgasse.

Doch in der engen, von Restaurants und Kneipen gesäumten Gasse ist das Menschengewühl so dicht wie ein engmaschig gestrickter Schal.

O Mann, haben die alle kein Zuhause?, denkt sie, während sie sich den Weg in Richtung Neumarkt bahnt. Sie schlängelt sich durch bummelnde, hastende oder mitten im Weg stehende Leute, vorbei an Buden mit Glühwein, Waffeln und Herrnhuter Sternen.

Beim Spanier angekommen, entdeckt sie Karo winkend an einem Tisch am Fenster. Miriam lächelt zum ersten Mal seit Stunden. Die beiden Frauen umarmen sich herzlich. Miriam sinkt schnaufend auf den Stuhl. „Entschuldige die Verspätung."

„Ich dachte schon, du lässt mich an meinem seltenen, kinderfreien Abend hier alleine rumsitzen", sagt Karo. „Du siehst völlig fertig aus. Was ist passiert?"

Miriam nickt. „Genauso fühle ich mich."

Sie nimmt ihre feuerrote, beschlagene Brille ab, grinst schief und legt den Zeigefinger überlegend ans Kinn. „Was passiert ist? Womit fange ich da am besten an ... Mit dem Dezember vielleicht, dem alljährlichen Weihnachtsausbruch, Menschenmassen und Müttern, die mir den Kinderwagen in die Fersen rammen oder Patty Power?" Sie seufzt. „Dieser Montag ist schrecklich! Wo ist der Rotwein?"

Karo legt ihre Hand auf Miriams. Eine Geste so tröstlich wie goldener Honig. „Ach, irgendwie wirst du den Dezember schon überstehen, Miri. Das hast du bisher immer geschafft.“

Die beiden sind seit der siebenten Klasse eng befreundet und Karo muss nicht nachfragen, woher die schlechte Laune ihrer Freundin rührt. Sie bestellen Tapas und Tempranillo und Miriam berichtet von dem Meeting und Patricia Flemming, der überaus erfolgsorientierten Chefredakteurin des Stadtmagazins, für das sie arbeitet.

„Oh, du hast die Ansprüche von Patty Power nicht erfüllt, wie kannst du dich nur erdreisten?“, fragt Karo in gespielter Empörung und stupst sie in die Seite. „Hast du etwa mal einen Tag nicht länger als zwölf Stunden gearbeitet?“

„Wenn es nur das wäre.“ Miriam verschränkt die Arme. „Sie hat mir vor versammelter Mannschaft meinen Artikel sprichwörtlich um die Ohren gehauen und mich gefragt, was ich mir dabei gedacht hätte und wie um alles in der Welt ich darauf käme, dass sie so etwas jemals drucken könnte. *ELBFLAIR* wäre schließlich ein seriöses Magazin und kein Satireblatt! Als ob ich das nicht selbst wüsste.“ Sie legt stöhnend den Kopf in die Hand. „Mein Bericht über die Vorzeigefamilie, die ich interviewt habe, ist völlig aus dem Ruder gelaufen. Ich weiß auch nicht, wie das passieren konnte. Diese Familie wirkte so harmonisch und perfekt, fast wie in einer kitschigen Sitcom.“ Sie schaut erst in das flackernde Kerzenlicht und dann zu Karo. „Als wir an der Pyramide standen, sah ich auf einmal mich selbst als kleines Mädchen mit dicker Bommelmütze mit meinen

Eltern auf dem Markt. Einen Moment spürte ich sogar diese magische Vorfreude im Dezember."

Miriam schüttelt den Kopf. Das alles hatte sich als Illusion entpuppt, wie sie Jahre später schmerzhaft begreifen musste. Eine Illusion, die klirrend zerbrach wie eine Schneekugel, die auf den Boden fällt und von der nur Scherben und der traurige Inhalt übrig blieben.

Das Pochen hinter ihren Schläfen wird stärker. Sie sollte lieber keinen Rotwein trinken, aber das ist jetzt auch egal.

Karo weiß, was Sache ist. „Du hast dich von deinen Gefühlen leiten lassen, das soll vorkommen", versucht sie zu trösten, obwohl ihr klar ist, dass das eine lahme Entschuldigung ist und für Miriams Chefredakteurin schon gar keine.

Miriam schüttelt den Kopf. „Nicht in meinem Beruf." Es ist ein einziges Desaster.

Karo grinst vielsagend und zerrupft ein Stück Brot. „Wie ich dich kenne, trieft dein Artikel vor Zynismus. Hätte das nicht ein Kollege übernehmen können? Dein Resort ist doch ein ganz anderes."

Miriam dreht den Stiel ihres Weinglases zwischen den Fingern. „Ging nicht anders. Ich musste für Jasmin einspringen, weil ihre Kleine krank war", sagt sie. „Ach, Karo, ich würde wirklich über so ziemlich alles schreiben, aber beim Thema *Traumfamilie unterm Tannenbaum* bin ich so was von raus." Ihre Stimme klingt brüchig, sie schluckt.

Karo klopft mit der Hand auf den Tisch. „Ich finde, es reicht mit den Schuldgefühlen. Mensch Miri, mach dich bloß nicht verrückt. Niemand ist perfekt, auch Patty Power nicht, die gibt es nur nicht zu."

Miriam angelt grinsend nach einer Olive und sieht zu, wie Karo ein Stück Brot in den Aioli-Dip tunkt. „Eher würde sie sich jedes ihrer feuerroten Haare einzeln herausreißen, als zuzugeben, dass sie nicht perfekt ist." Ihre Stimme wird leise. „Aber so einfach ist es nicht. Das hätte mir nicht passieren dürfen. Nie. Patty Power hat recht. Ich kann froh sein, wenn sie mich nach dieser Aktion nicht feuert. Ich wäre nicht die Erste, die nach so einem Fauxpas ihre Sachen packen muss, glaub mir."

Karo hebt die Schultern und sagt kauend: „Auch auf die Gefahr hin, dass ich mich wiederhole, Miri, aber: Nobody is perfect. Und jetzt: *Guten Hunger!* Mein Bauch knurrt wie eine Horde Bären. Ich bin heute nicht mal zum Essen gekommen."

Im gleichen Moment gibt Miriams Magen ein rumorendes Grummeln von sich und vor Lachen stößt sie beinahe ihr Weinglas um. Miriam zwingt ihre Gedanken weg von Patty Power und der Redaktion und fragt kauend: „Wie geht es euch und den Kleinen?"

Ihre Freundin erwidert müde, aber glücklich lächelnd: „Ich bin froh, endlich mal wieder rauszukommen. Die Zwillinge verlangen mir alles ab. An manchen Tagen würde ich sie abends am liebsten Florian in die Arme drücken, mich einschließen und mir die Decke über die Ohren ziehen. Seit letzter Woche versuchen sie zu laufen und reißen alles mit sich, was ihnen in die Quere kommt. Sie verwandeln die Wohnung jeden Tag in ein Schlachtfeld."

3

Dienstag, dritter Dezember

Als Miriam am nächsten Morgen aus der Dusche tritt, sich ein Handtuch um ihre nassen Haare wickelt und ihr müdes Gesicht im Spiegel anstarrt, ist ihr klar: *Der letzte Rotwein hätte nicht sein müssen.*

Das Pochen der Schläfen ist über Nacht in ein dumpfes Hämmern hinter ihrer Stirn übergegangen und Miriam schluckt eine Kopfschmerztablette in der Hoffnung, dass sie schnell wirkt. Sie wühlt in dem Körbchen mit den Make-up-Utensilien und gibt sich Mühe, die Spuren des weinseligen Abends mit Karo aus ihrem Gesicht zu verbannen. *Tja du, selbst schuld.*

Poppy und Pearl, die beiden schwarzgrauen Perserkatzen streichen ihr mauzend um die Beine, nachdem sie ihre Fressnäpfe ausgeschleckt haben, und verlangen ihre morgendlichen Streicheleinheiten. Poppy akzeptiert, dass Miriam keine Zeit hat und wendet sich ihrer Spielzeugmaus zu. Pearl dagegen setzt ihren Prinzessinnenblick auf und taxiert Miriam, ungläubig, dass ihr Wunsch nicht erfüllt wird. Nach einem extrastarken Kaffee, der Miriams Lebensgeister weckt, föhnt sie ihre schulterlangen, brünetten Haare aus dem Gesicht. Trotz des unkomplizierten Bobs führt sie wie jeden Morgen einen aussichtslosen Kampf gegen die linke, störrische Seite ihrer Frisur, die grundsätzlich nicht das macht, was sie soll. Poppy lässt die Maus links liegen und krallt mit der Pfote nach dem wackelnden Föhnkabel, bis sie von ihrer Besitzerin in den Flur gesetzt wird. Um über ihren müden Blick hinwegzutäuschen, entscheidet sich Miriam für die schwarzkantige Brille. Als sie ihr Spiegelbild halbwegs akzeptabel findet, schnappt sie den Autoschlüssel aus der Holzschale im Flur und wirft den Katzen im Hinausgehen eine Kusshand zu. Pearl guckt ihr missmutig hinterher, als wäre Miriam der größte Reinfall in ihrem ganzen Katzenleben. *Auf in den Kampf,* denkt Miriam. Beziehungsweise in die Redaktion, was an manchen Tagen auf das Gleiche hinausläuft.

Die Autos vor ihr schleichen im Schneckentempo, wegen ein paar vereinzelter Schneeflocken, wie Miriam ungläubig registriert. Jede Ampel vor ihr schaltet auf Rot. Sie trommelt mit den Fingern gegen das Lenkrad. Wegen der Bauarbeiten an der Albertbrücke nimmt sie den Weg über die Carolabrücke in Richtung Neustadt. Rechter Hand erhebt sich würdevoll die Sächsische Staatskanzlei im Regierungsviertel. Miriam biegt nach links in Richtung des Sächsischen Staatsministeriums für Kultus ab und atmet auf, als es die letzten Ampeln bis zur Redaktion gut mit ihr meinen.

Im Foyer des Geschäftshauses, in dem die Redaktion ihren Sitz hat, kämpfen drei Männer gerade damit, einen riesigen Weihnachtsbaum aufzustellen. Miriam zieht die Augenbrauen zusammen, weil ihr der Nadelduft in die Nase steigt. Auf dem Weg zu den Aufzügen beobachtet sie argwöhnisch den Kampf der Männer mit dem stachligen Ungetüm. *Nicht mehr lange, und jemand wird anfangen, dieses Ding mit irgendwelchem Zeug zu behängen. Mit kitschigen bunten Kugeln oder diesen grässlichen Strohsternen.*

Im Großraumbüro in der vierten Etage wuseln die Mitarbeiter geschäftig umher wie Ameisen. Heute ist Redaktionsschluss und dieser Tag verspricht anstrengend zu werden. Genau richtig, findet Miriam, um sich von dem ganzen Weihnachtsgedöns abzulenken.

„Na, ging wohl lange gestern?", fragt Hendrik Schwarzbach süffisant im Vorbeigehen. Der schwere Moschusduft seines Aftershaves lässt Miriams Kopfschmerz neu aufflammen.

Oh, bitte nicht der am frühen Morgen!

Den eitlen Ressortleiter aus dem Bereich *NEWS VON A-Z* findet sie so nervtötend wie eine Schmeißfliege im Sommer, die einem um den Kopf kreist und partout nicht verschwinden will, auch wenn man noch so sehr mit der Hand wedelt. Seine überhebliche Art und der stechende Blick erinnert sie immer an einen Pfau, der kurz davor ist, sein Rad aufzuschlagen.

Miriam nickt den Kollegen zu, setzt sich an ihren Schreibtisch und erwidert unbeteiligt: „Guten Morgen, Hendrik. Wüsste nicht, was dich das angeht." Sie schaltet den PC an und sieht ihre Mails durch, doch Schwarzbach wäre nicht Schwarzbach, wenn er den Wink mit dem Zaunpfahl verstehen und sie in Ruhe lassen würde. Er steht pfeifend am Kopierer, als hecke er irgendeine Gemeinheit aus. Prompt schnellt sein Zeigefinger in die Höhe. Für alle unüberhörbar sagt er: „Ist ja auch kein Wunder, so wie Patty Power dich gestern vor versammelter Mannschaft runtergeputzt hat, nicht wahr, Miriam? Dabei hätte sie doch wissen müssen, dass eine eingefleischte Singlefrau wie du nun wahrlich nicht geeignet ist für eine Familienreportage, noch dazu in der Weihnachtszeit."

Das ging voll in die Magengrube. Miriam wirft ihm einen vernichtenden Blick zu. Er grinst selbstherrlich wie Stromberg. Einige Kollegen schauen interessiert auf und Miriam spürt, wie sich rote Flecken ihren Hals entlang nach oben sprenkeln.

So ein Arsch! Bleib ruhig. Blöder Heini!

Sie starrt auf ihren Bildschirm und bittet ihren unliebsamen Kollegen mit der Halbglatze mühsam beherrscht, sich verdammt noch mal um seine eigenen Angelegenheiten zu kümmern. Doch Hendrik denkt gar nicht daran. Er ist voll in seinem Element und setzt noch eins drauf. Grinsend lässt er sich auf ihrer Schreibtischkante nieder und schwingt seinen Zeigefinger vor Miriams Gesicht wie ein Dirigent den Taktstock. Dazu setzt er eine bekümmerte Miene auf. „Wenn du nicht aufpasst, Miriam, und ich meine es wirklich nur gut, dann ..."

„Dann?", wiederholt Miriam langgezogen und tut so, als würde sie konzentriert eine Mail lesen.

„ ... dann endest du womöglich wie die arme Frau, die neulich von ihrem Vermieter halb verwest in ihrer Wohnung gefunden wurde, umringt von fünfzehn Katzen, nachdem sie drei Monate mit der Miete im Rückstand war. Niemand hatte sie vermisst, keine Menschenseele! Das muss man sich mal vorstellen. Ist das nicht tragisch? Ich musste gleich an dich denken."

Miriams Kopf fliegt zu ihm herum. Die Kollegen halten die Luft an. Man könnte eine Stecknadel fallen hören in der angespannten Stille.

Hat er das wirklich gesagt?

Aus den Augenwinkeln sieht Miriam, wie Verena Hendrik hinter seinem Rücken einen Vogel zeigt und mit den Lippen lautlos das Wort *Vollpfosten* formt. Schon möglich, dass Verena manchmal zu Recht als spröde und unnahbar bezeichnet wird, aber auf ihre Loyalität kann man immer zählen.

Die ganze Zeit hat Miriam versucht, sich am Riemen zu reißen, doch nun reicht es ihr. Sie springt so heftig auf, dass ihr Drehstuhl quietschend zur Seite rollt. Sie fegt mit der Hand seinen ausgestreckten Zeigefingertaktstock von ihrer Nase weg und schafft es gerade noch, ihre Stimme zu senken und ihn nicht anzuschreien. „Pass mal auf, du kleiner Wichtigtuer!"

Hendrik, der eine solche Reaktion von ihr nicht gewohnt ist, zuckt zurück, reckt aber sogleich seine Nase wieder arrogant in die Luft, während Miriam weiter zischt:

„Du fühlst dich mir und allen anderen ziemlich überlegen, oder Hendrik? Aber warum? Vielleicht, weil deine Frau zu Hause am Herd steht und es ihr größtes Glück ist, dich zu bekochen, für dich zu putzen, zu bügeln und was weiß ich noch? Weil du zu Hause den Boss spielen kannst und hier nicht? Ist es das? Dann würdest du mir leidtun." Sie lächelt kalt, aber innerlich brennt die Wut und leider auch Verunsicherung.

Unglaublich, wozu ich mich herablasse!

„Richtig so, Schätzchen", ruft Tamara Schöne applaudierend und stöckelt in hochhackigen Stiefeln auf sie zu. Die Leiterin des Ressorts *PROMIS UND GLAMOUR* trägt ein schwarzes, hautenges Strickkleid, das ihre Kurven perfekt betont. Üblicherweise quellen

Schwarzbach bei ihrem Anblick die Augen aus dem Kopf und er ist selten um einen chauvinistischen Spruch verlegen. Jetzt wirkt er kleinlaut.

„Das braucht dieser Herr gelegentlich." Tamara legt Hendrik von hinten die Hand auf die Schulter und raunt Miriam, so dass er es hören kann, zu: „Männer, die sich so aufblasen müssen, haben nach meiner Erfahrung meistens kein sehr ausgefülltes Liebesleben."

Hendrik vergeht das Grinsen endgültig und Miriam, die immer noch auf hundertachtzig ist, flüchtet an ihm vorbei zu den Toiletten, um sich zu beruhigen.

Schon wieder verhalte ich mich völlig unprofessionell. Was ist bloß los mit mir?

„Wow, was für eine Ansage", knurrt Schwarzbach verächtlich in das verhaltene Gekicher der überwiegend weiblichen und schaulustigen Belegschaft und wischt sich eine imaginäre Staubfluse von seinem perfekt gebügelten Hemdsärmel. Robert verschluckt sich vor lauter Lachen an seinem Salamibrötchen und hustet, während Jasmin ihm sanft auf den Rücken klopft.

„Ach, noch etwas", brüllt Hendrik Miriam hinterher. „Patricia wartet schon seit zehn Minuten im Glastempel auf dich. Du weißt ja, wie sehr sie Unpünktlichkeit hasst."

Miriam stockt der Atem. Das hat sie völlig verschwitzt! Sie macht auf halbem Weg kehrt, eilt auf das vollverglaste Büro zu und klopft an. Auf Patricias knappes „Ja" nimmt sie in dem ledernen Besucherstuhl gegenüber der Chefredakteurin Platz. Patricias tadellos geschminktem Gesicht ist keine Gefühlsregung zu entnehmen, was Miriams Verspätung betrifft. Ihr heller Porzellanteint strahlt wie immer makellos. Ihre perfekt geschwungenen Augenbrauen heben sich keinen Millimeter, aber Miriam hat im Laufe der Jahre gelernt, dass das nichts heißen muss. Unpünktlichkeit ist ein absolutes No-Go, das auf Patricias Liste der Todsünden ganz weit oben steht und durchaus einen Rausschmiss zur Folge haben kann.

Während die Chefredakteurin konzentriert Miriams überarbeiteten Bericht für die kommende Ausgabe liest, mustert Miriam sie verstohlen. Patricias dunkelgrüner Hosenanzug sitzt wie angegossen und harmoniert wunderbar mit ihrem terracottafarbenem Haar, das zu einem strengen Knoten im Nacken gebunden ist. Die nudefarbenen Wildlederpumps runden ihr Outfit ab. Auf den ersten Blick ist klar, da ist nichts dem Zufall überlassen. Man braucht schon einiges an Selbstbewusstsein, um sich neben Patricia Flemming nicht klein und mickrig vorzukommen.

„Na bitte, geht doch." Sie blickt auf und lässt ihre eisblauen Augen über Miriams Gesicht gleiten. „Ich hoffe, du hast eine einleuchtende Erklärung dafür, was dich zu dieser Entgleisung veranlasst hat."

Damit hat Miriam gerechnet, aber den tatsächlichen Grund kann sie der Chefredakteurin unmöglich anvertrauen. Patty Power würde das nicht ansatzweise verstehen.

„Ich hatte einen schlechten Tag", weicht Miriam aus und ihr ist klar, dass es sich wie eine lahme Ausrede anhört.

„Einen schlechten Tag?", wiederholt Patricia, als wüsste sie mit dieser Aussage nichts anzufangen. „Ich dachte immer, in dieser Redaktion arbeiten ausschließlich Profis, die ihre Befindlichkeiten zu Hause in der Nachttischschublade lassen."

Miriam knetet ihre Hände im Schoß und nickt mit einem entschuldigenden Lächeln. „Kommt nicht wieder vor."

„Das will ich hoffen." Patricias Smartphone piept dezent. Sie gibt ihr mit einer hektisch wedelnden Handbewegung zu verstehen, dass der Termin beendet ist. Aufatmend verlässt Miriam den Glastempel und weicht zur Seite, als die Chefredakteurin mit energischen Schritten das Großraumbüro durchquert und der neuen Volontärin Johanna ohne mit der Wimper zu zucken einen Papierstapel auf den Tisch knallt.

„Vielleicht solltest du dich lieber bei einer dieser billigen Boulevardzeitschriften bewerben. Das hier geht jedenfalls gar nicht. Dilettantisch ist noch geschmeichelt! *ELBFLAIR* ist doch kein Schmierenblatt! Ein bisschen mehr Stil bitte!"

Johanna ist zusammengezuckt wie ein verschrecktes Kaninchen und hält mit hochrotem Kopf die Luft an, während die Chefredakteurin mit wehendem Mantel durch die Tür rauscht. Die kurz verstummten Gespräche werden wieder aufgenommen. Miriam schüttelt den Kopf und lächelt der Volontärin aufmunternd zu. Patricias Gebaren ist manchmal schwer nachvollziehbar. Zurück an ihrem Arbeitsplatz ploppt eine interne Mail auf ihrem Bildschirm auf:

Redaktionsstammtisch, diesmal abweichend nächsten Montag, 20 Uhr, Metropolis.

„Nicht vergessen", raunt Tamara ihr verschwörerisch im Vorbeigehen zu.

„Als wäre das jemals vorgekommen …", erwidert Miriam mit gespielter Empörung.

Hinter der Bezeichnung *Redaktionsstammtisch* verbirgt sich nichts anderes als das regelmäßige Treffen von Tamara, Jasmin, Verena und Miriam jeden zweiten Freitag im Monat in der Dresdner Neustadt. Ihre Stammtischthemen sind so bunt wie die Cocktails in der kleinen Szenekneipe und mit jedem Drink werden ihre Gespräche tiefschürfender, witziger, schlüpfriger und warmherziger. Die drei Kolleginnen sind Miriam ans Herz gewachsen.

Sie nimmt sich ihren angefangenen Feuilletonbeitrag über ein neues Theaterstück im Schauspielhaus vor. Ein Thema, das ihr weit mehr liegt, als familiäre Tannenbaumatmosphäre. Sie ist froh, dass Hendrik sich nach seinem peinlichen Eigentor zu einem Außentermin verzogen hat und versinkt für die nächsten Stunden in ihrer Arbeit, ohne etwas von dem Gewusel um sich herum wahrzunehmen. Hin und wieder muss sie innehalten, weil Hendriks bissige Worte wie ein Echo in ihrem Kopf hallen. Als es draußen langsam dunkel wird, ruht Miriams Blick auf dem großen beleuchteten Holzstern an der Fensterscheibe, der ein warmes Licht auf ihren Arbeitsplatz wirft. Nach und nach verabschieden sich die Kollegen und verlassen die Redaktion. Tamara will Weihnachtsgeschenke shoppen. Vermutlich teuer und glänzend, wie Miriam vermutet. Robert, der *KOMMUNALPOLITIK*-Redakteur, hatte in der Mittagspause angekündigt, mit seiner Frau und den Kindern einen Tannenbaum kaufen zu wollen. Er stopft sich einen Pfefferkuchen nach dem anderen in den Mund, während er seinen Rechner herunterfährt.

Egal wo und wann, Robert ist ständig am Essen und augenscheinlich immer hungrig. Jeder in der Redaktion fragt sich, wie ein einzelner Mensch so viele Vorräte in seinem Schreibtisch horten kann und warum man das seinem Körperbau gar nicht ansieht.

Geschenke shoppen, Weihnachtsbäume kaufen – einmal mehr beschleicht Miriam das beklemmende Gefühl, dass jeder außer ihr diese Zeit genießt und sich auf Weihnachten im Kreise der Familie freut.

Hat der bescheuerte Hendrik vielleicht recht und mit mir stimmt etwas nicht?, fragt sie sich im Stillen. Doch diese Überlegung schüttelt sie sogleich ab. Blödsinn! Schwarzbach ist ein Idiot und dass seine absurde Aussage nur dazu dienen sollte, sie zu provozieren, liegt auf der Hand. So etwas versucht er ständig, auch bei den anderen. Ärgerlich ist nur, dass seine Provokation diesmal bei ihr ins Schwarze getroffen hat. Aber dass sie mit Weihnachten nichts anfangen kann, kinderlos ist und anstatt mit einem Mann mit zwei Katzen zusammenlebt, heißt noch lange nicht, dass sie eine schrullige Eigenbrötlerin ist.

Dabei war es nicht immer so, dass Miriam mit Weihnachten nichts anfangen konnte. Im Gegensatz zu heute liebte sie das Fest in ihrer Kindheit über alles. Im Leben der Familie Engel gab es so viele wunderbare Momente. Besonders mochte Miriam die selbstgebackenen Engelsplätzchen ihrer Mutter. Diesen Duft nach Vanille, Nüssen und Orangen. Sie war ein glückliches, aufgewecktes Kind. Doch als sie fünfzehn war, zog sich ein tiefer Riss durch ihre bis dahin vollkommene Welt. Ihr Vater, der bisher ihr Held war, entpuppte sich als erbärmlicher Feigling. Er verließ die

Familie über Nacht für eine andere Frau namens Maria und machte sich aus dem Staub. *Maria Dumpfbacke* hatten Miriam und Karo die Frau getauft, die es wert war, dass man für sie alles hinschmiss. Dieser Riss brachte ihr Leben zwar gewaltig zum Zittern und ihr Vater war seitdem für sie nicht mehr der Held ihrer Kindertage, doch aus der Bahn hatte sie sich nicht werfen lassen. Mit ihrer Mutter verstand sie sich trotz ihrer mitunter üblen Teenagerlaune sehr gut. Vera Engel gab ihrer Tochter Halt in dieser Zeit. Miriam hatte sich immer gefragt, woher ihre Mutter ihre Stärke nahm, wo ihr Vater sich doch so schäbig verhalten hatte. Sie beschloss, ihren Vater aus ihrem Leben zu streichen. Die meiste Zeit gelang es ihr auch ganz gut, ihn auszublenden. Doch der Riss zog sich unentdeckt weiter und gipfelte in einer Tragödie, als ihre Mutter drei Jahre später unverhofft am ersten Weihnachtsfeiertag verstarb. Es war der Tag nach Miriams achtzehntem Geburtstag, als sie glaubte, nicht mehr weiteratmen zu können, weil das Unbegreifliche ihr die letzte Luft aus den Lungen presste. Niemand, auch nicht ihre Mutter, konnte etwas von der tickenden Zeitbombe in ihrem Kopf ahnen. Als das Aneurysma platzte, war es zu spät. Zu dem Zeitpunkt hatte Miriam ihr Abi in der Tasche, war verliebt und voller Träume und Pläne für ihre Zukunft. Von einer Sekunde zur nächsten brach ihre Welt zusammen und sie war mit dem Tod ihrer Mutter konfrontiert.

Sie versank im ersten Augenblick wie die Titanic im eiskalten Atlantik. Lange Zeit glaubte sie, nicht wieder auftauchen zu können, so lähmend war die Trauer. Sie war verstummt und brachte in der ersten Zeit kein

Wort heraus, dabei hätte sie lieber geschrien und getobt und alles in Stücke gehauen. Sie baute eine unsichtbare Mauer um sich herum auf und ließ alles daran abprallen, auch die Hilfsangebote ihres Vaters. Er war der Letzte, den sie sehen wollte. Ihr gleichaltriger Freund Bastian mit dem unwiderstehlichen Lächeln war mit der Situation noch überforderter als sie selbst und kam mit ihrer Verzweiflung nicht klar. Er, der Sohn reicher Eltern, ließ sie Wochen später sitzen und lebte weiter sein sorgenfreies Leben, das zum größten Teil aus Partys, Nichtstun und ihn anhimmelnden Mädchen bestand, während Miriam sich mit Erbangelegenheiten und Versicherungskram auseinandersetzen musste.

Sei froh, dass du den los bist, hatte Karo damals gemeint. Karos Familie half ihr wieder aufzutauchen aus den kalten Fluten. Bis heute glaubt Miriam, dass sie das ohne die Unterstützung der Familie Steiner nicht geschafft hätte. Sie hatten sie wie eine zweite Tochter bei sich aufgenommen und ihr geholfen, das geplante Journalistikstudium aufzunehmen, während Karolin ihr Jurastudium begann.

Mit der Zeit ließ der Schmerz ein wenig nach und eine gewisse Normalität kehrte zurück. Eine Normalität, die Miriams Wunde wie ein Verband abdeckte. Dummerweise war dieser Verband ausgerechnet vor ein paar Tagen durch das Interview auf dem Striezelmarkt verrutscht. Zum Vorschein war nicht etwa eine verheilte Narbe gekommen, sondern eine Wunde, die mehr schmerzte als je zuvor.

Als fast alle anderen gegangen sind, sieht Miriam aus dem Bürofenster in die Dunkelheit. „In ein paar

Wochen ist der ganze Rummel auch schon wieder vorbei", murmelt sie zuversichtlich, nimmt einen Schluck Kaffee und wendet sich wieder ihrem Artikel zu.

„Hast du was gesagt?", fragt Johanna, die Volontärin, von der anderen Seite des Büros. Miriam zuckt zusammen und kann gerade noch verhindern, dass sich ihr Kaffee über die Tastatur ergießt. Sie hat gedacht, die anderen wären schon alle weg.

„Nein, nein", sagt sie. „Aber willst du nicht auch langsam Feierabend machen? Um diese Zeit arbeiten hier nur noch Leute, auf die entweder keine Familie wartet oder denen jemand einredet, sie würden zu Hause von ihren Katzen angeknabbert werden."

Johanna deutet grinsend auf den Papierstapel vor sich und sagt: „Wenn meine Arbeit nicht bald stilvoller wird, komme ich dort auch bald hin." Sie überlegt kurz und fragt: „Sag mal, hättest du Lust auf Eislaufen und Glühwein im Taschenbergpalais? Du könntest mir bei der Gelegenheit ein wenig über den Laden hier erzählen und über die Chefin, die mich offenbar hasst."

Miriam weiß nicht, was sie sagen soll. Das fehlt ihr gerade noch. Also nicht ein Gespräch mit Johanna, aber Eislaufen in weihnachtlicher Kulisse? Musikalisch beschallt mit *Last Christmas, Rudolf, dem kleinen Rentier* oder der *Weihnachtsbäckerei*?

„Eigentlich gern", erwidert sie ausweichend. „Aber wollen wir nicht lieber in eine gemütliche Kneipe gehen? Ehrlich gesagt, reicht mir das Getümmel in der Stadt von gestern noch."

Doch Johanna lässt nicht locker und überredet Miriam, sich gemeinsam aufs Glatteis zu begeben. Miriam gibt sich geschlagen. „Also gut. Du bist hartnäckig. Aus dir wird sicher eine gute Journalistin", sagt sie. „Ich weiß aber nicht, ob ich das noch kann. Ist schon eine Ewigkeit her, dass ich auf Kufen stand."

Die Volontärin winkt lachend ab. „Ist wie Fahrradfahren und schwimmen, das verlernt man nicht."

Im Grunde hat Miriam schon Lust, sich mal wieder aufs Eis zu wagen. *Zumindest wird es mich auf andere Gedanken bringen,* denkt sie, packt ihre Sachen zusammen und macht sich mit Johanna auf den Weg in die verstopfte Dresdner Altstadt.

Fünfundvierzig Minuten später am Taschenbergpalais angekommen, schlüpfen die beiden gerade in die ausgeliehenen Schlittschuhe, als Miriam eine Erinnerung streift. Sie greift nach dem Geländer und schließt die Augen. Sie sieht ihren Vater vor sich, wie er ihr als kleines Mädchen in der Eissporthalle die Schlittschuhbänder festschnürt, was nicht einfach ist, weil sie voller Vorfreude, endlich aufs Eis zu dürfen, herumhampelt.

„Kommst du?" Miriam schaut zu Johanna auf und schluckt den bitteren Geschmack der Erinnerung herunter.

Zaghaft setzt sie die Kufe auf die bunt beleuchtete Eisfläche im Innenhof des Kempinski Hotels und tastet sich an der Bande entlang. Nach einigen holprigen Schritten fühlt sie sich schnell sicher und gleitet neben Johanna um den prächtigen Tannenbaum in der Mitte.

„Du hattest recht, Johanna, ich hatte fast vergessen, wie viel Spaß das macht", gibt sie lachend zu.

Bevor Karo ihre Zwillinge bekam, hatten die beiden Freundinnen im Winter oft zusammen ihre Runden auf der Eisbahn gedreht und als kleines Mädchen wäre Miriam am liebsten in die Eissporthalle eingezogen.

Früher. In einem anderen Leben.

Während sie dahingleitet und kleine Rauchwölkchen in die Luft atmet, denkt Miriam an ihre ersten Schlittschuhe. Langersehnt und schneeweiß. Das schönste Weihnachtsgeschenk ihrer Kindheit. Ihre Eltern hatten von der Bande aus lächelnd jeden ihrer wackeligen Schritte verfolgt. Ihr Herz zieht sich schmerzhaft zusammen wie eine Zitrone, aus der man den letzten Tropfen quetscht.

„Achtung!", schreit Johanna neben ihr auf und Miriam zuckt zusammen. Doch die Warnung kommt eine Zehntelsekunde zu spät. Sie spürt einen Schlag gegen ihre Beine und wird zu Boden gerissen. Miriam keucht auf und reibt sich mit schmerzverzerrtem Gesicht das Knie, während sie schwerfällig aufsteht. „Alles in Ordnung?", fragt Johanna besorgt. „Du bist mit einem Pinguin zusammengeprallt." Sie zeigt auf eine der Laufhilfen, die ein kleiner Junge vor sich herschiebt. Der Junge grinst verschmitzt und flitzt weg. „Moritz, nicht so schnell!", brüllt ein Mann dem Jungen hinterher, während Miriam sich das Eis von den Hosenbeinen wischt.

„Du solltest dich wenigstens entschuldigen!" Er kommt auf sie zugefahren. „Tut mir leid, ist Ihnen etwas ...?" Er bricht ab. Miriam starrt ihn entgeistert an. Hendrik Schwarzbach wirkt genauso verdutzt wie sie. „Oh, ich hab dich gar nicht erkannt mit der Mütze."

„Äh ... gleichfalls", gibt Miriam zurück. Hendrik, der ausschließlich in Anzug und Krawatte die Redaktion betritt, ist kaum wiederzuerkennen in seinem sportlichen Winteroutfit.

„Tschuldigung", murmelt der Kleine zerknirscht in Miriams Richtung. „Papa, kommst du endlich?" Er zieht an Hendriks Hand.

„Das war nicht deine Schuld, ich habe nicht aufgepasst", sagt Miriam beschwichtigend zu Moritz. Sie will sich schon umdrehen, als Hendrik sich räuspert und mit der Kufenspitze seines Schlittschuhs auf der Eisfläche herumkratzt. „Hör mal, das heute, ähm, also meine Bemerkung mit den Katzen und der Toten, du weißt schon ... Das war wohl etwas übertrieben von mir."

Miriams Blick wandert verblüfft von ihm zu Johanna und wieder zu ihm, als sie langsam erwidert: „Na, wenn du das sagst."

War das etwa eine Art Entschuldigung? Von Hendrik Schwarzbach? Miriam denkt an die peinliche Situation am Vormittag. Anstatt Größe zu zeigen und seine Provokation einfach zu ignorieren, war sie voll darauf angesprungen und hatte sich hinterher stundenlang darüber geärgert. Das war kindisch. Da von Hendrik kein weiterer blöder Spruch kommt, räumt sie ein: „Ich hab vielleicht auch etwas übertrieben reagiert." Sie nicken sich knapp zu. „Tja dann noch viel Spaß", wünscht Miriam höflich und lächelt Moritz an, der kurz darauf mit seinem Vater an der Hand um den Tannenbaum zischt.

Miriam schüttelt erstaunt den Kopf. Der sonst so arrogante Kollege Schwarzbach hat offenbar auch eine andere, fürsorgliche Seite. Wer hätte das gedacht?

„Der kann ja regelrecht nett sein", sagt Johanna ebenso verdutzt.

Anschließend stärken sie sich in der Winterhütte bei Crêpes und Punsch. Miriam schlingt ihre kalten Hände um die Tasse und nimmt einen Schluck. Der Punsch duftet herrlich nach Äpfeln, Zimt, Nelken und Kardamom. Miriam spürt eine wohlige Wärme, als ihr das warme Getränk durch die Kehle rinnt. Johanna ist plötzlich schweigsam. „Was ist? Du hast doch etwas auf dem Herzen!"

Johanna erklärt wiederstrebend: „Patricia hat mich auf dem Kieker. Ich weiß echt nicht, ob ich ihre Art auf Dauer aushalte. Vielleicht sollte ich mir gleich was anderes suchen."

„Aber nein! Du bist eine hervorragende Volontärin!", widerspricht Miriam. „Ich helfe dir morgen früh bei der Überarbeitung." Nur zu gut erinnert sie sich an ihren eigenen Berufsstart. Sie hatte sich wie Johanna gefragt, ob sie den Anforderungen standhalten würde mit einer Chefin wie Patty Power im Nacken, die auf Fehler anderer mit kalter Unnachgiebigkeit reagiert. Es gibt Tage, da raunzt sie grundlos jeden an, der ihr zufällig über den Weg läuft.

„Patty Power hat jeden auf dem Kieker, ganz besonders mich", meint Miriam leichthin und macht sich über ihren gezuckerten Crêpe her.

Johanna bezweifelt das. „Ach, komm ... du bist kompetent, taff und dazu noch echt nett."

Miriam verschluckt sich fast an ihrem Crêpe. „Ja klar."

Ich bin eine kompetente Reporterin, die es nicht schafft, einen lächerlichen Weihnachtsartikel zu schreiben, stattdessen vor lauter Gefühlsduseligkeit vor fahrende Autos läuft und sich von fiesen Kollegen provozieren lässt. Bravo!

Zu Johanna gewandt sagt sie: „*ELBFLAIR* ist Patricias Ein und Alles. Sie lebt für das Magazin und hat für den Erfolg hart gearbeitet. Das muss man ihr neidlos anerkennen. Dass sie dafür manchmal über Leichen geht, ist leider die Kehrseite der Medaille. Sie hat mal gesagt, in dieser immer noch männerdominierten Branche kann man sich als Frau in einer führenden Position keine Schwäche erlauben. Wahrscheinlich ist sie deshalb so, wie sie ist."

4

Rezept Apfelpunsch (alkoholfrei)
Wärmt Herz und Hände
1 Liter naturtrüber Apfelsaft
1 Stück Ingwer, daumengroß
1 unbehandelte Zitrone
1 unbehandelte Orange
1 EL Honig
5 Nelken
1 Zimtstange
½ TL gemahlenen Kardamom
2 Sternanise
evtl. Kandiszucker

Den Apfelsaft mit dem Saft der ausgepressten Orange und Zitrone in einen Topf geben. Geschälten, in dünne Scheiben geschnittenen Ingwer dazugeben. Die anderen Zutaten hinzufügen und alles erwärmen. Kurz aufkochen und danach noch ein paar Minuten ziehen lassen. Anschließend die festen Zutaten herausfischen oder alles durch ein Sieb gießen und abschmecken. Bei Bedarf mit etwas Kandiszucker oder Honig nachsüßen. Und nun die wohlige Wärme genießen!

5

Donnerstag, fünfter Dezember

Als Vincent Rombach vom Firmenjubiläum der Schiffswerft Borderbeck in Hamburg zurückkehrt, überlegt er, ob er noch kurz bei seinem Kumpel Jonas auf ein Bier vorbeischauen soll. Im Grunde will er aber nur seine Ruhe nach den zweitägigen Feierlichkeiten bei einem seiner größten Auftraggeber und so betritt er am späten Nachmittag seine Wohnung in Berlin-Charlottenburg. Er knipst das Licht im Flur an. Der Anrufbeantworter blinkt und er drückt auf die Taste. Die Stimme seiner Mutter schnarrt vom Band – am liebsten würde er gleich den Löschknopf betätigen. „Hier spricht deine Mutter, Vincent! Ich hoffe, du kannst dich an mich erinnern." Er kann sie fast vor sich sehen, wie sie ihn dabei vorwurfsvoll über den Rand ihrer Gleitsichtbrille anschaut. Vincent verdreht die Augen. „Du hast dich schon ganze zwei Monate nicht mehr bei uns sehen lassen. Dein Vater und ich finden wirklich, es ist an der Zeit, dass du dich mal wieder meldest. Und wage es ja nicht, mich wieder mit einer deiner knappen Textnachrichten abzuspeisen!"

Vincent stöhnt entnervt. „Bla, bla, bla ..."

„Wir müssen über die Spedition reden, mein Sohn. Ruf bitte an." Ende der Nachricht.

Was sonst … *Die Spedition kann mir gestohlen bleiben*, denkt Vincent, während er sich ein Bier aus dem Kühlschrank nimmt und den Verschluss aufschnappen lässt. Sein Blick bleibt an dem Post- und Zeitungsstapel auf dem Board im Flur hängen und er stutzt. Er hat niemanden beauftragt, seinen Briefkasten zu leeren, er war ja nur zwei Tage weg. Eine Frauenstimme aus dem dunklen Wohnzimmer lässt ihn zusammenzucken. „Du meldest dich also bei deinen Eltern genauso selten wie bei mir." Vincent wirbelt herum und das Bier schwappt über den Fußboden.

„Shit!", flucht er ungehalten. „Sarah?" Er macht das Licht an und tatsächlich: Seine Ex-Freundin sitzt auf dem Sofa, die langen Beine übereinandergeschlagen. „Was in aller Welt machst du hier?"

„Ich wollte dich sehen. Ich vermisse dich nämlich." Sie schaut ihn aus rehbraunen Augen an und schüttelt ihre langen, blonden Haare.

Wie dreist ist das denn?, fragt er sich fassungslos. „Wie bist du hier hereingekommen?"

Sie hebt die Hand und klappert herausfordernd mit dem Schlüsselring. Hat er wirklich nicht daran gedacht, bei der Trennung vor drei Monaten den Schlüssel von ihr zurückzuverlangen? Vincent stellt die Bierflasche ab und rauft sich die Haare. *Wie blöd kann man eigentlich sein?*, denkt er. Seit Monaten versucht er, ihre Anrufe und Nachrichten abzublocken, nachdem sie sich beharrlich weigert, das Ende ihrer Beziehung zu akzeptieren. Dabei hat er sich absolut fair verhalten und ihr nach der einjährigen gemeinsamen Zeit mehrmals so ruhig wie möglich erklärt, dass sie einfach nicht zusammenpassen und ihre Interessen und

Vorstellungen zu weit auseinandergehen. Seine Gefühle für sie sind längst nicht mehr da. Sarah will davon nichts wissen und belagert ihn seitdem unaufhörlich. Und dann vergisst er, dass sie noch seinen Wohnungsschlüssel hat. Trotzdem, dass sie einfach hereinspaziert, geht zu weit.

„Sarah, du kannst nicht einfach hier auftauchen!", sagt er schroff. „Wir sind nicht mehr zusammen und wir werden es auch nicht mehr sein. Akzeptiere das bitte endlich!" Es tut ihm leid, das so hart sagen zu müssen, aber er weiß, dass Mitleid nicht das ist, was Sarah braucht.

Sekundenlang sieht sie ihn an. Er hält ihrem Blick stand und versucht herauszufinden, ob seine Worte zu ihr durchdringen.

„Du hast eine andere, stimmt's?", zischt sie. Auf der Suche nach Indizien späht sie in alle Richtungen.

„Nein", erwidert Vincent, um Beherrschung bemüht. Eine neue Beziehung ist so ziemlich das Letzte, was er nach dieser unschönen Sache mit ihr will.

Sie springt abrupt auf und will an ihm vorbei aus der Wohnung stürmen.

„Moment", sagt Vincent. „Da ist noch was."

Sarah dreht sich hoffnungsvoll zu ihm um.

„Der Schlüssel …"

Sie lässt ihn neben seiner ausgestreckten Hand auf den Boden fallen, wirft ihm einen letzten hasserfüllten Blick zu und rauscht aus seiner Wohnung.

6

Freitag, sechster Dezember

Patricia Flemming blickt feierlich in die Runde. „An diesem Preis hat jeder in dieser Redaktion einen Anteil und dafür danke ich euch! Auf diesen Preis können wir alle stolz sein." Sie hebt lächelnd ihr Glas und prostet ihnen zu.

„Wir alle? Das sind ja ganz neue Töne", hört Miriam Verena hinter sich flüstern. An diesem Freitagmorgen hat die Chefredakteurin alle Redaktionsmitarbeiter in den Konferenzraum gebeten. Jeder hat ein Sektglas in der Hand. Auf dem Konferenztisch in der Mitte thront die gläserne, rechteckige Trophäe, der Grund für diese Zusammenkunft. Am Vorabend wurde *ELBFLAIR* bei einer ehrenvollen Zeremonie im Internationalen Congress Center mit einem bedeutenden Medienpreis ausgezeichnet. Die Gesichter der Mitarbeiter strahlen angesichts des seltenen Lobs der Chefredakteurin, während sie auf diesen Erfolg anstoßen.

„Das hätte Christoph Ende der Neunzigerjahre kaum für möglich gehalten", sagt Patricia.

„Aber du allein hast das Magazin zu dem gemacht, was es heute ist", erwidert Hendrik anerkennend. Patricia winkt geschmeichelt ab, kann aber nicht darüber hinwegtäuschen, wie sehr sie sich im Triumph sonnt.

Christoph Berger galt als Profi, dem aber der Ruf vorauseilte, ihm fehle das nötige Quäntchen Gewissenlosigkeit, das man zum Erfolg braucht. Als er das Magazin gründete, dümpelte es in den ersten Jahren eher mäßig durch die Medienlandschaft. Die finanziellen Mittel waren vorhanden, aber so richtig in Schwung kam das Magazin erst mit dem Einstieg seiner Studienfreundin Patricia, einer Karrierefrau mit scharfem Kalkül und den nötigen Attributen, die ihr offenbar schon in die Wiege gelegt wurden.

Von diesem Zeitpunkt an etablierte sich die Zeitschrift rasend schnell. Nicht zuletzt durch eine gelungene und breitgefächerte Themenmischung um Sachsens Landeshauptstadt hat sich die Auflage seitdem mehr als verzehnfacht.

Dann kam der Tag, an dem Christoph Berger unverhofft ein Angebot erhielt, das er nicht ausschlagen konnte. Er nahm es an und zog nach New York. Obwohl er die Fäden komplett in Patricias Hände übergab, fungiert er bis heute als Geldgeber und ist nach wie vor der große Boss von *ELBFLAIR*. Wie die meisten Redakteure, ist Miriam ihm jedoch noch nie persönlich begegnet und kennt sein Gesicht nur aus Zeitungsartikeln.

„Wo wird dieser hübsche Preis denn künftig stehen?", fragt Tamara. Für Patricia gibt es da keinen Zweifel. „Natürlich in Christophs Büro in Manhattan. Er wird ebenso stolz darauf sein wie wir, wenn ich ihm dieses Schmuckstück in zwei Wochen überreiche."

„Ein bisschen schade", findet Verena. „Hier bei uns würde er auch gut aussehen."

„Das stimmt, aber ich will ihn damit überraschen", verrät Patricia, die jedes Jahr über Weihnachten nach New York fliegt und dem Boss den Jahresbericht des Unternehmens präsentiert. Patricia lässt es sich nicht nehmen, dafür extra zu ihm zu fliegen, obwohl sich das sicher auch anders lösen ließe. Per Videokonferenz oder via Skype etwa. Während sie immer gern betont, wie sehr sie den New Yorker Weihnachtstrubel liebt, munkelt man seit Jahren hinter ihrem Rücken, die beiden würde weit mehr als schnöde Zahlen und Jahresberichte verbinden.

„Und diesmal werde ich diesen wichtigen Preis im Gepäck haben", erklärt sie mit Genugtuung in der Stimme. „Christophs Augen werden wie Christbaumkugeln leuchten."

Abends schleppt Miriam zwei Einkaufsbeutel die Treppen zu ihrer Dachgeschosswohnung herauf und flucht innerlich wieder einmal, dass sie ganz oben in einem Haus ohne Aufzug wohnt. Als sie die Wohnungstür hinter sich ins Schloss fallen lässt und zum Fenster schaut, weiß sie zumindest auf Ersteres die Antwort. Es ist dieser eindrucksvolle Blick über die Dächer und Parks von Striesen, der für alles entschädigt.

Dabei muss ich noch nicht mal für eine ganze Familienhorde einkaufen, denkt sie, als sie die Sachen verstaut und die Katzennäpfe füllt. Sie sieht zu, wie ihre beiden getigerten Mitbewohner sich wie halbverhungerte Löwen auf ihr Fressen stürzen und geht ins Wohnzimmer. „Pearl!", schreit Miriam beim Anblick der Scherben auf dem Boden vor dem Schrank. „Das war meine schöne Kugellampe!" Offenbar hat die

Katzendame ihr immer noch nicht verziehen, dass Miriam ihr vor ein paar Tagen die ihr zustehende frühmorgendliche Aufmerksamkeit nicht zukommen ließ und die Frechheit besaß, sie mit einem kurzen Kraulen abzufertigen. Poppy steht bestürzt neben Miriam und betrachtet miauend das Scherbenunglück, während Pearl hoch erhobenen Hauptes zum Bücherregal schreitet. Das Telefon klingelt und die Scherben müssen warten. Es ist Karo, die sich lautstark nach ihrem Befinden erkundigt. Miriam hält den Hörer ein Stück weg von ihrem Ohr. Im Hintergrund quäken Lotte und Felix, die Zwillinge.

„Bei dir ist es lauter als zum Redaktionsschluss im Büro", stellt Miriam fest und lässt sich auf das Sofa fallen. Sofort springt Poppy auf ihren Schoß, während Pearl erhaben wie eine Diva zwischen zwei Büchern im Regal thront.

Karo seufzt. „Wem sagst du das? Mir klingeln schon die Ohren. Im März fange ich wieder in der Kanzlei an und ich hätte nie gedacht, darüber mal so froh zu sein. Wie das alles dann mit den Zwillingen funktionieren soll, darüber will ich lieber noch nicht nachdenken."

„Ach was, das schaffst du mit links", spricht Miriam ihr Mut zu und denkt sich im gleichen Moment, wie blöd sich das anhören muss. *Als ob du darüber Bescheid wüsstest.* Zwar hat sie durch ihre enge Freundschaft zu Karo eine gewisse Ahnung davon, was das Muttersein neben großen Glücksgefühlen noch so alles mit sich bringt, aber wie es sich tatsächlich anfühlt, davon hat sie keinen Schimmer.

Sie fragt sich kurz, wie wohl ihr eigenes Leben mit Kindern und Ehemann aussehen würde. Wenn jauchzende Kinder sie beim Heimkommen begrüßen würden anstatt schnurrende Katzen, und ein Mann sie umarmt und küsst. Miriam schüttelt sich. Ihr Leben ist völlig okay. Es ist ja nicht so, dass sie sich gegen eigene Kinder entschieden hätte. Aber Vorstellung und Realität sind zwei grundverschiedene Dinge und nach dem desaströsen Beziehungsende mit Philipp vor über einem Jahr fühlt sie sich als Single pudelwohl. Poppy räkelt sich schnurrend auf ihrem Schoß und Miriam krault ihr weiches Fell.

„Bist du noch dran?", fragt Karo.

„Ähm, ja … entschuldige, was hast du gesagt?"

„Ich wollte wissen, was du zu deinem Geburtstag planst."

„Fällt aus", erwidert Miriam wie aus der Pistole geschossen.

„Das kommt überhaupt nicht infrage!", empört sich ihre Freundin. „Nur weil du Heiligabend Geburtstag hast, lassen wir ihn ganz bestimmt nicht ausfallen. Komm zu uns! Du weißt, du bist jederzeit willkommen und an Heiligabend sowieso. Wir würden uns alle freuen. Auch meine Eltern."

Das weiß Miriam. Meistens hat sie Weihnachten erfolgreich ignoriert, weil es ihr schon lange nichts mehr bedeutet. Sie sieht keinen Sinn darin, in der Kirche oder sonst irgendwo die Geburt Christi zu zelebrieren, wo der liebe Gott den perfiden Plan für sie ausgeheckt hatte, ihr die Familie zu nehmen. Hin und wieder hatte sie sich von Karo überreden lassen, die Feiertage bei den Steiners zu verbringen. Einige Male war sie auch bei Tante Ira, der Schwester ihrer Mutter in Berlin gewesen. Oder sie war mit Philipp verreist. Im Grunde war es ihr egal, wo sie an Weihnachten war, Hauptsache es ging schnell vorüber. Aber dieser Dezember ist anders.

„Seit dem Interview kommen ständig diese alten Erinnerungen hoch, Karo. Sogar beim Schlittschuhlaufen neulich. Ich weiß echt nicht, was mit mir los ist, das alles ist doch lange vorbei! Aber auf einmal sehe ich immerzu meine Eltern vor mir." Sie bricht hilflos ab.

„Dann solltest du erst recht zu uns kommen." Karo klingt besorgt. „Das ist allemal besser, als Heiligabend allein in deiner Wohnung zu hocken und Trübsal zu blasen."

Miriam schüttelt den Kopf. „Ich mag mein Zuhause aber. Außerdem hast du genug Stress mit den Kleinen."

Karo sagte über ihre Wohnung mal, sie erinnere sie ein bisschen an die Bibliothek aus *The Fantastic Flying Books of Mr. Morris Lessmore.* Das war natürlich maßlos übertrieben, aber die vielen Regale mit hunderten Büchern, der wuchtige Schreibtisch und vor allem ihr geliebter Patchwork-Lesesessel im bunten Farb- und Mustermix in einer Fensternische offenbaren ihre Leidenschaft für das, was andere einfach nur *lesen* nennen. Für Miriam ist es ein Eintauchen in andere Welten und das Vergessen von Raum und Zeit.

„Ich mag deine Wohnung auch, aber an deinem Geburtstag schmeiße ich eine Party für dich, keine Widerrede! Oder wir gehen abends irgendwo einen trinken, wenn die Zwillinge im Bett sind."

Miriam seufzt resigniert. Sie ist dankbar, eine Freundin wie Karo zu haben, aber aus Karos Plan wird nichts. „Du bist so ein Schatz. Manchmal glaube ich, ohne dich und deine Eltern wäre aus mir eine durchgeknallte Irre geworden, nach all dem. Ich werde diesen Dezember schon irgendwie überstehen, keine Angst. Es wäre allerdings einfacher, wenn diese belastenden Erinnerungen wieder verschwinden würden."

Poppy hebt den Kopf von ihrem Schoß und schaut Miriam aus ihren gelben Katzenaugen aufmerksam an, als würde sie spüren, dass etwas nicht stimmt.

„Vielleicht musst du lernen, mit den Erinnerungen zu leben, anstatt sie wegzuwischen, sie sind schließlich ein Teil von dir", sagt Karo vorsichtig.

So etwas in der Art hatte damals mal eine Psychologin zu ihr gesagt. Irgendwann war Miriam nicht mehr hingegangen, weil sie der Meinung war, dass es nichts bringt, mit einer fremden Person darüber zu sprechen, welche Gefühle es in ihr auslöst, wenn sie an den Tod ihrer Mutter oder das Verschwinden ihres Vaters denkt.

„Ab Januar bin ich wieder ganz die Alte, versprochen. Mach dir keine Sorgen", sagt Miriam mit fester Stimme. Sie schluckt und schnieft und wischt sich über die Augen, damit die wartenden Tränen nicht anfangen, über ihr Gesicht zu laufen. Poppy zuckt kurz, als eine einzelne Träne auf ihr flaumiges Ohr tropft. Nachdem sie sich verabschiedet haben, kramt Miriam in ihrer Handtasche nach einer Packung Taschentücher. Stattdessen zieht sie etwas anderes heraus. Einen Nikolausstiefel aus rotem Samtstoff, liebevoll befüllt mit Nougattäfelchen, Marzipan, Pfefferkuchen, einem Schokoladenschneemann und einem Piccolo Sekt. Miriam überlegt, wer in der Redaktion ihr damit wohl eine Freude machen wollte. Patricia käme ganz sicher nicht auf so etwas. Vielleicht die schöne Tamara? Nein, so eine liebevolle Kleinigkeit passt nicht zu der luxusliebenden Blondine. Die würde sie eher mit einem Wellnesstag oder mit Eintrittskarten für irgendeine Society-Veranstaltung beschenken. Jasmin ist es schon eher zuzutrauen. Sie würde alles geben, um an Weihnachten alle Menschen glücklich zu sehen. Von wem auch immer das nette Geschenk ist und so rührend Miriam die Idee findet, in ihre weihnachtsfreie Zone passt es nicht. Hier ist kein Platz für Schwibbögen, Pyramiden, Räuchermänner, blinkende Lichterketten oder gar einen Tannenbaum. Nicht mal für einen gefüllten Nikolausstiefel. Sie schnappt sich das Präsent und steht so abrupt vom Sofa auf, dass Poppy erschrocken zur Seite springt. Zufrieden lächelnd stellt sie das Samtstiefelchen vor die Tür der benachbarten Wohnung, in der eine alleinerziehende Mutter mit ihrer Tochter wohnt, der Miriam bisher höchstens zweimal im Treppenhaus begegnet ist.

Sie wird sich bestimmt darüber freuen, denkt Miriam und dieser Gedanke erfüllt sie mit Wärme, als sie wieder in ihre Wohnung schlüpft und die Tür schließt.

7

Samstag, siebenter Dezember

Nach ewigem Herumkurven steuert Miriam ihren roten Fiat 500 am frühen Nachmittag in eine der wenigen freien Parklücken am Pirnaischen Platz. Der Regen trommelt aufs Autodach. Karos Worte spuken ihr immer noch im Kopf herum. Sie muss dringend dafür sorgen, dass diese dummen Erinnerungen verschwinden und sie wieder die Kontrolle über ihre Empfindungen bekommt. Keine leichte Aufgabe im Dezember, aber sie hat es bisher immer geschafft. *Ich bin kein labiles Opfer und ab sofort lasse ich diesen Quatsch einfach nicht mehr an mich heran,* denkt sie kämpferisch. Sie schaut in den Rückspiegel und betont ihre Lippen mit einem dezenten Lippenstift. Für Melancholie ist keine Zeit, sie hat Wichtigeres zu tun. Mit dem Regenschirm schräg vor ihrem Gesicht eilt sie die Kreuzstraße entlang zum *Café Elbflorenz* nahe der Kreuzkirche am Altmarkt. Der Regen ist in Schneeregen übergegangen. Er bedeckt die Straßen und Fußwege mit schlierigem, graubraunem Matsch. *Wieso regnet es eigentlich ständig?*, fragt sie sich verdrießlich. Es ist Wochenende, was Patricia gestern Abend nicht davon abgehalten hat, für ihre Kulturredakteurin einen Interviewtermin mit dem Intendanten der Semperoper zu vereinbaren.

„Till Marquardt verreist nächste Woche, es passt ihm nur diesen Samstag", hat die Chefredakteurin ihr gestern Abend telefonisch durchgegeben, nachdem Miriam den Nikolausstiefel vor die Tür ihrer Nachbarin gestellt hatte. Ihr Ton klang drängend, aber das war gar nicht nötig, Miriam weiß auch so um die Wichtigkeit. Obwohl sie schon seit einiger Zeit über die als zwiespältig geltende Aufführung im Bilde ist, verbrachte sie den Rest des Abends und die halbe Nacht damit, sich mit der anstehenden Premiere zu beschäftigen und das Interview vorzubereiten. *ELBFLAIR* will mit der Berichterstattung herausstechen, so Patricias Ansinnen. Eine echte Herausforderung, denn das Stück polarisiert nicht nur, es hat die Gemüter schon im Vorfeld gespalten. Sogar so etwas wie Streit entfacht zwischen konservativen Kulturliebhabern, die die Mittel der Umsetzung der bedeutsamen Thematik kategorisch ablehnen. Griesgrämige, weißhaarige Herren. Im Gegensatz zur Auffassung der jüngeren Anhängerschaft, der die künstlerische Darstellung des Weltgeschehens, wie es nun einmal ist, nicht provokativ genug sein kann.

Vom Weihnachtsmarkt schallen Trompetenklänge und Gelächter zu ihr, als Miriam das gemütliche Café mit der barocken Einrichtung betritt. Sie stellt den Schirm in die Ecke und nimmt ihre beschlagene Brille ab. Till Marquardt ist Mittsechziger, aber weder griesgrämig noch weißhaarig. Durch seinen Bart ziehen sich erste silberne Haare und sein Gesicht ist voller Lachfältchen. Der Intendant ist Miriam bereits von früheren Artikeln bekannt.

„Frau Engel!", begrüßt er sie überschwänglich und schüttelt ihr mit einem zerknirschten Lächeln die Hand. „Ich hoffe, unser kurzfristiger Termin verdirbt Ihnen nicht das Wochenende." Er nimmt ihr den Mantel ab und führt sie in eine ruhige, hintere Ecke.

„Ach was, das ist gar kein Problem!", versichert Miriam, legt ihr Notizbuch und das kleine Aufnahmegerät bereit und setzt sich in den Ohrensessel unter dem riesigen Canaletto-Wandbild mit Dresdens berühmtem Stadtpanorama. Bei Milchcafé und Christstollen erzählt er über die Oper mit dem bedeutungsvollen Namen *Apocalypsis* und beantwortet anschließend Miriams Fragen. Alles läuft planmäßig und eine Stunde später kommen sie zum Ende. Sie lauscht aufmerksam den letzten Ausführungen des Intendanten und macht sich Notizen, als ihr Blick am Hinterkopf eines Mannes an einem der vorderen Tische hängenbleibt. Sie widmet sich ihrem Gegenüber, muss aber immer wieder zu dem besagten Hinterkopf schauen. Till Marquardts Antwort verhallt wie im Nebel, als Miriam klar wird, wessen Kopf sie gesehen hat. Es ist kein anderer als … Philipp. Obwohl es über ein Jahr her ist, dass die Beziehung mit ihm zerbrach, überfällt Miriam ein flaues Gefühl. Während sie versucht, sich auf das Gespräch zu konzentrieren, schweifen ihre Gedanken kurz zurück zu dem Winzerfest auf Schloss Wackerbarth, bei dem sie sich kennengelernt hatten. Miriam war über eine Stufe gestolpert und hatte ihren Wein verschüttet, direkt auf das schwarze Sakko des smarten Rechtsanwalts Philipp Mangold. Er nahm das Missgeschick mit Humor, während sie sich mit hochrotem Kopf stotternd entschuldigte. Wenig später waren sie ein Paar.

Philipp sitzt keine fünf Meter von ihr entfernt einer Frau gegenüber, deren Latte-Macchiato-Milchschaum wahrscheinlich gerade ein Herz aus Schokoladenkrümeln ziert. Zumindest bildet Miriam sich das ein. Sicher hat diese Frau kein Problem mit Weihnachten. Sie lachen sich an und wirken verliebt. *Was für ein schönes Paar*, denkt Miriam sarkastisch. Das sollte sie wirklich nicht aus der Fassung bringen. Dennoch ist sie froh, dass Philipp mit dem Rücken zu ihr sitzt und sie nicht sehen kann. Sie wendet den Blick weg von dem Liebespaar und fasst sich an den Hals.

„Ist alles in Ordnung?" Der Intendant hält inne und blickt sie durch seine Nickelbrille prüfend an.

„Äh … ja. Entschuldigung", stammelt Miriam und lächelt verlegen. „Ich habe mich nur an einem Stück Stollen verschluckt." Sie räuspert sich und lenkt ihre Aufmerksamkeit wieder zum Interview. Nicht auszudenken, wenn sie das auch noch verbockt, wie den Striezelmarkt-Bericht. *Dann kann ich gleich meine Sachen packen.*

Kurz darauf verabschiedet sich Till Marquardt und überreicht ihr zwei Eintrittskarten. Miriam bedankt sich und schüttelt ihm die Hand. „Ich bin sehr gespannt auf die Premiere!"

Als der Intendant das Café verlassen hat, nimmt Miriam aus den Augenwinkeln wahr, wie Philipp die Rechnung bezahlt und die Jacken vom Haken nimmt. Sie sinkt tiefer in den Sessel und tut so, als schreibe sie etwas in ihr Notizbuch. *Immer noch ein zuvorkommender Gentleman*, denkt sie. Als seine Begleiterin sich erhebt, um sich von ihm in die Jacke helfen zu lassen, offenbart sich ihr unübersehbarer Babybauch.

Miriams Hand mit dem Notizbuch sinkt auf ihren Schoß. *Das ging ja schnell.* Sie rechnet kurz nach. Aber kein Wunder. Er hatte während ihrer Beziehung nie einen Hehl daraus gemacht, dass er sich Kinder wünscht.

Als die beiden gegangen sind, fällt die Anspannung von Miriam ab. Sie atmet tief durch und bestellt sich noch einen Milchcafé. Durch die halbtransparenten Vorhänge mit goldenen Sternenstickereien beobachtet sie die vorbeieilenden Menschen im Schneeflockengestöber. Ein Teenagerpärchen stapft engumschlungen durch den Schneematsch. Das Mädchen bleibt stehen und streicht mit ihrer behandschuhten Hand über ein schneebedecktes Geländer. Dann pustet sie ihrem Freund den Schnee von ihrer Hand ins Gesicht und weicht lachend dem Schneeball aus, den er nach ihr wirft.

Miriam packt ihre Unterlagen zusammen und macht sich auf den Weg nach Hause, um das Interview in eine ordentliche Form zu bringen. Sie hat nicht vor, sich von diesem Dezember unterkriegen zu lassen.

8

Sonntag, achter Dezember

Die Jungs von *Blackbird Five* sind voll in ihrem Element. Ich wippe mit dem Fuß und dem Kopf zum Beat, schließe die Augen und lasse mich mitreißen von den schnellen, harten Klängen. Etwas zwischen Punk und Rock. In zerrissenen Jeans und Spitzenbluse beobachte ich aus dem uralten Sessel Rocco an der Bassgitarre. Er hat mich reingelassen, trotz der abschätzigen Blicke der anderen Bandmitglieder. Ich habe es zu Hause nicht mehr ausgehalten und musste raus. Weg von der angestrengt guten Laune meiner Mutter, weg von Adventsmusik und Räucherkerzenduft an diesem zweiten Advent, der es nicht schafft, das Drohende abzuwenden. Zähneknirschend haben die anderen zugestimmt, dass ich bei der Probe anwesend sein darf. Aber nur, wenn ich völlig unsichtbar bin und den Mund halte, wie Gregor, der Drummer, mich gewarnt hat. Die Jungs kennen sich schon seit der Schule, wo sie eine Schülerband gegründet haben. Später entsprang daraus *Blackbird Five*. Immer wieder wiederholen sie diese eine Passage, fluchen, brechen ab und fangen neu an. Es riecht nach Anstrengung, Bier, eisenhartem Willen und Rauch in dem kleinen Proberaum am Rand der Neustadt. Rocco wohnt in einer WG zwei Häuser weiter. Ich sage es ihm nicht, aber ich wünschte, ich könnte bei ihm einziehen und vor den ganzen Sorgen und Ängsten zu Hause wegrennen, auch wenn mir klar ist, dass das meinen Eltern gegenüber unfair wäre. Aber ich würde so gern nicht mehr stark sein müssen, wie sie es sich von mir wünschen.

Ich nippe an Roccos Bier. Die Klänge werden weicher und ruhiger beim nächsten Song. Johann, der Leadsänger, den alle nur Henne nennen, singt zusammen mit Rocco. Ich könnte seinem rauchigen Gesang ewig zuhören. Er schaut mich an. Seine Stimme streift mich wie ein warmer Sommerwind. Ich bekomme Gänsehaut und schlucke. Das zwischen uns beiden ist nicht einfach zu beschreiben und ich weiß manchmal nicht, ob Rocco neben der Musik noch etwas anderes oder jemand anderen lieben kann. Jemanden wie mich. Mal ist es leicht und unbeschwert und dann wieder kompliziert. Wie Marshmallows gespickt mit Reißzwecken.

Die Jungs machen Pause, trinken Bier am anderen Ende des Raumes und machen Witze. Etwas klemmt in meiner Hosentasche. Ich ziehe das vergilbte Foto heraus und betrachte es. Ich habe es vorhin zu Hause vorsichtig aus der Brusttasche von Papas Hemd gezogen, als er auf dem Sofa schlief. Ganz behutsam, damit er nicht wach wird. Ich hab ihn oft dabei beobachtet, wie er das Foto anschaut und dabei lächelt, wie man lächelt, wenn man an ein schönes Erlebnis aus der Vergangenheit denkt. Auf dem alten Foto sieht er viel jünger aus. Eine glückliche Familie. Es gibt nur eine große Ungereimtheit. Der Mann auf dem Bild ist Papa, aber weder ist die Frau an seiner Seite meine Mutter noch bin ich das Mädchen mit den dunklen Zöpfen und der

Zahnlücke auf der Schaukel. Und ich frage mich zum wiederholten Male an diesem zweiten Advent: Wer zum Geier sind die beiden?

9

Montag, neunter Dezember

„Ah, da ist ja unser Engelchen endlich!" Tamara Schöne prostet Miriam von Weitem zu, als sie durch den schweren Vorhang ins *Metropolis* schlüpft. Um diese Zeit einen Parkplatz in der Neustadt, dem lebhaften, quirligen Dresdner Kneipenviertel zu finden, ist fast so wahrscheinlich wie Schnee im Sommer. Sie hat das Auto zu Hause stehen lassen und die Straßenbahn genommen.

Miriam schüttelt die Schneeflocken aus ihren Haaren, hängt ihren Mantel auf und setzt die beschlagene Brille ab. „Puh, bei dem Wetter jagt man keinen Hund vor die Tür. Ich sehe aus wie ein begossener Pudel."

„Besser spät als nie", kommentiert Verena trocken.

Miriam lässt sich neben ihr auf das pompöse, rote Samtsofa fallen. Aus den Lautsprechern swingt Michael Bublé *White Christmas*. Miriam lehnt sich behaglich zurück.

„Ich komme gerade von einem Termin mit diesem neuen Krimiautor, der sich nichts sehnlicher wünscht, als dass ich über sein neues Buch berichte."

„Ach, ein mörderisches Date mit einem Krimiautor, wie aufregend", säuselt Tamara.

Miriam lacht und rollt mit den Augen. „Kein Date, Tamara. Nur ein Termin, und ich lebe noch", sagt sie, während sie ihre Brille mit dem Ärmel ihrer Strickjacke putzt.

Tamara ist Feuer und Flamme. „Und? Wirst du ihm seinen sehnlichsten Wunsch erfüllen?", haucht sie und schaut Miriam dabei tief in die Augen. Jasmin und Verena lachen sich schlapp.

„Das entscheide ich, wenn ich das Buch gelesen habe", antwortet Miriam grinsend.

Jasmin wiegt sich verträumt zu dem *White-Christmas*-Song und der schmelzenden Stimme von Michael Bublé. Miriam hat immer noch ein schlechtes Gewissen ihr gegenüber. „Tut mir leid, Jasmin. Ich war dir keine gute Vertretung zur Weihnachtsmarkteröffnung. Du hättest das viel besser hinbekommen", sagt sie zerknirscht. Jasmin winkt ab. „Kein Thema. Obwohl mich ja schon interessieren würde, was dich so aus der Spur gebracht hat. Erzähl mal!"

„Da gibt es nichts zu erzählen", sagt sie, doch es klingt nicht überzeugend.

„Das würde uns tatsächlich brennend interessieren", meint Tamara mit verschränkten Armen und forscht prüfend in ihrem Gesicht. „Du machst dich ganz schön rar in letzter Zeit."

Miriam setzt ein fröhliches Gesicht auf. „Ich weiß nicht, was du meinst."

Davon lässt sich Tamara nicht abspeisen. Jeder, der sie kennt, weiß, dass die vierzigjährige Blondine eine Frau ist, die sich niemals abspeisen lässt. „Ach, komm schon. Wo ist die alte Miriam? Du bist überhaupt nicht wiederzuerkennen. Ziehst seit Tagen ein Gesicht wie ein verschmorter Gänsebraten und verschmähst letzten Freitag sogar den Glühweinbummel mit den Kollegen auf dem Striezelmarkt." Striezelmarkt. Peng! Da war es wieder.

Der Kellner, ein junges Bürschchen mit stylischer Wuschelfrisur und Hufeisenbart, kommt ihr unbewusst zu Hilfe, als er an den Tisch tritt und die Bestellung aufnimmt. Miriam atmet innerlich auf.

Mit dem bordeauxroten Teppich, den dunklen Tischen und der in Gold und Schwarz gehaltenen Bar in der Mitte, über der ein glanzvoller Kronleuchter prangt, erinnert das *Metropolis* an ein stilvolles Tanzlokal der Zwanzigerjahre.

„Wie immer: Burlesque für alle", ordert die schöne Tamara. Miriam hofft, dass die Kolleginnen das Thema fallenlassen.

Tamaras knallrot geschminkte Lippen umspielt ein zufriedenes Lächeln, als sich der Blick des Kellners kurz in ihr üppiges Dekolleté verirrt, bevor der Mann hinter der Bar verschwindet. *Fast wie Pearl, wenn sie meine uneingeschränkte Aufmerksamkeit genießt,* denkt Miriam grinsend. Jasmin hüstelt demonstrativ und raunt hinter vorgehaltener Hand: „Du kannst es nicht lassen, oder, Tamara? Also, ich will ja nicht indiskret sein, aber, ähm ... er könnte dein Sohn sein!" Jasmin Breuer, in der Redaktion verantwortlich für den Bereich *FAMILIE UND FREIZEIT*, ist eine hoffnungslose Romantikerin. Die Zweiunddreißigjährige wirkt mit ihrer zierlichen Figur, den verspielten Locken und ihrer Vorliebe für pastellfarbene Blusen und Kleider eher wie Mitte zwanzig.

„Wir sind schon ein ulkiger Haufen", stellt Miriam schmunzelnd fest. Vier grundverschiedene Frauen, die sich trotzdem blendend verstehen. Im Gegensatz zu Tamaras offenherzigem Stil und der romantischen Verspieltheit von Jasmin mag sie es sportlich-elegant. Sie schminkt sich eher dezent und fühlt sich in Jeans und schicken Blazern wohl. Feixend nimmt Verena die schöne Tamara in Schutz. „Sie kann doch nichts dafür, dass sie auf junges, zartes Fleisch steht."

Miriam kennt keine andere Frau, die wandlungsfähiger ist als Verena aus dem *GASTRONOMIE*-Ressort. Tagsüber nimmt sie seriös und korrekt gekleidet in Streifenbluse und Bleistiftrock Dresdner Restaurants und Kneipen für *ELBFLAIR* kritisch unter die Lupe. Nach Feierabend streift sie diese Sachen ab wie einen Kokon. Dann löst sie den straffen, glatten Zopf, schüttelt die schwarzen Haare zu einer wilden Mähne und zum Vorschein kommt ihr wahrer Look. Manche nennen sie Rockerin, andere Heavy-Metal-Biest. Verena selbst sieht sich als nichts davon und lächelt nur müde über die Tatsache, dass so viele Menschen unbedingt alles und jeden in Schubladen stecken müssen, am besten noch säuberlich beschriftet, in ihrem Fall mit *Achtung: bissiges Rockerbiest!*

Miriam nippt an ihrem zuckerumrandeten Glas. Eine fruchtig-herbe Mischung aus Limette und Erdbeere vereinigt mit Wodka, Prosecco und was auch immer - das Stammgetränk der vier Frauen. Sie genießt die wohlige Wärme in dem Lokal, streckt die Beine unter dem Tisch aus und lehnt sich zurück.

Später laufen die Gespräche auf ein unvermeidliches Ereignis hinaus: Weihnachten. Dazu kann sie nicht viel beitragen. Sie wird immer stiller. Jasmin hat das Fest der Liebe bis ins kleinste Detail geplant und plappert voller Vorfreude: „Es wird perfekt! Meine Eltern kommen schon am Nachmittag. Wir gehen gemeinsam in die Kirche, danach kommen meine Schwiegereltern und Daniels Schwester mit Familie. Mein Schwiegervater macht den Weihnachtsmann für die Kinder und mein Schwager spielt am Klavier. Hach, ich liebe Heiligabend!" Sie klatscht in die Hände. Miriam würde sich am liebsten die Ohren zuhalten.

Tamara leckt über den Zuckerrand ihres Glases und haucht lasziv: „Ich auch, aber nur, wenn der Weihnachtsmann bei meiner Bescherung die Hüllen fallen lässt." Jasmin starrt sie entgeistert an und Verena haut sich lachend auf die Schenkel. Miriam wird immer unwohler. Sie betrachtet das Adventsgesteck auf dem Tisch und berührt mit dem Zeigefinger die Spitzen der Tannennadeln.

„Wir fliegen diesmal wahrscheinlich spontan irgendwohin, wo nichts als Sonne ist", fährt Verena fort, als sie sich von ihrem Lachanfall beruhigt hat. „Dann ersparen wir uns die spießige Feier mit meinen Schwiegereltern. Die darf gern ohne mich stattfinden. Und du?" Ihre Frage geht an Miriam.

„Ich? Nun, ich werde mich in meiner Wohnung verschanzen, mich aufs Sofa kuscheln und drei Tage lang von Pizza, Rotwein und Schokolade ernähren und mir dabei Netflix-Serien in Dauerschleife reinziehen. Weihnachtsfreie Serien wohlgemerkt!" Die anderen starren sie ungläubig an.

„Das tust du nicht", kommentiert Tamara, die Miriams Aussage für einen schlechten Scherz hält.

Miriam, die die Angelegenheit lieber nicht vertiefen will, möchte sich am liebsten unter einem fadenscheinigen Grund verabschieden. Aber das würde komisch aussehen und die anderen nur noch mehr anstacheln.

„Weihnachten bedeutet mir eben nichts. Ist schließlich kein Verbrechen", versucht sie zu erklären und überlegt, wie sie das Thema wechseln kann.

„Das nicht", meint Jasmin, „und nach der Trennung von Philipp im letzten Jahr hattest du vielleicht noch einen einigermaßen plausiblen Grund, Weihnachten zu boykottieren, aber diesmal? Willst du das etwa bis an dein Lebensende durchziehen?"

Miriam zuckt die Schultern. Die vier Frauen kennen sich zwar ganz gut, aber so gut auch wieder nicht, dass eine von ihnen über Miriams wahre Beweggründe Bescheid wüsste. Außerdem hatte sie bis letzte Woche nicht das kleinste Problem damit. Ihre Weihnachtsignoranz war nie ein Thema gewesen.

„Hast du nicht sogar an Heiligabend Geburtstag?", fragt Verena, während sie an ihrer Limettenscheibe schlürft.

„Ja, hab ich. Und jetzt lasst es gut sein, okay?"

Miriams Gesicht wird undurchdringlich, was Jasmin, Tamara und Verena zu noch mehr Spekulationen anspornt.

„Vielleicht hat der Weihnachtsmann die kleine Miriam früher in den Geschenkesack gesteckt, weil sie nicht artig war, ohne zu ahnen, dass das zu einem lebenslangen Weihnachtsmanntrauma führt", vermutet Jasmin kichernd. Miriam wünschte, ihre lieben Kolleginnen würden endlich aufhören. Aber kann sie es ihnen verübeln? Es ist schon ungewöhnlich, wenn jemand Weihnachten derart ablehnt wie sie, das kann selbst sie nicht abstreiten. Ihre Kolleginnen stecken die Köpfe zusammen und sehen aus, als versuchten sie der Story des Jahres auf den Grund gehen. Sie sind wie im Rausch, Miriams Unbehagen entgeht ihnen komplett. *Egal, einfach ignorieren. Das kannst du doch gut.*

Verena meint augenzwinkernd: „Nein, ich glaube eher an eine Überdosis aus Lebkuchen, Glühwein und gebrannten Mandeln auf dem Striezelmarkt. Lebensmittel- oder Alkoholvergiftung oder so was."

Wenn ihr wüsstet, dass ich diesen Markt meide wie der Teufel das Weihwasser!

Miriam lacht gezwungen, doch ihr Gesichtsausdruck gefriert mehr und mehr zu Eis. Sie sollte die spaßig gemeinten Sticheleien einfach weglächeln, aber es gelingt ihr nicht.

Tamara äußert eine andere Theorie: „Oder hat dein Ex dir irgendwann mal eine Küchenwaage oder ein Topfset zu Weihnachten geschenkt anstatt eines funkelnden Brillantringes und dich damit bis an dein Lebensende verärgert?"

Bei dem schallenden Gelächter, das darauf folgt, verkrampfen sich Miriams Finger um ihr Glas.

Wenn ihr wüsstet, was ich alles verloren habe. Wenn ihr wüsstet, wie froh ich war, als ich endlich alles hinter mir lassen konnte. Wenn ihr wüsstet ...

Etwas braut sich in ihr zusammen und kämpft sich brodelnd an die Oberfläche. Sie atmet schneller, kann nichts dagegen tun, dass ihre mühsam aufrecht gehaltene Fassade einstürzt wie ein gesprengtes Gebäude, während die anderen sie erwartungsvoll ansehen.

Ihre Antwort platzt heftiger, als beabsichtigt heraus. „Ihr liegt absolut daneben mit euren dämlichen Vermutungen. Ich hatte eines Tages *NUR* mit der unwesentlichen Tatsache zu kämpfen, dass meine Mutter am ersten Feiertag tot umfiel. Einfach so, mitten in den Partyvorbereitungen zu meinem achtzehnten Geburtstag. Plötzlich lag sie auf dem Boden und quer über ihr die Girlande, die sie gerade anbringen wollte. So! Zufrieden? Jetzt wisst ihr Bescheid."

Provozierend schaut sie in die betroffenen Gesichter der anderen, dann zieht sie den Kopf ein. *Mist! Musste das sein? Hättest du nicht einfach den Mund halten können, dumme Pute?* Sie schlägt die Augen nieder und greift nach ihrem Glas. „Ich hätte nicht davon anfangen sollen." Sie nimmt einen tiefen Schluck, obwohl ihr übel ist. Am liebsten würde sie alles zurücknehmen, aber dafür ist es zu spät. Schweigen breitet sich am Tisch aus. Ihre Aussage hat die ausgelassene Stimmung durchtrennt wie ein Schwert, das ein Seidentuch in der Luft teilt. Während Michael Bublé gefühlvoll *I'll Be Home for Christmas* zum Besten gibt, ebbt Miriams Wut allmählich ab und geht über in Verlegenheit. Sie kann den anderen kaum in die Augen schauen.

Jasmin findet als Erste ihre Sprache wieder, nachdem sie sich erschrocken die Hand vor den Mund geschlagen hatte. „O mein Gott ... wie furchtbar", stammelt sie hilflos.

Tamara murmelt nicht minder betreten: „Sorry, Schätzchen, ich hatte ja keine Ahnung."

„Ja, wie auch?", fragt Miriam mit einer ungewissen Handbewegung und wiederholt: „Es tut mir leid, ihr Lieben, das war fehl am Platz. Ich will uns schließlich nicht den Abend verderben." Sie zieht bedauernd die Schultern hoch.

Verena sieht sie überrascht an. „Wieso hast du nie davon erzählt?"

„Weil mir eure originellen Kommentare lieber sind, als euer Mitleid", scherzt Miriam halbherzig, aber keine der anderen lacht.

„Sicher stand dir dein Vater in dieser schweren Zeit zur Seite", sagt Jasmin und sieht Miriam hoffend an, weil alles andere in ihren Augen einfach nicht sein kann.

Miriam schnaubt. „Irrtum. Er hatte es vorgezogen, drei Jahre vorher mit einer anderen Frau durchzubrennen. Ich stand gottverlassen da und wusste im ersten Moment gar nichts mehr."

Jasmins Schultern sinken nach unten, als würde ihr romantisches Weltbild untergehen.

„Aber was soll's", sagt Miriam munter und winkt ab. Sie strafft die Schultern und streicht sich die Haare aus dem Gesicht. „Das ist so lange her und ich bin trotzdem ein großes Mädchen geworden, auch ohne ihn. Seht mich an. Show must go on." Das meint sie wirklich so. Sie hat ihren Vater nicht gebraucht seit dieser schlimmen Sache. Umso unverständlicher kommen ihr nun ihre eigenen Empfindungen nach all den Jahren vor.

„Show must go on? Du spinnst ja wohl." Tamara beugt sich zu ihr rüber und umarmt Miriam schniefend. Die sonst so eloquente Reporterin ringt um Worte, was äußerst selten vorkommt. Verena schaut Miriam überlegend an. „Und du hast in all den Jahren nichts mehr von deinem Vater gehört oder gesehen?"

„Nein. Das heißt, ja. Zuletzt auf der Beerdigung meiner Mutter, aber ich habe all seine Gesprächsversuche abgeblockt." Bei der Erinnerung an ihre ohnmächtige Wut damals beißt sie sich auf die Innenseite ihrer Wange, bis sie Blut schmeckt. „Es war zwecklos. Ich entschied, dass ich in meinem ganzen Leben nie wieder etwas mit ihm zu tun haben wollte. Ich weiß nicht mal, wo er wohnt und ob er noch lebt."

Tamara hebt skeptisch den Kopf. „Du weißt nicht, wo er wohnt und ob er noch lebt? Schätzchen, du bist Reporterin und Dresden ist nicht Bangkok!"

„Richtig. Und hätte ich es gewollt, wäre es bestimmt ein Leichtes gewesen, das herauszufinden. Aber ich hatte nun mal nie das Bedürfnis danach", beharrt Miriam. Das hatte sie tatsächlich nicht. Ihr Leben ist gut so wie es ist. Schaudernd denkt sie daran, wie sie ihre Mutter im Flur liegend fand, vor Schreck unfähig sich zu bewegen. Wie sie vorsichtig an ihrer Schulter rüttelte und ihr Kopf zur Seite fiel. Wie sie zum Telefon griff und den Notruf wählte. Alles wie in Zeitlupe, mechanisch und ohne klar denken zu können. Wie ihre Mutter abtransportiert wurde, beobachtet von neugierigen Nachbarn hinter wackelnden Gardinen.

Die Zeit danach war grausam. Sie hatte nicht geahnt, welche körperlichen Schmerzen Trauer verursachen konnte, aber sie schaffte es aus dem Loch heraus. Selbst wenn ihr Vater noch lebte, für Miriam war er zusammen mit ihrer Mutter gestorben. Auch wenn er natürlich nichts für den Tod seiner Exfrau konnte, irgendwie hatte Miriam nie ganz damit aufgehört, ihm innerlich die Schuld oder zumindest eine Teilschuld dafür zu geben.

Jasmin befürchtet, Miriams Finger könnten ihr Glas zerquetschen. Sie legt ihr beruhigend die Hand auf den Arm. Verena ist immer noch erstaunt. „Warte mal, ich krieg es gerade nicht ganz auf die Reihe. Heißt das, du musstest dich mit gerade mal achtzehn Jahren ganz allein um die Beerdigung, den Nachlass und das ganze Zeug kümmern? In dem Alter hatte ich ausschließlich drei Dinge im Kopf: Klamotten, Partys und Jungs.“

Miriam schüttelt lächelnd den Kopf. „Ganz allein war ich nicht. Tante Ira, Mamas Schwester, kam aus Berlin und blieb die erste Zeit bei mir. Ich hätte auch zu ihr nach Berlin ziehen können, aber das wollte ich nicht. Außerdem war Karos Familie für mich da.“

Obwohl Miriam diese Offenbarung ganz und gar nicht geplant hatte, realisiert sie erleichtert, wie ein Stück der Last von ihr abfällt.

„Puh“, macht Tamara und atmet langgezogen aus. „Das muss echt hart gewesen sein.“

Miriam nickt fest. „Ja, aber ich hab es überlebt. Kommt bloß nicht auf die Idee, mich zu bemitleiden, Mädels.“ *Das wäre ja noch schöner.*

„Und jetzt Prost!“

Sie hebt ihr Glas als Zeichen, dass alles gesagt ist und stößt mit den anderen an. In ihr breitet sich eine Leichtigkeit aus, von der sie nicht genau sagen kann, ob sie von dem prickelnden Cocktail oder von diesem Gespräch oder von beidem herrührt.

$$10$$

Rezept Cocktail *Burlesque*
Fruchtig prickelnder Genuss
4 cl Erdbeersaft
4 cl Ananassaft
2 cl Wodka
1 cl Triple Sec
1 unbehandelte Limette
Eiswürfel
Prosecco
Minzblätter

Erdbeersaft und Ananassaft zusammen mit Wodka, Triple Sec, dem Saft einer Limette und 4-5 Eiswürfeln in einen Cocktailshaker geben und kräftig schütteln. In ein Cocktailglas gießen und mit gekühltem Prosecco auffüllen. Mit Minzblättern und einer Limettenscheibe garnieren und genießen.

11

Mittwoch, elfter Dezember

„Jetzt hör aber auf, Mona. Also wirklich!" Langsam wird Vincent Rombach ungeduldig. „Das muss ich mir echt nicht antun. Diese ganzen stillen Vorwürfe in jedem Blick, jeder Geste. Unmöglich ist das!" Er trommelt mit einem Lineal auf seinem Schreibtisch herum, während er den Telefonhörer fester umklammert. Dass Mona einfach nicht lockerlassen kann.

„Nun übertreibst du aber, Brüderchen, meinst du nicht?" Seine Schwester hört sich an wie seine Mutter und Vincent bereut fast, ans Telefon gegangen zu sein.

„Nein, meine ich nicht", brummt er. „Ich will mir nicht ständig ein schlechtes Gewissen für meine Berufswahl einreden lassen. Aber wie könntest du das auch verstehen, bei dir haben sie andere Maßstäbe angesetzt." Sogleich bereut er seinen harten Tonfall. Seine Schwester kann nichts für den Konflikt, der sich in der Familie Rombach in letzter Zeit immer mehr zugespitzt hat.

„Sorry …"

„Ich finde deine Haltung ziemlich egoistisch", bemerkt Mona leicht eingeschnappt.

„Egoistisch?" Seine Faust kracht auf den Schreibtisch und ein Stapel technischer Zeichnungen und Pläne segelt auf den Fußboden. Am anderen Ende ist es kurz still. Eigentlich ist er nicht der Typ, der mit der Faust auf den Tisch haut, aber langsam reicht es ihm.

Monas Stimme nimmt einen beschwörenden Klang an. „Vincent. Überlege es dir bitte noch mal. Die Kinder würden ihren Onkel so gern wiedersehen. Wir haben Weihnachten doch immer zusammen bei unseren Eltern gefeiert. Du brichst Mutter sonst das Herz."

„Du weißt schon, dass man das Erpressung nennt? Nein, im Ernst. Wir sehen uns bald wieder, versprochen. Aber nicht zu Weihnachten."

Er muss jetzt hart bleiben, denn er hat das sichere Gefühl, dass der kalte Krieg mit seinem Vater zu Weihnachten eskalieren könnte. Und das würde niemandem etwas bringen. Weder Mona und Jörg, noch seiner Nichte oder seinem Neffen und ebenso wenig seiner Mutter.

„Und wie willst du stattdessen Weihnachten verbringen, du sturer Esel?", will Mona wissen.

„Hab ich mir noch nicht überlegt", weicht Vincent aus, während er die Blätter vom Boden aufsammelt. „Es ist ja auch noch viel Zeit bis dahin. Vielleicht besuche ich Matthis in New York. Wir haben uns ewig nicht mehr gesehen."

„Matthis?" Monas Stimme klingt halb belustigt, halb schwärmerisch. „Den fand ich damals so süß. Und wie enttäuscht ich war, als ich feststellte, dass er nicht auf mich stand."

„Deine Enttäuschung ließ erst nach, als du herausgefunden hast, dass er auf überhaupt kein Mädchen stand", sagt Vincent.

Seine Schwester lacht glucksend in den Hörer. Vincent hört die Glocke an der Tür ihres Blumenladens läuten.

„Stimmt", sagt sie mit gesenkter Stimme. „So, ich muss aufhören und weiter Weihnachtskränze binden, die Kundschaft wartet. Versprich mir, dass du es dir überlegst, ja?"

„Bis bald, mach's gut", sagt Vincent und legt mit einem Seufzer auf.

12

Donnerstag, zwölfter Dezember

Es gab Tage, Wochen und Monate, die waren leicht wie flaumige, in der Luft tanzende Federn. Der Sommer im letzten Jahr mit Philipp war so sorgenfrei, dass Miriam sogar eingewilligt hatte, bei ihm einzuziehen. Das hatte sie nie zuvor getan. An diesem Punkt war schon die Beziehung mit ihrem streberhaften Studienfreund Jakob gescheitert, ebenso wie die darauffolgende mit Benjamin, dem Zahntechniker. Dieses Beziehungsaus stellte sich allerdings als Segen heraus. Sein Drang, jeden ihrer Schritte zu überwachen und sie damit klammerhaft an sich binden zu wollen, war Miriam erst unheimlich und am Ende unerträglich. Diesmal war es anders. Mit Philipp überfiel sie erstmals nicht das beklemmende Gefühl, in eine Sackgasse zu fahren. Ihre Liebe schien stark, nichts sprach dagegen, nach fast dreijähriger Beziehung ihre beiden Wohnungen zu einem gemeinsamen Lebensmittelpunkt zusammenzuführen. Das taten schließlich jeden Tag tausende Leute. Für Miriam war es bis zu diesem Zeitpunkt eine unüberwindbare Hürde. Diesmal fühlte es sich richtig an. Als der Zeitpunkt näher rückte, ihre Wohnung zu kündigen und bei Philipp einzuziehen, zogen graue Wolken auf, die das federleichte Gefühl Stück für Stück wegschoben.

Miriam fühlte sich mehr und mehr, als würde sie durch zähen Morast waten, der sie herunterzog in einen Strudel aus Zweifeln und Hilflosigkeit. An dessen Ende immer wieder die eine beängstigende Frage stand: *Was, wenn er plötzlich feige aus meinem Leben verschwindet wie damals mein Vater?* Philipps Wunsch, zeitnah eine Familie mit ihr gründen zu wollen, verschärfte ihren Zwiespalt. Die Zweifel gewannen am Ende und Miriam bekam kalte Füße. Sie sah keinen anderen Ausweg, als die Beziehung zu beenden. Philipps Geduld war am Ende und er drängte auf ihre Entscheidung. Warten hatte nie zu seinen Stärken gehört, Miriam dagegen hätte nichts dagegen gehabt, das Ganze noch etwas zu vertagen. So kam es, wie es kommen musste.

Als sie auf dem Weg zu Karo an Philipps Haus vorbeifährt, denkt sie kurz an die Auseinandersetzungen, an knallende Türen und wütend abgebrochene Telefonate. An Vorwürfe und Rechtfertigungen.

Karo hat dankbar zugestimmt, Miriam zur Opernpremiere zu begleiten. Sie wirkt sichtlich froh, dem Zwillings-Krabbel-Chaos daheim für ein paar Stunden zu entkommen. „Himmel noch mal, war das ein Tag heute", stöhnt Karo, als sie zu Miriam ins Auto steigt. „Ich musste mich zweimal umziehen und selbst jetzt fühle ich mich noch vollgespuckt."

„Das bist du auch." Miriam zeigt auf einen weißen Fleck an Karos Jackenkragen.

„Oh bitte!" Karo ist kurz davor, die Nerven zu verlieren. „Ich liebe die Zwerge wirklich abgöttisch, aber sie sind solche Spuckmonster!" Sie reibt an dem Fleck herum, bis er doppelt so groß ist und grummelt dabei:

„Ich sehne mich nach dem Tag, an dem ich nicht mehr nach Babykotze, Gemüsebrei und undefinierbarem Windelinhalt rieche.“

Miriam bricht in Lachen aus. „Sorry!“ Sie zupft ihrer besten Freundin schließlich das Tuch so zurecht, dass der Fleck nicht mehr zu sehen ist. „Auch wenn ich da nicht wirklich mitreden kann, so meine ich doch zu wissen, dass dieser Tag irgendwann kommt“, meint sie augenzwinkernd und startet den Motor.

„Dann glaub ich dir das einfach mal“, erwidert Karo gähnend.

Nachdem sie den Wagen in der Tiefgarage geparkt haben, schlendern die Freundinnen untergehakt über den golden angestrahlten Theaterplatz. Der Abend ist windig. Ausnahmsweise regnet es mal nicht. In dicken Lettern prangt der Name des zeitgenössischen Stückes *Apocalypsis* von den flatternden Werbebannern an der Fassade des Opernhauses, das mit seinem üppigen Dekor und den Skulpturen und Säulen zu den schönsten der Welt gehört.

„Wie du weißt, bin ich nicht gerade der größte Freund von solch opulenten Bühnenwerken“, gibt Karo zu.

Miriam nickt. „Ich weiß ...“

„Aber ich war schon seit einer Ewigkeit nicht mehr in der Semperoper und bin wirklich gespannt.“

„Ich glaube, das kannst du auch sein“, sagt Miriam, als sie ihre Plätze in dem prunkvollen Besuchersaal einnehmen.

Mit dramatischem Sopran, donnerndem Bass und einer außergewöhnlich körperbetonten Darbietung, die von viel nackter Haut dominiert ist, fesseln die Künstler, begleitet vom Sächsischen Staatsorchester die

Zuschauer von der ersten Sekunde an. Gebannt verfolgt Miriam mit Notizbuch auf dem Schoß und Kugelschreiber in der Hand die eigenwillige Inszenierung, die das Ende der Welt durch Terror und Krieg zeigt. Selbst Karo starrt selbstvergessen auf das künstlerische Szenario und vergisst für die nächsten zwei Stunden, dass sie Opern bis dahin nicht mochte.

13

Freitag, dreizehnter Dezember

„Ein Meeting an einem Freitag, dem dreizehnten", murmelt Jasmin unheilvoll.

„Also wenn ihr mich fragt … Wer sich von so dämlichem Aberglauben beeinflussen lässt, ist selbst schuld, wenn ihm an so einem Tag tatsächlich was Schlimmes zustößt", kommentiert Hendrik, der Pfau, selbstgefällig und rückt seine Krawatte zurecht.

„Dich fragt aber keiner", knurrt Verena.

Er kann einfach nicht anders, denkt Miriam. Nacheinander versammeln sich die Redakteure im Konferenzraum. Regentropfen rinnen in dünnen Fäden an den raumhohen Fensterscheiben herunter. Der Goldene Reiter, das berühmte Dresdner Wahrzeichen, das August den Starken zeigt, sieht winzig aus von hier oben. Miriam steuert einen freien Platz zwischen Verena und Jasmin an. Daneben sitzen Johanna, Robert und ihnen gegenüber die schöne Tamara, Hendrik sowie sechs weitere Mitarbeiter der Redaktion.

„Wie war die Premiere gestern?", will Verena wissen. Miriam nickt begeistert und flüstert: „Beeindruckend. Ich erzähle dir später davon."

Der Raum ist erfüllt von murmelnden Gesprächen, dem Geräusch raschelnder Unterlagen, Kaffeeduft, der aus dampfenden Tassen strömt und einer erwartungsvollen Atmosphäre. Tamara knipst auf ihrem Kugelschreiber herum, Hendrik schaut zum dritten Mal auf seine Armbanduhr und Robert fragt nach weiteren drei Minuten in die immer lauter werdenden Gespräche: „Wo bleibt eigentlich Patricia?"

„Ja, wo ist sie?" Fragende Blicke gehen zur Tür, aber von der Chefredakteurin ist seltsamerweise nichts zu sehen.

„Das sieht ihr gar nicht ähnlich, zu einem Meeting, das sie selbst eingerührt hat, zu spät zu kommen", witzelt Verena hinter vorgehaltener Hand.

Miriam nimmt einen großen Schluck Kaffee, während sie gedanklich ihren Bericht zu *Apocalypsis* formuliert, als sie mitten in der Bewegung erstarrt und zur Tür schaut. Die Gespräche und Geräusche verstummen. Alle Blicke sind zur Tür gerichtet, durch die Patricia Flemming in einer ungewohnten, fast schon grotesken Haltung tritt. Wobei treten der falsche Ausdruck ist, sie humpelt an Krücken! Robert fasst sich als Erster. Er schluckt die Reste seines Sandwichs herunter und eilt ihr zu Hilfe.

„Danke, nicht nötig!" Ihr Gesichtsausdruck ist unbewegt wie immer, als sie sich umständlich auf den Stuhl an der Stirnseite des Tisches setzt, darauf bedacht, sich keinen Schmerz anmerken zu lassen. Vorsichtig streckt sie ihr rechtes Bein aus, das bis unters Knie eingegipst ist.

Autsch ..., denkt Miriam mitfühlend.

Patricia verzichtet auf ein „*Guten Morgen*" und nickt nur knapp in die Runde. „Bevor hier sinnfreie Spekulationen aufkommen ... das da ist eine Schienbeinfraktur.

Ein kleiner Joggingunfall gestern auf einem vereisten Waldweg, nichts Weltbewegendes", wiegelt sie ab. „Wir können also direkt zum Wesentlichen kommen."

Bevor einer der Anwesenden etwas sagen kann, geht Patricia Flemming, in ihren Unterlagen blätternd, zur Tagesordnung über. *Typisch Patty Power,* denkt Miriam und weiß nicht, ob sie die Chefredakteurin für ihre offensichtliche Härte bewundern oder darüber den Kopf schütteln soll.

„Das neue Gourmetrestaurant am Blauen Wunder ... Verena, du gehst bitte zur Eröffnung nächsten Dienstag. Der Bericht kommt in die zweite Januarausgabe."

Verena nickt kurz und notiert sich den Termin. Patricia fährt fort, ihre Unterlagen durchzugehen und verteilt knappe Anweisungen an die Mitarbeiter.

„Ach ja, die Silvestertipps für Familien", sagt sie in Jasmins Richtung. „Hier gibt es eine Planänderung. Das kommt schon in die Vorweihnachtsausgabe, nicht in die letzte zum Jahresende. Bitte bis heute Nachmittag auf meinen Tisch!" Jasmin öffnet den Mund und schließt ihn wieder, als sie Patricias eisigem Blick begegnet.

Ungerührt fährt die Chefredakteurin fort: „Tamara, du triffst dich heute zum Mittagessen mit der Schirmherrin des Vereines für bedürftige Kinder. Ich will alles über diese Charity-Versteigerung am zweiundzwanzigsten Dezember wissen. Daraus machen wir was Großes. Emotional und mitten ins Herz der Leser."

„Aber mein Termin 13 Uhr mit dem neuen Fußballtrainer?", hält Tamara dagegen.

Patricia zuckt mit den Schultern. „Verschiebe ihn oder schick eine Vertretung hin."

Tamara macht einen Schmollmund, als Patricia sich wieder ihren Unterlagen widmet. Miriam tippt unter dem Tisch mit der Fußspitze an Tamaras hochhackige Pumps, die die gleiche kirschrote Farbe haben wie ihre Lippen. Sie wechseln einen Blick, der sagen soll: *Die hat sie doch nicht mehr alle.*

Als hätte die Chefredakteurin das mitbekommen, pfeffert sie ihren nächsten Befehl durch den Raum. „Der *Apocalypsis*-Premierenbericht kommt ebenfalls in die Vorweihnachtsausgabe, ich brauche ihn heute Nachmittag, das ist doch kein Problem, Miriam?"

„Ganz und gar nicht", erwidert sie und beißt sich auf die Zunge, damit ihr nicht noch eine ironische Bemerkung hinterherrutscht. Miriam ist froh, dass der Bericht zumindest in ihrem Kopf schon ziemlich ausgereift ist. Es wirkt beinahe so, als würde Patty Power absichtlich nach Lust und Laune die Deadlines vorziehen, um ihre Mitarbeiter kurz vor Weihnachten zu ärgern oder einfach nur um zu beweisen, dass sie es kann. Nicht, dass es Miriam etwas ausmachen würde, sie hat ja ohnehin nicht vor, das Fest in irgendeiner Art zu feiern. Aber andere Leute schon. Sie beobachtet, wie Jasmin hektisch unter dem Tisch eine Nachricht in ihr Smartphone tippt, vermutlich um ihre Eltern zum hundertsten Mal zu bitten, ihr Kind aus der Kita abzuholen, weil es bei ihr mal wieder später wird.

„Wie weit ist die Ankündigung zum Skiweltcup an der Elbe?"

„Liegt schon auf deinem Schreibtisch", erwidert Hendrik voller Ehrerbietung. *Dieser Schleimer!* Patricia nickt wohlwollend.

„Okay", sagt sie schließlich und klappt ihre Mappe zu. „Das dürfte es gewesen sein."

Ihr scheint noch etwas einzufallen, denn sie hebt ihren Zeigefinger. „Eine Kleinigkeit noch, Miriam."

Miriam zuckt zusammen. Sie war in Gedanken schon bei ihrem Bericht, der nun früher fertig werden muss.

„Ja?", fragt sie und versucht, sich ihren Argwohn nicht anmerken zu lassen.

Patricia zeigt auf ihr Gipsbein und seufzt fast unhörbar. „Ungünstigerweise muss das in ein paar Tagen operiert werden, was bedeutet, dass ich bedauerlicherweise nicht nach New York fliegen kann."

Miriam nickt. *Natürlich geht das nicht mit dem Bein,* denkt sie. *Dann muss sie das eben im Januar nachholen, wenn sie so scharf darauf ist, den Boss persönlich zu treffen. Oder per Videokonferenz oder was auch immer lösen. Aber was hat das mit mir zu tun?*

Patricia teilt Miriam ohne Umschweife mit: „Du wirst an meiner Stelle fliegen."

Verwundert schauen die Anwesenden zwischen Miriam und Patricia hin und her.

Miriam traut ihren Ohren nicht. Ihr Herzschlag setzt kurz aus und ihr Kugelschreiber fällt scheppernd auf die Tischplatte.

„Äh, wie bitte?", fragt sie und schiebt ihre Brille, die ein Stück die Nase heruntergerutscht ist, wieder hoch. *Was hat sie da gesagt? Bestimmt hab ich mich verhört. Das kann sie unmöglich ernst gemeint haben.*

„Du fliegst nach New York und hast die ehrenvolle Aufgabe, Christoph Berger an meiner Stelle am achtzehnten Dezember den Jahresbericht darzulegen und", sie weist mit einer feierlichen Geste nach links zu dem

Regal, in dem der Medienpreis steht, „ihm den Preis zu überreichen. Wenn du willst, kannst du meinen geplanten Urlaub auch komplett übernehmen und über die Feiertage bleiben. Sieh es als kleine Entschädigung an", meint sie gönnerhaft und steckt ihre Unterlagen in eine Mappe. „Das alles zu stornieren oder umzubuchen, wäre mir im Moment viel zu viel Aufwand."

„Nach New York", wiederholt Miriam. „Aber ..."

Patricia atmet seufzend aus und erklärt Miriam, als wäre sie begriffsstutzig: „Du bist die Einzige hier, die ich damit beauftragen kann. Fast alle anderen Mitarbeiter habe ich terminlich bis Weihnachten fest verplant. Und denjenigen, die Familie oder gar Kinder haben, kann ich das schlecht zumuten, oder? Ich bin ja kein Unmensch, obwohl mir klar ist, dass das viele anders sehen."

Sie lacht über ihre eigenen Worte. „Und da du ohnehin nicht viel von Weihnachten hältst, wie wir alle wissen, bist du bestens für diese Aufgabe geeignet."

Für sie ist damit alles gesagt. Sie erhebt sich von ihrem Stuhl und stützt sich auf ihre Krücke. „Den Jahresbericht gehen wir am kommenden Montag gemeinsam durch, damit du im Bilde bist. Christoph mag es nicht, wenn Leute nicht aussagefähig sind."

Aha.

Mehr kann Miriam nicht denken, als sie im Pulk der Kollegen aus dem Konferenzraum gedrängt wird. Tamara boxt sie spaßhaft in die Seite und sieht aus, als hätte sie sich in einen funkelnden Diamanten im Schaufenster eines Juweliers verliebt. „Mensch, Miriam, New York! Du bist so ein Glückspilz! Wenn ich dich nicht so mögen würde, würde ich dich spätestens jetzt vor Neid hassen."

Miriam sackt auf ihren Schreibtischstuhl und stützt den Kopf auf die Hand. *New York ...*

„Bitte nimm mich mit", fleht Verena händeringend quer durchs Büro.

Hendrik schüttelt den Kopf, als könne er es nicht fassen. „Wenn das mal nicht eine Nummer zu groß für dich ist! Die Chefin muss ganz schön verzweifelt sein, wenn sie jemanden wie dich zu Berger abkommandiert."

Miriam muss angesichts dieser Unverschämtheit schlucken. Was hat sie denn erwartet? Dass sich Schwarzbach seit ihrer Begegnung auf dem Eis plötzlich in einen netten, umgänglichen Menschen verwandelt hat? Nein, er mag vielleicht noch eine andere Seite haben, aber im Grunde wird er immer ein arrogantes Großmaul bleiben.

„So sprachlos würde ich mich ihm allerdings nicht zeigen, sonst schickt er dich postwendend wieder zurück", packt er noch eins drauf, aber Miriam hört nicht mehr hin, weil ihr Patricias Verkündung, die sie Kleinigkeit genannt hatte, noch in den Ohren klingelt. Obwohl sie sich kaum konzentrieren kann, zwingt sie sich, den Premierenbericht zu beenden und mailt ihn an Patricia, die sich nach dem Meeting ins Homeoffice verabschiedet hat. Dann schaltet sie ihren Computer aus und verlässt immer noch verwirrt und mit mulmigem Gefühl im Bauch die Redaktion. New York ... *Warum eigentlich nicht?*

14

Samstag, vierzehnter Dezember

Pearl miaut klagend in Miriams Ohr. Sie schlägt die Augen auf und gähnt. 6:52 Uhr und das an einem Samstag, na super! Die Katze reibt ihren Kopf an Miriams Schulter und vermittelt den Eindruck, elend zugrunde zu gehen, wenn sie nicht umgehend gekrault wird. Natürlich ist es der Katzendame ganz egal, wie spät es ist. Miriam wuschelt ihr eine Weile schläfrig durchs Fell. Sie tapst in die Küche, dicht gefolgt von Pearl und schaltet den Kaffeeautomaten an, der sich mit lautem Zischen bereit für die erste Ration des Getränkes macht, ohne das ein Leben nach Miriams Auffassung zwar möglich aber sinnlos ist. Sie setzt sich an den Küchentisch am Fenster, nimmt einen großen Schluck Kaffee und blickt über die umliegenden Dächer, zwischen denen vereinzelt kahle Baumkronen hervorstechen. *Wie ist es wohl, zwanzig Stockwerke höher aus dem Fenster zu schauen?*, fragt sie sich. Ihr fällt der durchgeknallte Traum von letzter Nacht ein. Lächelnd und bestens vorbereitet hatte sie Christoph Bergers Büro in Manhattan betreten, als plötzlich ihre Katzen zähnefletschend aus dem Nichts auftauchten. Gefräßig wie immer begannen sie, Miriams sorgfältig zusammengestellte Unterlagen zu zerfleischen und mit den

Zähnen in hunderttausend Schnipsel zu zerreißen, ohne dass sie etwas dagegen tun konnte. Dann tauchte zu allem Überfluss auch noch der Kollege Schwarzbach auf, um ihnen aus einer Karaffe Wasser einzuschenken, das er mit Absicht auf Miriams Hosenanzug tropfen ließ. Dazu flüsterte er ihr schadensfroh ins Ohr, dass ja von Anfang an klar gewesen sei, dass sie es vermasseln würde. *So was kann auch nur ich träumen!*

Geräuschvoll stellt sie ihre Kaffeetasse ab und betrachtet Poppy und Pearl misstrauisch. „Ich traue euch zu, dass ihr dazu imstande wärt." Die Katzen sehen sie an, als ob sie keiner Fliege, geschweige denn einer Maus etwas zuleide tun würden.

New York ... In vier Tagen ist sie in der Weltmetropole. In der Stadt, von der es heißt, sie würde niemals schlafen. Miriams Verwirrung ist über Nacht einer zaghaften Vorfreude gewichen, die allmählich in eine euphorische Begeisterung umschlägt. Sie wird Weihnachten und ihren Geburtstag fern von Dresden mit all seinen dunklen Erinnerungen verbringen und die Tage in Manhattan in vollen Zügen genießen. Frei von heimischem Weihnachtsgedöns, Trompetenklängen, Mistelzweigromantik und Tannenduft. Frei von jeder Besinnlichkeit, so viel ist sicher. Sie zieht sich gut gelaunt an und verschwindet im Badezimmer. Sie muss sofort Karo anrufen und ihr von dieser unglaublichen Nachricht erzählen. *Wenn du doch mitfliegen könntest!* Vielleicht können sie sich treffen. Es beginnt zwar schon wieder zu nieseln, wie Miriam mit einem Blick zum Fenster feststellt, aber das tut es schließlich gefühlt täglich in diesem Dezember. Sie fühlt sich beflügelt wie lange nicht mehr. Dieser letzte Monat des

Jahres, den sie braucht wie einen juckenden Ausschlag, nimmt so eine unverhoffte Wendung, dass Miriam fröhlich vor sich hin summt.

Karo bleibt stehen und starrt Miriam an. „Du verarschst mich, oder?"

Miriam schüttelt den Kopf. „Nein, es stimmt. Ich schwöre."

Karo war so neugierig geworden von Miriams Andeutungen, dass sie kurzerhand Lotte und Felix in den Buggy packte und den ohnehin anstehenden Vormittagsspaziergang dafür nutzte, sich mit Miriam in Blasewitz zum Spaziergang am *Blauen Wunder*, der Loschwitzer Brücke, zu treffen.

Der Nieselregen verwandelt die Wege blitzeisartig in eine Schlitterbahn. Raureif hat die Wiesen und die kahlen Sträucher mit einer zarten, kristallenen Silberschicht überzogen. Nach fünf Minuten im Buggy beschließt Felix, die Welt lieber vom Arm seiner Mutter aus betrachten zu wollen. Karo trägt ihren Sohn auf dem Arm, während Miriam Lotte im Buggy vor sich herschiebt, vorbei am Schillergarten, der traditionsreichen Blasewitzer Gastwirtschaft am *Blauen Wunder*.

„Weißt du noch …", sagt Karo versonnen, während Felix ihr mit seinem kleinen Handschuh durch die Haare wühlt. „Wir beide damals in New York. Es kommt mir vor, als wäre es in einem anderen Jahrhundert gewesen."

Miriam lächelt. „Wir kamen uns vor wie Welteroberer und hatten am letzten Tag nur noch ein paar Dollar in der Tasche. Ich wünschte, du könntest mitkommen.

Mit dir zusammen würde die Reise noch viel mehr Spaß machen."

Miriam sieht zu, wie die kleine Lotte mit großen Augen und roten Apfelbäckchen auf eine Gruppe Enten zeigt und fröhlich mitschnattert.

Karo ist immer noch baff. „Ich glaube, mich würde der Großstadttrubel zu Weihnachten verrückt machen. Aber ich verstehe dich natürlich."

Wahrscheinlich ist Karo die Einzige auf der Welt, die sie versteht, die keine Erklärungen braucht, die sie nicht mitleidig ansieht und von der sie sich ohne viele Worte verstanden fühlt. Seit jeher halten sie zusammen wie Pech und Schwefel. Es gab aber auch Zeiten, in denen Miriam sich manches Mal dabei ertappte, wie der Neid sie überfiel. Neid angesichts Karos intakter Familie und auf die Sicherheit, die eine solche Familie einem gibt. Besonders in den ersten Jahren, als Miriam allein klarkommen musste, hatte sie im Stillen öfter so empfunden und gleichzeitig ein schlechtes Gewissen deswegen gehabt.

Aber das ist lange vorbei. Karo ist wie ein Anker im stürmischen Meer für sie. Eine Woge der Zuneigung erfasst sie. Sie bleibt stehen und umarmt Karo fest. „Das muss einfach mal sein."

„Immer gern", sagt Karo lachend. „Wann fliegst du und wie lange bleibst du?"

„Ich fliege am Dienstag und komme erst am sechsundzwanzigsten Dezember zurück. Stell dir vor, Patty Power vermacht mir freundlicherweise ihren kompletten Weihnachtsurlaub, als kleine Entschädigung, wie sie sagte. Bei der Art und Weise, mit der sie mich dazu verdonnert hat, wollte ich im ersten Moment schon ablehnen und dem wollte sie mit ihrem großzügigen Angebot vermutlich zuvorkommen. Aber dann hab ich mir gedacht: Hey ... im Prinzip kommt mir das doch eigentlich wie gerufen."

„Und im Prinzip bist du zu beneiden", stimmt Karo zu.

„Ja, nicht wahr? Shopping in Big Apple anstatt *Stille Nacht* in Elbflorenz. Die Aussicht klingt verlockend."

„Ich würde wahrscheinlich schon am zweiten Tag Rotz und Wasser heulen, weil ich Florian und unsere beiden Spuckmonster so vermisse."

Wie aufs Stichwort will Felix herunter von Karos Arm und auch Lotte wird es zur gleichen Zeit langweilig. Die Zwillinge schieben den Buggy ein Stück, torkelnd mit wackeligen Schritten, bevor Lotte lautstark brabbelnd verkündet, dass sie verhungern wird, wenn sie nicht innerhalb der nächsten zehn Sekunden etwas zu essen bekommt. Karo gibt den Kleinen ein Stück Brot und sagt: „Wir müssen dann mal los. Meine beiden Lieblingsspucktyrannen verlangen ihr Mittagessen."

Sie kehren zurück zu Karos geparktem Auto und Miriam hilft ihrer Freundin, die zappelnden Zwillinge in die Kindersitze zu verfrachten, was sich als Kraftakt entpuppt.

„Komm doch mit zum Essen zu uns, Florian kocht", bietet Karo ihrer Freundin an, als sie schnaufend an der Autotür steht. Doch Miriam, die sich neben den ESTA-Formalitäten für ihre Reise noch um diverse zu überarbeitende Artikel kümmern muss, schüttelt bedauernd den Kopf. „Danke, aber ich habe noch so viel zu tun. Eine kleine Bitte hätte ich aber noch", sagt sie.

Karo nickt verstehend und zwinkert ihr zu. „Briefkasten-, Grünpflanzen- und Katzendienst. Geht klar."

Miriam beugt sich zu den Zwillingen ins Auto und drückt ihnen einen Kuss auf die rosigen Wangen. Gerade noch kann sie ihre Brille festhalten und ihre braunen Haare hinter das Ohr schieben, bevor Felix sie ihr mit seinen winzigen Fingern von der Nase reißt. Sie schneidet eine Grimasse und die Kleinen klatschen jauchzend vor Begeisterung in die Hände.

Zu Karo gewandt, sagt Miriam: „Du weißt gar nicht, wie dankbar ich dir bin!" Sie wirft ihrer Freundin eine Kusshand zu, als diese hupend wegfährt.

Zu Hause wartet kurz vor ihrem Flug noch ein Haufen Arbeit, doch vorher hat sie noch eine Sache zu erledigen, die keinen Aufschub duldet. Sie macht einen Abstecher zum Blumenladen am Schillerplatz. Das granitgraue Kopfsteinpflaster am Fuße des *Blauen Wunders* ist rutschig. Die Sonne hat sich herausgewagt, als Miriam den Fußgängerweg nach Loschwitz betritt. Glitzernde Sonnenstrahlen spiegeln sich an der blauen Stahlkonstruktion, der die Brücke ihren Namen verdankt. Miriam hält ihr Gesicht der Sonne entgegen und genießt die Wärme, die sich den kalten Temperaturen zum Trotz über ihren Wangen ausbreitet. In der Mitte der Brücke verharrt sie, die Arme auf das Geländer gestützt und lässt ihren Blick elbabwärts über die Sternwarte Manfred von Ardennes und die drei Elbschlösser schweifen. Keiner der bisherigen Dezembertage war so schön wie dieser. Auf der anderen Elbseite angelangt, ist sie nach wenigen Minuten da, wo es sie hingezogen hatte.

„Hallo, Mama."

Sie befreit den Strauß apricotfarbener Rosen vom Papier und legt ihn auf das efeubewachsene Grab ihrer Mutter auf dem Loschwitzer Friedhof.

„Stell dir vor, heute scheint die Sonne, nachdem es in den letzten zwei Wochen fast jeden Tag geregnet hat", sagt sie zu dem hellen Grabstein und fährt mit der Hand über die Inschrift *Vera Engel*. Es fühlt sich überhaupt nicht seltsam an, nach all den Jahren an diesem Ort noch immer mit ihr zu reden, als würden sie gemeinsam in der Küche stehen und Engelsplätzchen backen. In der ersten Zeit hatte sie das nicht gekonnt. Sie war oft an diesem Ort gewesen, aber jedes Mal schwieg sie in stummer Verzweiflung, in das flackernde Kerzenlicht starrend. Später merkte sie, dass es ihr eigenes Unverständnis etwas abmilderte, wenn sie etwas sagte, anstatt wortlos vor dem Grab zu knien und seitdem hat sie diese Angewohnheit nicht abgelegt. Es ist, als würde ihre Mutter von einer anderen Ebene aus an ihrem Leben immer noch in einer gewissen Form teilhaben.

„Ich komme diesmal früher, weil ich in ein paar Tagen nach New York reise."

Miriam knabbert an ihrer Unterlippe und blinzelt gegen die Sonne. Ihr fällt ein, wie ihre Mutter oft im Scherz gesagt hat, man löst Probleme nicht, indem man vor ihnen wegläuft, sondern indem man ihnen ein Bein stellt. Vera Engel war eine kluge, patente Frau. Die Weihnachtsreise ihrer Tochter würde sie vermutlich als Flucht bezeichnen. Und damit läge sie nicht mal falsch. Miriam streicht seufzend mit den Fingerspitzen über die raureifbedeckten Efeublätter. Es war, ist und bleibt so ungerecht, wenn ein Leben viel zu früh und auf so tragische Art endet. Jahrelang hatte sie die ganze

Welt für das Schicksal ihrer Mutter verflucht. Am meisten aber ihren Vater, weil er sie kaltherzig hatte fallen lassen, wie eine heiße Kartoffel. So etwas verdiente kein Mensch, am allerwenigsten ihre Mutter.

„Mach's gut."

Miriams Hand verharrt kurz auf dem Grabstein, bevor sie den Friedhof verlässt.

15

Sonntag, fünfzehnter Dezember

PaulaFashion Blogbeitrag 15.12.

Vom VERIRREN, GEWINNEN und VERLIEREN – mein ultimativer Jahresrückblick
Okay, das war es dann wohl fast. Dieses Jahr war wie eine Achterbahnfahrt, von der ich nicht wusste, wo sie mich ausspucken wird. Ich habe mich einige Male verlaufen. Bin in Sackgassen gelandet, in Fettnäpfchen getreten, habe manchmal meine Klappe zu weit aufgerissen und einige Freunde haben sich aus meinem Leben verabschiedet. Ich habe ihnen lächelnd Ciao hinterhergerufen. Andere Leute sind geblieben und auch wenn es nicht viele sind, auf sie kommt es an. Sie sind echt. Sie sehen in mir nicht nur das Mädchen mit den hellblonden Strubbelhaaren, dem Piercing und den skurrilen Klamotten, die es nirgends zu kaufen gibt. Sie sehen mich, P.A.U.L.A. Allen voran Rocco, ohne den ich nicht gewusst hätte, wie ich dieses Jahr überstehen soll.
Aber ich habe mich nicht nur verirrt in diesem Jahr, ich habe auch etwas gewonnen. Während ich so viel entworfen und genäht habe, wie nie zuvor, ist mir eines klar geworden: Es ist genau DAS, was ich tun will in meinem Leben. DAS und nichts anderes. Wenn ich

zeichne, entwerfe, verwerfe, zerknülle und wieder neu entwerfe und mich anschließend an die Nähmaschine setze, dann bin ich einfach nur ich.

Und noch eins steht für mich fest: Ich lasse mich nicht mehr verbiegen! Irgendwann ist der Moment da, in dem du dich entscheiden musst. Ich habe mich entschieden. Ich habe nach Modefachschulen und Berufskollegs gegoogelt. Dabei ist mir klar geworden, dass ich mich in eine blöde Situation gebracht habe, als ich vor ein paar Wochen beschloss, nicht mehr zur Schule zu gehen. Anfangs fühlte sich das total richtig an. Mittlerweile bin ich mir nicht mehr so sicher, denn um an einer Modefachschule oder einem Berufskolleg angenommen zu werden, brauche ich mindestens einen Realschulabschluss, also muss ich das Ding irgendwie zu Ende bringen. Meine Mutter wird dem Himmel danken, wenn ich wieder in die Schule gehe und sie hat mir versprochen, mich bei allem zu unterstützen, aber im Moment ist sie mit einer anderen Sache beschäftigt, die Vorrang hat. Die droht, meine Familie auseinanderzureißen. Mehr möchte ich darüber nicht schreiben, weil es zu sehr wehtut. Und weil es mir gerade etwas den Boden unter den Füßen wegzieht, kommt dieser Beitrag zum Jahresende schon heute. Ich habe keine Ahnung, wie diese Sache ausgeht, ich weiß nur, sie macht mir irgendwie Angst, sie zerreißt mein Herz und sie hinterlässt ein großes wackeliges Fragezeichen in diesem Jahr, das fast vorbei ist. Ich hoffe, dass dieses Fragezeichen im neuen Jahr zu einem oder besser drei festen Ausrufezeichen wird!!! Die drei Kerzen heute brennen für einen Menschen, der mir sehr nahesteht und dem ich damit alle Kraft der Welt sende.

Paula.

16

Montag, sechzehnter Dezember

Der Montag hat den sonnigen Sonntag zurückgedrängt und lässt die neue Woche wieder grau und wolkenverhangen beginnen. Miriam hat das Gefühl, den ganzen Tag nicht richtig wach zu werden, nachdem sie das restliche Wochenende ihre To-do-Liste abgearbeitet hatte.

Patricia hat sie für 11 Uhr in den Konferenzraum beordert und geht mit ihr die Details für den Termin mit Christoph Berger durch. Miriam hört zu, wie sie Tabellen und Diagramme auseinandernimmt, Kosten und Erträge gegenüberstellt und Pläne und Prognosen für die Zukunft von *ELBFLAIR* auswertet. Anderthalb Stunden später quillt ihr Kopf über von Zahlen und einer Million Informationen. Sie bezweifelt, dass sie das jemals so professionell vortragen kann wie Patricia. Wenn sie wüsste, was für ein Mensch Christoph Berger ist. Ist er am Ende genauso knallhart wie Patricia? Dass sie ihn nicht einordnen kann, macht die Sache nicht leichter. Immerhin hat sie noch einen Tag Zeit und einen langen Flug vor sich, auf dem sie sich auf das Treffen vorbereiten kann.

„Was macht dein Bein?", fragt Miriam, als die Chefredakteurin fertig ist und ihr den Stapel Unterlagen in die Arme legt.

„Übermorgen steht die OP an", sagt Patricia. „Wenn was ist, ruf mich jederzeit an, ich bin erreichbar, auch im Krankenhaus. Ach, noch etwas ..." Es folgt eine bedeutungsschwere Pause. Miriam ist hellhörig.

„Du solltest dich darauf einstellen, dass Christoph ein regelrechter Weihnachtsfanatiker ist." Sie grinst und schüttelt den Kopf.

Bevor Miriam nachfragen kann, welche Rolle das spielt, nimmt Patricia einen eingehenden Anruf entgegen und gibt ihr mit einem aufmunternden Nicken zu verstehen, dass der Termin beendet ist. Miriam schnappt sich die Unterlagen und verlässt grübelnd den Konferenzraum. Sie biegt mit schnellen Schritten nach links zum Büro, als sie gegen etwas prallt. Die Mappe fällt herunter und einige Blätter Papier segeln heraus.

„So schusselig unterwegs?", fragt Hendrik von oben herab und sieht zu, wie sie die Unterlagen zu seinen Füßen aufsammelt. Ihr zu helfen ist unter seiner Würde. Miriam unterdrückt den Impuls, ihm auf den Fuß zu treten und fragt nur: „Und selbst?"

„Hast du eigentlich Angst zu versagen in New York? Ich meine, das könnte jeder verstehen, Patricias Niveau ist unerreichbar. Die Sache könnte für dich ziemlich blamabel ausgehen, das ist dir doch hoffentlich klar?"

Er lacht schnarchend über seine respektlose Bemerkung.

Und das würde dich sehr freuen, ich weiß.

Im Unterdrücken aufbrausender Reaktionen ist Miriam inzwischen geübt, also schluckt sie die scharfe Erwiderung, die ihr auf den Lippen liegt, herunter und lächelt zuckersüß. „Derselbe Charme wie immer, Hendrik. War es das?" Sie dreht sich um und lässt ihn stehen. *Von dir lass ich mich nicht mehr provozieren, darauf kannst du Gift nehmen!* Viel zu lange hat sie sich von ihm negativ beeinflussen lassen. Damit ist jetzt Schluss!

Nur noch zwei Tage. Zwei Tage, dann würde sie den Kontinent wechseln. Dann würde der herablassende Hendrik, der seine andere, warmherzige Seite, falls es sie überhaupt je gab, wieder in der Schublade weit hinten versteckt hatte, nur noch ein unbedeutender Punkt im Universum sein.

17

Dienstag, siebzehnter Dezember

Vincent Rombach geht hinter einer lärmenden Familie mit einem plärrenden Jungen durch den Gang und versucht, das beunruhigende Gefühl loszuwerden. Im Vorbeigehen sucht er die Nummern der Sitzreihen ab; 39 B, na bitte. Die brünette Frau mit der auffälligen Brille am Fenster auf Platz 39 A blickt kurz auf, als er seine Tasche im Handgepäckfach verstaut und sich auf den Mittelplatz neben ihr setzt. Es hätte schlimmer kommen können. Wenigstens sitzt er nicht neben dem beleibten älteren Herrn mit akutem Gesprächsbedarf zwei Reihen dahinter, der schon vor dem Start sämtliche Passagiere in seiner Sichtweite unterhält.

Vincent wirft ihr einen flüchtigen Blick zu und sagt knapp: „Hallo.“

Sie erwidert mit einem Lächeln. Auf ihrem Schoß liegt ein Magazin. *ELBFLAIR*, liest Vincent aus den Augenwinkeln. Vincent schätzt sie auf Anfang dreißig. Schlanke Beine, enge Jeans. Das maritim blau-weiß-geringelte Longshirt, über dem sie einen leichten Strickcardigan trägt, verleiht ihr einen lässig-sportlichen Look, den allerdings die Brille mit dem Oversized-Gestell in dunkelblau konträr unterbricht.

Er zuckt unmerklich zusammen, als die Anschnallzeichen über ihm aufblinken. *Eine Intellektuelle,* vermutet er insgeheim und greift nach dem Bordmagazin vor sich.

Ablenkung. Er muss sich einfach nur ablenken, ganz egal, ob er den Look seiner Sitznachbarin analysiert oder sich ohne näheres Hinschauen durch das Bordmagazin mit den Parfüm-, Spielzeug- und Schmuckangeboten blättert. Er wischt sich die Hände an seinen Hosenbeinen ab. Eine Stewardess bittet ihn freundlich, sich anzuschnallen. Wenig später setzt sich die Maschine in Bewegung und rollt langsam aus dem Flughafengelände. Vincent spürt, wie sein Mund augenblicklich trocken wird.

Reiß dich zusammen, sagt er sich und schließt die Augen. Genau, einfach die Augen zulassen und an etwas anderes denken. Wie etwa ... Palmen. Palmen, die sich am Strand im Wind wiegen und dazu sanftes Wellenrauschen. Den Tipp hat ihm mal ein Experte gegeben und er scheint zu wirken. Vincent entspannt sich und konzentriert sich auf das Meeresrauschen in seinem Kopf. Die Maschine beschleunigt abrupt und er wird in den Sitz gedrückt. Er schluckt hart und streicht sich die dunkelblonden Haare aus der feuchten Stirn. Das Meeresrauschen ist wie weggeblasen.

Verdammt noch mal! Reiß dich zusammen, kein Mensch in dieser Maschine stellt sich so an.

Seine Hand krallt sich in die Armlehne zu seiner Linken. Die Brünette neben ihm schaut verstohlen erst auf seinen verkrampften Arm, auf dem die Adern pulsierend hervortreten, als würde das Blut mit

Lichtgeschwindigkeit hindurchrauschen und dann in sein Gesicht, auf dem Schweißperlen glänzen.

„Geht es Ihnen gut?", fragt sie misstrauisch, zwischen ihm und dem Gang hin und her schauend. „Brauchen Sie etwas?"

„Nein, alles okay", presst er zwischen zusammengebissenen Zähnen hervor. Das fehlt ihm noch, dass er die Aufmerksamkeit der Mitreisenden auf sich zieht und sich damit zum Deppen macht. Aber er befürchtet, bereits auf dem besten Weg dahin zu sein.

„Ich will Ihnen ja nicht zu nahe treten", raunt die Brünette ihm zu, „aber Sie sehen alles andere als okay aus. Sind Sie sicher, dass Sie keinen Arzt brauchen? Noch könnte man …"

„Ja, bin ich", unterbricht er sie und atmet tief ein. „Es geht gleich wieder. Kein Grund zur Sorge."

Sein Blick schnellt geradeaus, als er mit aller Macht in den Sitz gedrückt wird und die Maschine mit lautem Getöse vom Boden abhebt und steil nach oben zieht. Etwas schnürt seinen Brustkorb ein wie ein zu eng gezogener Gürtel. Die Sitzreihe vor ihm vibriert bedrohlich zu dem lauten Maschinengeräusch. „Die Maschine wird abstürzen", stößt er hervor.

„Nein, das wird sie nicht! Wie kommen Sie darauf?", fragt sie alarmiert.

Vincents Atem geht stoßweise, er schluckt und presst die Hände gegen seine Ohren, um diesen erbärmlichen Druck loszuwerden. Wie durch Watte hört er ihre Aufforderung: „Hier, kauen Sie das!" Er ignoriert die Tüte Studentenfutter, die sie ihm unter die Nase hält. Schweiß läuft ihm den Rücken herunter und durchnässt sein Hemd. Er spürt, wie ihm jemand mit einem

Tuch über die Stirn tupft und eine kühle Hand, die sich auf seinen Unterarm legt. Wahrscheinlich soll ihn das beruhigen, aber das tut es nicht. Nichts kann ihn beruhigen angesichts des totalen Kontrollverlustes und der drohenden Katastrophe, die dieser Kontrollverlust nach sich ziehen muss. Dabei hatte er gehofft, es inzwischen im Griff zu haben, nachdem er das erste Mal seit drei Jahren wieder ein Flugzeug betreten und sich damit auf Gedeih und Verderben dem Geschick eines fremden Menschen ausgeliefert hatte. Nun, er hat sich offenbar geirrt. Die Panik, die ihn in solchen Momenten befällt, fühlt sich lebensbedrohlich an, dagegen helfen weder ablenkende Gedanken, noch Studentenfutter und auch kein Tuch, das seinen Angstschweiß aufsaugt. Er öffnet den Mund, um etwas zu sagen, aber es kommt nur ein heiseres Röcheln aus seinem Hals.

„Atmen Sie hier rein“, befiehlt die Frau neben ihm und hält ihm eine der weißen Kotztüten vor den Mund.

So ein Quatsch!, denkt er im Strudel seiner Panik. Nur weil das immer in Filmen so gezeigt wird, heißt es noch lange nicht, dass es in der Realität funktioniert. Aber er hat gerade ohnehin nichts Besseres zu tun, als vor Todesangst wie ein gestrandeter Fisch nach Luft zu schnappen. Also tut er, was sie verlangt und atmet in die beschissene Kotztüte.

„Einatmen, ausatmen, einatmen“, betet sie wie ein Mantra herunter und nach ein paar Sekunden spürt er tatsächlich, wie die Panik langsam abebbt. Nach weiteren zwanzig Sekunden beruhigt sich sein Atem und seine angespannten Armmuskeln lockern sich. Sie nimmt die Tüte weg, ohne ihn aus den Augen zu lassen.

„Der Trick mit der Kotztüte funktioniert wirklich?", fragt er ungläubig.

„Scheint so", erwidert sie.

Er streckt sich und atmet tief ein und aus. Die Anschnallzeichen gehen mit einem sanften *Bing* aus. Vincent schaut sich um und versucht, sich zu orientieren. Das Ehepaar rechts von ihm starrt ihn unverhohlen mit offenen Mündern an. Langsam erlangt er wieder die Kontrolle über seine Sinne. Seine Sitznachbarin ordert bei der Stewardess einen Becher Wasser und Vincent stürzt ihn gierig hinunter.

„Haben Sie das öfter?", fragt sie und stopft die Tüte in den Sitz vor sich.

„Nur in Flugzeugen", antwortet Vincent und streicht sich über die dunkelblonden Bartstoppeln an seinem kantigen Kinn.

Er sieht sie an. Da ist ein tiefes Grübchen an ihrem Kinn. Plötzlich wirkt sie gar nicht mehr so intellektuell.

„Reisen Sie geschäftlich nach Manhattan?", fragt sie. Vermutlich möchte sie ihn clever in ein Gespräch verwickeln, um eine neuerliche Angstattacke zu verhindern, was ihm nicht unrecht ist.

„Nein", sagt Vincent, während sein Blick von ihrem Grübchen hoch zu ihren Augen wandert. „Ich besuche über Weihnachten einen Freund in Manhattan."

Wenn ich nicht vorher einem Herzanfall erliege, fügt er im Stillen hinzu.

Sie bückt sich nach ihrer Zeitschrift, die heruntergefallen ist.

„Warten Sie", sagt Vincent und hebt sie auf. Er wirft einen kurzen Blickt darauf, bevor er sie ihr reicht.

ELBFLAIR. Das Dresdner Stadtmagazin.

Auf dem Titel prangt in großen Lettern: *APOCALYP-SIS – DIE PREMIERE.*

Er streckt ihr die Hand hin. „Vincent Rombach. Danke, dass Sie mich vor dem psychischen Untergang bewahrt haben."

Es rumpelt und die Maschine sackt einige Meter in der Luft ab, was sein Herz wieder zum Rasen bringt, aber diesmal fasst er sich schneller. Sie lächelt ihn an. Ihre grauen Augen blitzen schelmisch, als sie seine ausgestreckte Hand ergreift. „Miriam Engel. Freut mich zu sehen, dass Ihre Gesichtsfarbe wieder die eines Lebenden annimmt."

Vincent spürt, wie seine Augenlider schwer werden, während er dem monotonen Fluggeräusch lauscht. Allmählich werden die murmelnden Gespräche der anderen Fluggäste leiser. Er starrt eine Weile aus dem Fenster in den blauen Himmel, unter dem sich die weiße Wolkendecke wie eine Polarlandschaft ausbreitet. Sie liest vertieft einen Artikel in ihrer Zeitschrift, wie er unter halboffenen Lidern wahrnimmt, bevor ihm die Augen zufallen.

Als Vincent aufwacht, fühlt er sich bleischwer und zerschlagen. Seine Kehle ist trocken wie eine Sandwüste. Er streckt gähnend den Rücken durch und schaut auf seine Armbanduhr. 14:37 Uhr. Er hat fast vier Stunden geschlafen. Der Fenstersitz neben ihm ist leer bis auf das *ELBFLAIR*-Magazin. Die Stewardess beugt sich zu ihm und fragt nach seinem Getränkewunsch. Er bestellt Kaffee und Wasser und blättert durch das Magazin. Bei dem Artikel auf Seite fünf bleibt sein Blick hängen.

Apocalypsis – wenn die Welt zu Staub zerfällt. Von Miriam Engel.

Moment, hatte sich seine Sitznachbarin nicht mit diesem Namen vorgestellt? Ja, klar, es fällt ihm wieder ein. *Eine Reporterin ist sie also, die offensichtlich für dieses Magazin arbeitet.*

„Wie beruhigend, es geht Ihnen also besser?" Plötzlich steht sie im Gang neben ihm und er steht hastig auf, um sie durchzulassen. Für einen winzigen Augenblick kommen sie sich dabei ziemlich nah und er riecht ihr frisches Parfüm, das ihn irgendwie an Meer und Sonne erinnert.

„Tut mir leid, dass ich Ihnen beim Start so auf die Nerven gegangen bin", murmelt er.

„Sie hätten mich vorwarnen sollen. Ich dachte, Sie hätten einen Herzinfarkt", sagt sie. „Das ältere Ehepaar nebenan wollte schon einen Hilferuf zur Crew absetzen."

Vincent reibt sich über die Augen und blickt unauffällig zu dem Ehepaar nach rechts. Die Frau schaut ihn mütterlich an und er lächelt knapp, aber höflich zurück.

Wie peinlich!

Er beugt sich ein wenig zu Miriam Engel herüber. „Ich ... Also das ist immer nur beim Start so. Ich denke jedes Mal, das kann nicht gutgehen und dann gerät alles in mir außer Kontrolle. Allerdings bin ich schon länger nicht mehr geflogen und dachte, es wäre vorbei."

Sie nickt verstehend. „Na ja, wir sind schon eine ganze Weile etwa neuntausend Meter über dem Atlantik und immer noch nicht abgestürzt, es gibt keine spürbaren Turbulenzen, also könnte man vermuten, dass wir heil ankommen werden", sagt sie scherzhaft.

Vincent grinst schief. Die Tatsache, dass er sich fast zehn Kilometer über dem Ozean befindet, beruhigt ihn zwar ganz und gar nicht, aber der furchtbare Angstzustand ist verschwunden. Er darf sich nur nicht diese Höhe bildlich vorstellen und auch nicht aus dem Fenster schauen, dann übersteht er den restlichen Flug irgendwie.

Was muss sie nur von mir denken?, fragt er sich, als sie einen Schluck Tomatensaft trinkt. Er hat sich immer gefragt, warum Menschen in Flugzeugen ausgerechnet Tomatensaft trinken. Es ist völlig gleichgültig, was sie von ihm denkt. In ein paar Stunden wird er in New York City ankommen und mit seinem alten Kumpel Matthis die Stadt unsicher machen. An diesen peinlichen Zwischenfall wird sich dann kein Mensch mehr erinnern. Es ist leise um ihn herum, die meisten Passagiere schnarchen oder dösen vor sich hin, in die dünnen Wolldecken der Airline eingehüllt. Auch Miriam Engel neben ihm ist eingeschlafen, wie er mit einem Seitenblick feststellt. Ihre Brille liegt auf dem Klapptisch und ihr Kopf an der Lehne ist etwas zur Seite gerutscht. Vorsichtig beugt er sich zum Fenster, um das Rollo herunterzuziehen. Er holt ein frisches Hemd aus seiner Tasche und geht zur WC-Kabine, um kaltes Wasser über sein Gesicht laufen zu lassen.

„Du Held", sagt er kopfschüttelnd zu seinem Spiegelbild. Zurück an seinem Platz stöpselt er sich Kopfhörer in die Ohren und sucht einen Film, der ihm in den verbleibenden Stunden bis zur Landung Ablenkung verschafft.

„Wir befinden uns auf dem Landeanflug nach New York City und werden in etwa zehn Minuten auf dem JFK-Airport landen. Wir hoffen, Sie hatten einen angenehmen Flug und freuen uns, Sie bald wieder auf einem unserer nächsten Flüge begrüßen zu dürfen", sagt der Kapitän mit sonorer Stimme.

Vincents Sitznachbarin hat fast die ganze restliche Flugzeit geschlafen. Er hat das Gefühl, etwas sagen zu müssen und er will sich für ihre Hilfe bedanken, aber ihm fallen nicht die richtigen Worte ein. Komisch, das ist sonst so gut wie nie der Fall. Er ertappt sich bei dem Gedanken, dass er sie gern wiedersehen und sich länger mit ihr unterhalten würde, aber hier und jetzt ein Treffen in Manhattan vorzuschlagen, wäre einfach plump.

„Wie lange bleiben Sie in New York?", fragt er stattdessen, um Zeit zu schinden.

Sie schiebt das Rollo hoch. Schräg vor ihnen sind bereits die Hochhäuser von Manhattan zu sehen. „Ich hab einen geschäftlichen Termin, bleibe aber über die Feiertage da."

„Allein?", rutscht es ihm heraus. Ups, das war unangebracht.

„Äh … ja", sagt sie nickend und wirkt etwas verlegen.

Auf Vincents Ohren lastet ein unangenehmer Druck, als die Maschine nach unten zieht und er schluckt ein paarmal und atmet unauffällig tief ein und aus.

„Vielleicht laufen wir uns ja mal zufällig über den Weg", sagt er scherzend. *Alles klar. Zufällig. In einer Stadt wie New York City? Was rede ich denn da für einen Unsinn! Ach was soll's.* Vincent setzt alles auf eine Karte. Er kritzelt seine Handynummer auf eine Serviette und reicht sie ihr.

„Hier ist meine Telefonnummer. Vielleicht haben Sie mal Lust auf einen Kaffee. Ich würde mich gern bei Ihnen für ihre … Hilfe revanchieren", sagt er.

Ihre Hände streifen sich kurz, als sie zögernd die Serviette entgegennimmt. Sie streicht sich eine Haarsträhne aus dem Gesicht und räuspert sich. Er holt seine Tasche aus dem Gepäckfach und reicht ihr ihre herunter.

„Danke. Ich überlege es mir", sagt sie und wirft ihm einen letzten Blick über die Schulter zu, als sie in der Schlange vor ihm zum Ausgang geht.

Auf dem Weg ins Flughafengebäude verlieren sie sich im Gedränge aus den Augen. Vincent kann unter den vielen Menschen nirgendwo ihren brünetten Haarschopf ausfindig machen.

Nicht übel, findet Miriam, als sie sich in der Lobby des *Grand Garden* einmal um die eigene Achse dreht, nachdem man ihr an der Rezeption die Karte für die Zimmertür ausgehändigt hat. Die ganze Einrichtung ist in Gelb, Weiß und Grün gehalten, angefangen von den spiegelnden Bodenfliesen im schilfgrünweißen Karomuster, über die eleganten Fenstervorhänge bis zu den dezenten, lindgrünen Sitzecken an der Wand, hinter den riesigen Grünpflanzen. Sogar den unvermeidlichen Weihnachtsbaum zieren passend grüne und gelbe Kugeln. Miriam drückt den Aufzugsknopf und fährt in die vierundzwanzigste Etage zu ihrem Zimmer mit der Nummer 776.

Vincent Rombach war plötzlich verschwunden inmitten der Menschenmassen, wie Miriam bedauernd festgestellt hatte. Sie hatten sich nicht mal mehr verabschiedet. Mit ihrem Rollkoffer in der einen Hand und einem Stadtplan in der anderen hatte sie sich in der langen Warteschlange eingereiht. Per Taxi und U-Bahn fuhr sie bis zur Seventh Avenue in Manhattan, von wo aus sie nur noch drei Minuten zu Fuß bis zum *Grand Garden* in Midtown Manhattan zurückzulegen hatte. Obwohl es in New York City einige Grad frostiger ist als zu Hause, nahm Miriam die Kälte kaum wahr, so berauscht war sie von den Eindrücken der Weltstadt. In den drei Gehminuten von der U-Bahnstation bis zum Hotel hatte sie fast ausschließlich nach oben gestarrt zu den vielen Wolkenkratzern, die den Himmel zu berühren schienen, bis ihr der Nacken wehtat. Man musste aufpassen, vor lauter in-die-Luft-gucken nicht in entgegenkommende Passanten hineinzurennen. Patricia hatte recht damit, als sie meinte, das Hotel läge in bester Lage. Und es ist kein Vergleich mit der Absteige, in der sie kurz vor dem Studium mit Karo untergekommen war. Miriam schüttelt sich bei dem Gedanken an das ziemlich schmuddelige Zimmer, das sie sich damals ein paar Tage lang geteilt hatten. Karo und sie kamen sich unglaublich erwachsen vor, als sie kurz vor dem Studium für drei Tage diese gigantische Stadt mit ein paar Dollar in der Tasche erkundeten.

Sie lässt ihren Blick durch das elegante Zimmer schweifen. Dunkle Nussbaummöbel, champagnerfarbene, floral gemusterte Tapeten und ein großes Wandbild mit grünen Blättern, die aussehen, als ob sie im Wind tanzen. Sie lässt sich gähnend auf das Bett fallen, nimmt die Brille ab und reibt sich über ihre brennenden Augen, die sie am liebsten sofort schließen würde, um tief und traumlos zu schlafen. Stattdessen springt sie auf, reißt die Vorhänge der bodentiefen Fenster mit der Stahlbrüstung zur Seite und bekommt große Augen. Über die Hochhausdächer hinweg bietet sich ein traumhafter Blick über den Central Park. Minutenlang steht Miriam versunken am Fenster.

Dann packt sie ihren Koffer aus und hängt den schwarzen Hosenanzug für ihren morgigen Termin mit dem Boss in den Schrank. Der Termin ist für 14 Uhr anberaumt und bei dem Gedanken daran fangen ihre Hände an, leicht zu zittern. Sie fühlt sich wie vor einem Vorstellungsgespräch.

Übertreib mal nicht, sagt sie sich. *Es geht hier nicht um die Schlacht von Waterloo.* Sie holt ihr Smartphone aus der Tasche, loggt sich in das Hotel-WLAN ein und schreibt Karo, dass sie gut angekommen ist. Sie war vor zwei Tagen noch einmal bei ihr gewesen, um ihr den Schlüssel zu bringen und sich zu verabschieden. Karo hatte ihr schniefend und blinzelnd eine tolle Zeit gewünscht und sie mit einer festen Umarmung gebeten, sich gleich nach ihrer Ankunft in NYC zu melden. Als sie das Smartphone zurück in die Tasche steckt, fällt ihr die Serviette aus dem Flugzeug in die Hand. Sie starrt auf die gekritzelte Telefonnummer und muss grinsen. Das war vielleicht ein Typ. Sie muss zugeben, dass seine Art, sich die dunkelblonden Haare aus der Stirn zu streichen, sie leicht nervös werden ließ. In der Schule war er bestimmt so etwas wie ein Mädchenschwarm. Diese grünbraun und honigfarben gesprenkelten Augen, umrandet von kleinen Lachfältchen, wenn er lächelte. Sie war fasziniert von diesen Augen und hatte sich bemüht, das nicht zu zeigen. Seine souveräne Ausstrahlung war jedoch mit dem Start der

Maschine in sich zusammengefallen wie ein einge-
stürztes Hochhaus. Zum Glück hatte er sich wieder gefangen, sobald sich das Flugzeug über den Wolken be-
fand.

Miriam starrt die Telefonnummer auf der Serviette
an. Soll sie ihn anrufen? *Quatsch,* denkt sie und schüttelt den Kopf über sich selbst, bevor sie die Serviette in
der Schublade des Nachttisches verstaut. *Vielleicht
später.*

Trotz ihrer rot geräderten Augen will sie noch einmal
raus und sich die New Yorker Luft um die Nase wehen
lassen, die Eindrücke dieser Stadt in sich aufsaugen. Sie
knöpft ihren dunkelroten Dufflecoat zu und schlingt
sich das schwarze Wolltuch um den Hals.

Draußen schneit es dicke Flocken. Die Straßen sind
mit einer leichten Schneedecke überzogen und Miriam
atmet Rauchwolken in die Luft, als sie Minuten später
am *Times Square* ankommt, der nur etwa einen Kilometer von ihrem Hotel entfernt ist. Die Schneeflocken
schweben an den riesigen Reklameschildern der Ge-
bäudefassaden vorbei. Auf der schneematschbedeck-
ten Straße spiegelt sich das Licht der bunt blinkenden,
digitalen Werbetafeln.

Gelbe Taxen rollen, abwechselnd beschleunigend
und bremsend, an ihr vorbei. Miriam lässt sich mitzie-
hen von dem Fußgängerstrom und den Geräuschen des
pulsierenden Straßenzuges. Sie genießt das Gefühl der
auf sie einprasselnden Impressionen. Wie bei ihrem
ersten Besuch vor etlichen Jahren. Als es dunkel wird,
kauft sie an einem Imbisswagen einen Hotdog und isst
ihn auf dem Rückweg ins Hotel.

Zurück in ihrem Zimmer lässt sie heißes Wasser in die Badewanne laufen und legt sich in ein duftendes Schaumbad, in dem sie beinahe einschläft. Anschließend schlüpft Miriam in ihren Lieblingsschlafanzug und zieht kuschelige Schlafsocken an. Sie schlurft todmüde ins Bett und schläft augenblicklich ein.

18

Mittwoch, achtzehnter Dezember

„Keine Spur von Jetlag, was Kumpel?", fragt Matthis und stößt seinem Freund aus Kindertagen den Ellenbogen in die Seite. Vincent füllt Wasser in die Kaffeemaschine und erwidert grinsend: „Einmal Frühaufsteher, immer Frühaufsteher."

Sein letzter Besuch ist vier Jahre her. Zu der Zeit wohnte Matthis noch in einem kleinen Zweizimmerapartment, das immerhin schon eine Verbesserung zu seiner allerersten Bleibe war, dem mickrigen Zimmer, das etwas über eintausend Dollar Miete im Monat kostete und gerade mal so groß war, dass Matthis sich nur mit an den Körper gepressten Armen um die eigene Achse drehen konnte, ohne gegen die Liege und das winzige Schränkchen zu stoßen.

Matthis macht sich in der Küche zu schaffen. Er wedelt mit einer riesigen Pfanne herum und befielt: „Setz dich! Du bist hier Gast und brauchst gar nichts machen."

„Ich bin aber nicht hergekommen, um mich bedienen zu lassen", widerspricht Vincent und stellt zwei dampfende Kaffeebecher auf die Küchentheke. Er setzt sich auf einen der roten Barhocker. Kurz darauf zieht der Duft nach gebrutzelten Eiern mit kross gebratenem

Schinken und Würstchen durch das Loft mit den rotbraunen Ziegelwänden im Stadtteil SoHo.

„Ist das deine neue Flamme?", fragt Vincent und deutet auf ein Selfie an der Pinnwand, das Matthis neben einem smarten Mittfünfziger zeigt, der an Kevin Costner erinnert.

Matthis grinst vielsagend. „Er hat eine Galerie, einen Hund und es ist alles noch sehr frisch."

Mit Ende zwanzig hatte sich Matthis Kreutzpfennig für ein Leben in New York City entschieden und das verrückte Vorhaben in Angriff genommen, sich in der Weltmetropole als Maler zu etablieren. Die beiden sind schon seit der Grundschule befreundet, obwohl sie als Kinder unterschiedlicher nicht hätten sein können. Während Vincent Erfüllung in Zahlen, logischen Denkprozessen und im Lösen komplizierter Formeln fand, waren Matthis' Passion Farben und das, was er damit ausdrücken konnte. Er war realistisch genug zu wissen, wie schwer es werden würde, als Künstler mit einem Namen, den hier keiner aussprechen konnte, in der Stadt der Träume Fuß zu fassen. Zumal sein alter Herr ihm jegliche finanzielle Unterstützung verwehrte, weil er als schwarzes Schaf der Familie einfach nicht zur Vernunft zu bringen war. Den Plan seines Sohnes, nach Amerika zu ziehen, hielt Herr Kreutzpfennig Senior schlicht für größenwahnsinnig.

„Wohin willst du zuerst? Oder willst du dich noch ein Weilchen ausruhen, bevor wir um die Häuser ziehen?", fragt Matthis kauend. „Ich habe bis Weihnachten zwar noch zwei, drei Termine, aber ansonsten stehe ich voll und ganz zu deiner Verfügung."

Vincent nickt. Aus einem ihm unerfindlichen Grund muss er plötzlich an diese Miriam Engel aus dem Flugzeug und an dieses Grübchen an ihrem Kinn denken. Ihre steingrauen Augen strahlten etwas katzenhaft Schelmisches aber auch eine gewisse Bitterkeit aus, die er gern näher ergründen würde. Er schüttelt den Kopf und fragt sich, wieso ihm ausgerechnet das im Gedächtnis geblieben ist.

Matthis wartet auf eine Antwort. Er bemerkt Vincents abwesenden Blick und das unmerkliche Lächeln, das seinen Mund umspielt und sagt: „Wenn du so guckst, kann es nur um eine Frau gehen, Kumpel."

Vincent räuspert sich und schiebt seine Kaffeetasse hin und her. „Ja, eine Frau", sagt er. „Aber nicht das, was du denkst. Sie hat mich auf dem Flug hierher vor einer Katastrophe bewahrt."

Matthis' Augenbrauen schnellen in die Höhe. „Oh, das klingt nach einem mysteriösen Drama", sagt er grinsend. „Ich liebe Dramen."

Dumpfer Motorenlärm dringt in das Zimmer wie durch eine Nebelwand in Miriams Kopf. Sie öffnet die Augen, ihre Lider fühlen sich schwer an, als hätte sie gerade mal dreißig Minuten geschlafen. Tatsächlich waren es fast neun Stunden, wie sie mit einem Blick auf das Handy feststellt. Ihr Kopf dröhnt, als hätte sie am Abend eine Flasche Rotwein auf ex geleert und die ganze Nacht durchgetanzt. Der Jetlag hat sie fest im Griff.

Sie fährt in die Hotelpantoffeln und schaut aus dem Fenster. Heute ist der wichtige Termin mit Christoph Berger. 14 Uhr, noch genügend Zeit. Als Erstes wird sie sich ein hübsches Frühstückslokal suchen und mit Orangensaft, Sandwich sowie einem XXL-Kaffee die graue Suppe in ihrem Kopf vertreiben. Anschließend will sie die Unterlagen noch mal durchgehen. Miriam fühlt sich zwar gut vorbereitet, aber noch mehr kann nicht schaden. Schließlich soll Patricia nicht bereuen, sie als Vertretung entsandt zu haben. Doch besonders sich selbst möchte Miriam nicht enttäuschen. Der Medienpreis liegt gut verpackt und geschützt in ihrem Koffer.

Plötzlich muss Miriam wieder an Vincent und seine strahlenden Augen denken. Sie spürt ein Kribbeln in der Magengegend und stellt sich vor, wie es wäre, einfach zum Telefon zu greifen und ihn anzurufen. Was könnte schon passieren? Schlimmstenfalls könnte er sagen, dass er keine Zeit hat, um ihr damit durch die Blume mitzuteilen, dass er nicht daran interessiert ist, sich mit ihr zu treffen. Das wäre blamabel und nicht gerade toll für ihr Selbstwertgefühl. Sie würde sich dämlich vorkommen und das vor dem wichtigen Termin mit dem Boss, bei dem es besser war, selbstbewusst und frei von Selbstzweifeln aufzutreten. Andererseits hat er ihr schließlich seine Telefonnummer gegeben, also kann er es nicht so abwegig finden, wenn sie ihn anruft. Aber vielleicht bereute er das ja in der Zwischenzeit und hoffte, sie hätte die Serviette weggeworfen. Möglicherweise hatte er das auch nur aus einem Pflichtgefühl heraus getan, aus Höflichkeit. Wieder einmal macht sie sich viel zu viele Gedanken.

Manchmal wünscht sie sich, sie wäre etwas mehr wie die schöne Tamara, die offen und unkompliziert die

Initiative ergreift, frei von jedem Zweifel und sich ihrer unwiderstehlichen Wirkung auf Männer bewusst ist.

Das ist es, was ein Mann will, glaubt Miriam.

Wer fühlt sich schon von jemandem angezogen, der bei jeder Gelegenheit das Für und Wider abwägt, bis alles vorbei ist, ehe es begonnen hat?

Sie bleibt kurz vor dem Spiegel stehen und schüttelt den Kopf beim Anblick ihrer zerzausten Haare, die aussehen, als wäre ihr Föhn explodiert. Sie trägt ihren flauschigen, grauen Schlafanzug mit den schwarzen Eiskristallen und der riesigen Kapuze und ihre Füße stecken in dicken Socken. *Vermutlich würde Tamara selbst in diesem unmöglichen Outfit noch hinreißend aussehen,* überlegt Miriam. Wahrscheinlicher aber ist, dass Tamara gar keine schlabberigen Schlafoutfits besitzt. *Na und?,* denkt Miriam und wirft ihrem Spiegelbild eine Kusshand zu. *Ich bin schließlich nicht Tamara, sondern ICH!*

Vincent und Matthis laufen den schmalen Treppengang zur *Spring Street Subway Station* herunter, vorbei an graffitibesprühten Fliesenwänden, die Wollmützen tief ins Gesicht gezogen. Vincent kann gerade noch rechtzeitig einem Mann mit Koffer ausweichen.

„Und du bist wirklich außer Kontrolle geraten auf dem Flug?" Matthis schlägt ihm lachend auf die Schulter. „Wie findest du deine Retterin? Ist sie heiß?"

„Eher kühl und intellektuell", erwidert Vincent, aber sein Gesichtsausdruck verrät, dass da mehr ist. Die Art, wie sie ihm während seiner Angstattacke aus der Patsche geholfen hat, ohne großes Aufsehen zu erregen, beeindruckt ihn noch immer. *Sie scheint eine Frau zu sein, die weiß, was zu tun ist, wenn es darauf ankommt*, überlegt er.

„Alles klar, sie ist heiß", grinst Matthis. „Ruf sie an. Du hast dir doch hoffentlich ihre Telefonnummer geben lassen?"

Vincent schüttelt den Kopf und Matthis verdreht die Augen.

„Ich bin nicht auf der Suche", wehrt Vincent ab.

„Du bist vielleicht nicht auf der Suche, aber du bist interessiert", beharrt Matthis.

„Im Moment interessieren mich nur deine Bilder brennend", entgegnet Vincent.

„Ach komm", Matthis winkt ab. „Ganz mieser Ablenkungsversuch."

Vincent besteht darauf, die Werke seines Freundes zu besichtigen. „Auch auf die Gefahr hin, dass ich nichts weiter darauf erkenne, als einen bunten Konfettiregen."

„So was nennt man Kunstbanause", meint Matthis naserümpfend.

Er wechselt das Thema. „Du bist doch hoffentlich mit deinen Eltern nicht im Streit auseinandergegangen, oder?"

Vincent lehnt sich schwerfällig an den blauen Stahlpfeiler am Bahnsteig. Er hat bisher nur angedeutet, dass er dieses Jahr eine Pause von seiner Familie braucht und dass er und Matthis sich ohnehin viel zu lange nicht mehr gesehen hätten.

„Ich fürchte ja, aber es war nicht zu vermeiden", erwidert Vincent und stößt sich von dem Stahlpfeiler ab.

„Sag bloß, sie nerven dich immer noch mit ihrer Spedition. Ich werde nie verstehen, wieso unsere Eltern der

Ansicht sind, wir als ihre Kinder müssten automatisch in ihre Fußstapfen treten."

Vincent nickt. „Tja, mein alter Herr will einfach nicht akzeptieren, dass ich lieber meine eigenen Fußabdrücke hinterlasse. Aber nicht nur er. Die ganze Familie scheint von mir zu erwarten, dass ich das Familienunternehmen rette, weil er gesundheitlich angeschlagen ist. Vielleicht bin ich undankbar, aber für mich ist das kein Grund, meinen Beruf aufzugeben."

„Das können sie nicht von dir verlangen", pflichtet Matthis ihm bei.

„Hm", macht Vincent. „Es war schwer genug, sie davon zu überzeugen, dass ich lieber Maschinenbau studieren wollte."

Als hätte Matthis seine Gedanken erraten, sagt er: „Du musst nur deine eigenen Träume verwirklichen, nicht die der anderen."

Vincent mustert ihn und fragt: „Hast du es eigentlich jemals bereut, weggegangen zu sein?"

Matthis zuckt mit den Schultern und lächelt. „Ganz ehrlich? Nicht eine Sekunde. Hier muss ich mich nicht in irgendein Bild pressen lassen, dessen Rahmen mich einengt. Mein Vater hätte nie damit aufgehört, mich in irgendeinen bodenständigen Beruf zu drängen. Wahrscheinlich ist er immer noch der Meinung, dass es völlig unnütz ist, die meiste Zeit auf eine Leinwand zu starren und hin und wieder den Pinsel in Farbe zu tauchen. So ähnlich hat er sich immer ausgedrückt."

Vincent versteht das gut. Und er ist selbst froh, hier zu sein, weit weg von den flehenden Bitten seiner Mutter, den enttäuschten Blicken seines Vaters oder den Überredungsversuchen seiner Schwester, auch wenn

Mona ihm zu verstehen gegeben hatte, er würde davonlaufen.

„Ich fühle mich jedenfalls wohl in Berlin“, sagt Vincent, als die silbergraue Subway kreischend heranrauscht und sich eine Menschentraube am Bahnsteig drängelt. „Da müsste schon ein Hurrikan alles entzweireißen, wenn ich von dort weggehen sollte.“

Sie treten in die Bahn. „Oder die richtige Frau in dein Leben stürmen“, meint Matthis grinsend.

Goldglänzend und eiskalt fühlt sich der Türgriff in Form eines Schlangenkopfes in ihrer Hand an. Miriam drückt die schwere Glastür im Gebäudekomplex am Rockefeller auf. Sofort strömt ihr ein warmer Windzug entgegen, der ihre Haare durcheinanderwirbelt und ihre Brillengläser beschlagen lässt. Ihr Magen vollführt Purzelbäume. Sie versucht, gleichmäßig gegen ihre Aufregung zu atmen. Die Lobby mit den weißvertäfelten Wänden, schwarz und weiß gestreiften auf Hochglanz polierten Bodenfliesen und goldfarbenen Säulen wirkt so groß wie ein halber Fußballplatz. Miriam kommt sich winzig vor und putzt nervös an ihrer Brille herum.

In diesem glanzvollen Prachtbau hat also das Wirtschaftsmagazin *WINNERS* seinen Sitz. Christoph Berger ist einer der Managing Partner.

Wow, was für ein Prunk, denkt Miriam, als sie sich ehrfurchtsvoll in dem weitläufigen Saal umschaut und darauf bedacht ist, sich nicht anmerken zu lassen, wie einschüchternd diese Kulisse auf sie wirkt.

In der Mitte erstreckt sich vom Boden bis zur Decke ein Weihnachtsbaum, geschmückt mit weißen

Christbaumkugeln. Neben dem Baum sitzt auf einem Thron eine sich hin und her bewegende lebensgroße Weihnachtsmannfigur mit weißem Rauschebart und dicker Knollnase.

Gruselig, findet Miriam. Sie wendet den Blick weg davon und zu dem Empfangstresen, hinter dem zwei top gestylte junge Frauen stehen. Sie strahlen sie mit einem Lächeln wie aus einem Zahnpastawerbespot an, als Miriam sich ihnen zaghaft nähert.

Jetzt nur keine Unsicherheit zeigen. Unwillkürlich fährt Miriam mit der Zunge über ihre oberen Zähne. Man muss fast zu dem Schluss kommen, in dieser Stadt sei alles von makelloser Vollkommenheit. Natürlich entspricht dieser Eindruck nicht den Tatsachen, das ist ihr klar, aber dieser Anschein wird an jeder Ecke vermittelt, so auch hier an diesem blankpolierten Tresen, auf dem weder ein Staubkörnchen noch ein Fingerabdruck zu sehen ist. Sie nennt einer der Damen ihren Namen und schildert ihr Anliegen. Ihr Englisch könnte besser sein, aber die Zahnpasta-Dame versteht sie offenbar, denn sie bedeutet ihr, in der ledernen Sitzecke nebenan Platz zu nehmen und greift zum Hörer. Miriam knöpft ihren Dufflecoat auf und stellt die schwere rotbraune Aktentasche ab, in der neben den Unterlagen der Medienpreis auf seinen Einsatz wartet. Sie betrachtet sich kurz in dem gegenüberliegenden Spiegel. Sie sieht elegant aus in dem schwarzen Hosenanzug mit dem schmal geschnittenen, taillierten Blazer unter dem eine weiße Bluse mit schwarzen Punkten hervorlugt. Die markante, schwarz umrandete Brille vervollständigt ihr sorgfältig ausgewähltes Businessoutfit. Sie fährt sich mit den Fingern durch die Haare und bringt die widerspenstigen Strähnen in Form. Mit einem Papiertaschentuch reibt sie schnell die Schneematschreste von den knöchelhohen Schuhen.

„Mr. Berger awaits you on the forty-first-floor", ruft die Frau an der Rezeption eifrig in ihre Richtung und zeigt wieder ihre blendend weißen Zähne.

Miriam nickt ihr lächelnd zu, schnappt sich ihre Aktentasche, legt sich den Mantel über den Arm und geht zu den Aufzügen.

Mit einem dezenten *Bing* öffnet sich die Fahrstuhltür in der einundvierzigsten Etage. Christoph Berger kommt schnellen Schrittes um die Ecke auf sie zugeeilt. Der Zweiundfünfzigjährige hat kurze, dunkle Haare, durch die sich graue Strähnen ziehen. Er trägt eine braune Hornbrille mit rundem Gestell und einen stahlgrauen, maßgeschneiderten Anzug. Sein Händedruck, bei dem er ihr prüfend in die Augen sieht, ist fest. Seine ganze Erscheinung strahlt Dynamik und Entschlossenheit aus. „Sie müssen die arme Redakteurin sein, die Weihnachten fern der Heimat verbringen muss, weil die gute Patricia sich vor ihrem Termin mit mir drücken wollte, richtig?", sagt er mit ironischem Tonfall und einem breiten, einnehmenden Lächeln, das Miriam sofort erwidern muss.

Er führt sie durch einen Gang in sein Büro, von wo aus sich ein gigantischer Blick auf die Wohntürme bietet, zwischen denen weiter hinten das Empire State Building hervorlugt. Unwillkürlich klebt Miriams Blick an dieser atemberaubenden Aussicht.

„Ja, das hat schon was, nicht wahr?", schmunzelt Christoph Berger jovial. „Als ich hierherkam, hätte ich mir stundenlang die Nase an den Fensterscheiben plattdrücken können. Mit der Zeit wird man immun dagegen. Der Mensch gewöhnt sich an vieles."

Er weist mit der Hand zu einem Tisch mit vier blaugepolsterten Stühlen gegenüber seines extravaganten Schreibtisches, dessen Platte aus Eichenholz von einem eisernen, gebogenen Stahlfuß getragen wird.

„Schwer vorstellbar, dass einen dieser Ausblick irgendwann nicht mehr begeistert am Fenster stehen lässt", sagt Miriam staunend.

„Ich bin sofort wieder bei Ihnen", sagt Christoph Berger und verschwindet aus dem Büro.

Auf dem Schreibtisch entdeckt Miriam ein gerahmtes Bild, das ihn zusammen mit einer Frau und drei Kindern zeigt. Alle grinsen um die Wette und wirken glücklich. *Dann wird wohl doch nichts an dem Geschwätz um eine Liaison zwischen ihm und Patty Power dran sein*, denkt Miriam. Rechts an der Wand prangt ein Ölgemälde. Miriam tritt näher heran. Hochhäuser, die an New Yorks Skyline erinnern, würden ihre Fassaden nicht in knalligen Farben schillern. An einer der Hauswände glaubt sie, ein aufgerissenes Löwenmaul zu erkennen. Sie könnte es ewig anschauen und entdeckt immer neue Details darin, doch sie reißt sich davon los. Ungern zwar, aber das hier ist schließlich kein Museumsbesuch. Eine junge Frau in gleicher Aufmachung wie die Damen am Empfang serviert Kaffee und Wasser und Miriam denkt kurz an ihren verrückten Traum vor ihrer Abreise, als Pearl und Poppy ihre Unterlagen zerfleischten und der Kollege Schwarzbach das Mineralwasser genüsslich über ihren Hosenanzug verschüttete. Sie unterdrückt ein Grinsen, öffnet ihre Aktentasche und wickelt unauffällig das Päckchen aus.

Als Christoph Berger zurückkommt, hält sie strahlend die gläserne Trophäe in den Händen. Sie hat beschlossen, ihm den Preis gleich zu Beginn zu überreichen und nicht erst am Ende des Gespräches, wie Patricia vorgeschlagen hatte. Vielleicht würde seine Freude darüber über Patzer bei ihrer Präsentation oder plötzlich auftretende Wissenslücken hinwegtäuschen.

Er sieht erstaunt aus. „Was ist das denn?"

Miriam holt tief Luft. „*ELBFLAIR* wurde in der vergangenen Woche für seine herausragenden Reportagen mit dem Medienpreis ausgezeichnet. Ich freue mich sehr, Ihnen im Namen von Patricia und der gesamten Redaktion diesen Preis überreichen zu dürfen", sagt Miriam mit feierlicher Stimme. Christoph Berger schaut erstaunt auf den Preis. Dann lächelt er breit. „Na so was! Das ist ja eine Überraschung." Er wirkt gerührt, als er den Preis aus ihren Händen entgegennimmt. „Das hätten wir uns damals nicht träumen lassen", murmelt er. „Aber ich finde, er gehört eigentlich nach Dresden in die Redaktion."

Miriam hebt in gespielter Abwehr die Hände. „Ich schleppe ihn nicht wieder zurück."

Christoph Berger lacht schallend und weist zu dem Tisch mit den vier Stühlen. „Das klingt nach einer hervorragenden redaktionellen Arbeit", meint er anerkennend, während sie sich setzen. Miriam schluckt. Ausgerechnet jetzt fällt ihr der verpatzte Artikel vom Striezelmarkt ein. Sie spürt, wie ihr Gesicht zu glühen beginnt.

Nichts anmerken lassen. Er kann davon nichts wissen. Hoffentlich.

„Sie arbeiten seit fünf Jahren bei *ELBFLAIR* als Kulturredakteurin. Wie zufrieden sind Sie in der Redaktion?“

Offenbar ist er trotz der immensen Entfernung besser informiert über sie und die anderen Mitarbeiter, als sie angenommen hat. Miriam wägt kurz ab, was sie darauf erwidern soll. Die ungeschminkte Wahrheit? Dass Patricia, sein rechter Arm, mit ihrem Führungsstil jährlich durchschnittlich drei gute Mitarbeiter verschleißt, sobald es jemand wagt, gegen sie aufzubegehren? Dass sie junge Volontärinnen mit ihrer eiskalten Art verunsichert und selbst langjährige Mitarbeiter wie Miriam sich manchmal am liebsten vor ihr verkriechen würden? Dass lediglich ein Streber wie Hendrik ihr imponieren kann, in dem er ihr nach dem Mund redet und gleichzeitig andere klein macht?

Auf keinen Fall. Das möchte der Boss sicher nicht hören. Besonders nicht angesichts seiner gerade zum Ausdruck gebrachten Anerkennung für den Preis.

„Gut. Ich bin wirklich zufrieden mit meiner Arbeit. Sie füllt mich aus“, sagt Miriam. Das ist nicht gelogen. Sie mag ihre Kollegen, mal abgesehen von Hendrik, dem Pfau. Sie schätzt die flexible Arbeitseinteilung und den Umgang mit Menschen. Dieses Kribbeln, wenn sie glaubt, die Erste zu sein, die über ein Ereignis schreibt. Die Kreativität, die sie mit Worten ausleben kann, wenn sie über kulturelle Events berichtet, egal ob es sich dabei um eine Filmkritik, das neue Werk eines Autors oder eine große Opernpremiere wie *Apocalypsis* handelt. Chefin hin oder her. Sie liebt ihren Job.

„Fein! Das freut mich zu hören.“ Christoph Berger nickt ihr zu. Dann beginnt er, von sich zu erzählen.

Miriam hört ihm gebannt zu, während sie ihre Kaffeetasse in den Händen hält. Es kommt ihr so vor, als würde sie ihn schon länger kennen und sie fragt sich, wie so ein netter, sympathischer Mensch mit einer Person wie Patricia Flemming in Einklang zu bringen ist. Christoph Berger erzählt, wie er damals das verlockende Angebot, bei dem New Yorker Wirtschaftsmagazin anzufangen, nicht ausschlagen konnte, obwohl er seine Laufbahn als ganz kleiner Redakteur startete, wie er betont. Die Entscheidung fiel ihm nicht leicht, wo doch sein Herz an seiner Heimatstadt Dresden und insbesondere an *ELBFLAIR* hing. „Aber ich konnte die Geschäfte guten Gewissens in Patricias Hände legen. Sie ist eine Macherin, das war mir sofort klar. Uns verbindet bis heute eine enge Freundschaft und meine Frau Gina und die Kinder freuen sich jedes Jahr auf ihren Weihnachtsbesuch. Wie geht es ihr denn? Sie sagte etwas von einem Unfall beim Joggen.“

Er rührt zwei Löffel Zucker in seinen Kaffee.

„Ja“, bestätigt Miriam. „Sie hat sich das Schienbein gebrochen und müsste heute operiert worden sein.“

Das weitere Gespräch verläuft so unkompliziert wie es begonnen hat. Auf die Unterlagen mit den Berichten und Auswertungen zu *ELBFLAIR*, wirft Christoph Berger nur einen flüchtigen Blick und hört ihren Ausführungen nickend zu.

Eine knappe Stunde später klatscht er zufrieden einmal in die Hände. „Wie ich sehe, ist *ELBFLAIR* genau da, wo es hingehört. Gute Arbeit! Es würde mich freuen -“,

Plötzlich wird die Tür so schwungvoll aufgerissen, dass Miriam zusammenzuckt und sich erschrocken umdreht. Laut schallt eine rockige Version von *Jingle*

Bells durch die Etage und alles gerät in Aufruhr. Miriam ist verwirrt. *Was ist das?* Nacheinander werden sämtliche Bürotüren auf der Etage aufgestoßen. Auf dem Flur wimmelt es von kichernden Angestellten in schicken Anzügen und Kostümen, die allesamt von seltsamen Gestalten umringt sind. Entgeistert starrt Miriam durch die Tür auf das aberwitzige Spektakel im Flur, als Christoph Berger mit einem Blick auf seine Armbanduhr aufspringt und verkündet: „Oh, es ist soweit. DAS Event beginnt! Das dürfen Sie sich unter keinen Umständen entgehen lassen!“ Er schüttelt ihr die Hand und sagt mit einem entschuldigenden Lächeln: „Ich würde mich wirklich gern noch länger mit Ihnen unterhalten, Miriam, aber ich muss unten gleich eine Weihnachtsansprache halten, sonst bekomme ich mächtig Ärger.“

Welches Event?, fragt sich Miriam, doch ihr bleibt keine Zeit zu überlegen, was er damit gemeint haben könnte. Etwas Bedrohliches kommt auf sie zu, etwas rot-weiß Gestreiftes mit gebogenem Kopf. Eine menschliche Zuckerstange, die sie am Ärmel packt. Miriam weicht zurück und lässt die Zuckerstange nicht aus den Augen. Das muss ein furchtbarer Irrtum sein, eine Verwechslung. Anders kann sie sich nicht erklären, was hier gerade abläuft. Sogleich hopst ein fröhlicher Tannenbaum auf zwei Beinen herein, hakt sich bei Herrn Berger unter und geleitet ihn zu den Jingle-Bells-Klängen aus dem Büro. Der Boss scheint das nicht weiter seltsam zu finden, wie Miriam verdutzt feststellt.

Was zum Kuckuck hat das zu bedeuten? Sie öffnet den Mund aber kein Ton kommt über ihre Lippen, so befremdlich mutet die Szenerie an.

Was ist das hier? Ein Kostümball? Eine Fernsehshow? Die versteckte Kamera?, fragt sich Miriam und sucht die Wände und Decken verstohlen nach verborgenen Kameras ab, während sie vergeblich versucht, die Zuckerstange abzuwehren, die an ihr herumzerrt.

Christoph Berger winkt ihr im Rausgehen zu: „Genießen Sie es, Miriam!"

Genießen? Was bitteschön gibt es hier denn zu genießen?

Die Situation ist an Absurdität nicht zu überbieten. Die Zuckerstange bekommt Verstärkung in Form eines dickbäuchigen Schneemannes. Die beiden umzingeln sie. Dann ziehen sie mit vereinten Kräften an ihr und Miriam kann gerade noch ihre Tasche und die Jacke schnappen, bevor sie aus dem Büro gescheucht wird und sich eingekesselt in einer Menschentraube wiederfindet, die zu den Aufzügen drängt. *Hilfe, das überlebe ich nicht!* Miriams Herz hämmert. *Ich muss hier weg!* Sie sucht nach einem Ausweg. Verflixt, hier muss es doch irgendwo zum Treppenhaus gehen. Sie ist bereit, die einundvierzig Stockwerke zu Fuß herunterzulaufen, solange sie nur diesem Zirkus entkommt. Weil sie sich aber im festen Griff eines dümmlich grinsenden Schneemannes zu ihrer Linken und einer herumhopsenden Zuckerstange zu ihrer Rechten befindet, ist ihr Fluchtplan zum Scheitern verurteilt. Schon wird sie mit vier der Angestellten in einen der Aufzüge geschoben. In der Kabine macht sie sich unauffällig frei und blickt auf die blinkende Anzeige mit den Etagennummern. Die Angestellten, zwei Männer und zwei Frauen unterhalten sich scherzend und in bester Laune, während die Weihnachtsfiguren Miriam aufmunternd in die Seite knuffen.

In was für einen Film bin ich hier nur hereingeraten?, grübelt sie und lächelt höflich zurück. *Wohin bringen die mich?*

Die Aufzugstür öffnet sich und ihre schlimmste Befürchtung wird wahr. Ein Albtraum! Die Lobby, durch die sich plötzlich goldene Girlanden und kringelnde Spiralen spannen – oder hat Miriam diese vorher nur nicht wahrgenommen? – ist brechend voll mit ausgelassenen Menschen. Dutzende kostümierte Leute tummeln sich und heizen die Stimmung an wie Animateure in einer Ferienclubanlage. Becher mit Punsch, Christmas Cookies und Cupcakes mit einem grünen Topping in Form eines Tannenbaumes werden verteilt. Der Lärm ist ohrenbetäubend und Miriam ist kurz davor, sich die Ohren zuzuhalten. *Ist das so etwas wie eine Weihnachtsfeier?*, fragt sie sich.

Ein Mann im Nussknackerkostüm, dessen grüner, zylindrischer Hut mit einem Lederriemen um sein Kinn befestigt ist, stellt sich ihr in den Weg, als sie sich durch das Menschengewirr drängelt. Er lacht sie herausfordernd an. Bei ihrem Versuch, auszuweichen, tritt Miriam einem hinter ihr stehenden Rentier auf die Pfote beziehungsweise den Fuß. „Sorry", murmelt sie über die Schulter. Das Rentier schüttelt den Kopf.

Die Leute stehen so dicht, dass sie keinen Zentimeter weiterkommt. Mist! Ihr ist schleierhaft, wie sie hier jemals herauskommen soll. Ihr Blick schweift über die Köpfe der Menschen hinweg, die zu weihnachtlichen Klängen tanzen, während sie ihre Aktentasche und ihren Mantel fest an den Körper presst. Dem Anschein nach finden alle das Ganze hier unheimlich witzig und unterhaltsam. Sie entdeckt Christoph Berger in einiger Entfernung. Als er sie sieht, winkt er ihr zu und sie winkt höflich zurück. Meinte Patricia das mit ihrer Andeutung, er wäre ein Weihnachtsfanatiker? Ohne es zu wollen, ist Miriam offenbar in eine Christmas Party der besonderen Art reingerutscht. Es ist höchste Zeit, dass sie zusieht, wie sie aus diesem weihnachtlichen Schlamassel wieder herauskommt. Sie schaut sich um. Der Hauptausgang ist hoffnungslos verstopft, da ist kein Durchkommen. Zwischen der ledernen Sitzecke und dem Christbaum entdeckt sie einen Durchgang, aber auch da versperren etliche zur Musik wippende Menschen den Weg. *Egal, ich muss irgendwie dahin gelangen,* denkt Miriam und schiebt sich durch die Massen. Zu allem Überfluss stellt sie fest, dass der Nussknacker ihr folgt.

„Hey, Darling ..." Eine üppige Blondine mit Lockenmähne und einer viel zu engen Bluse, deren Nähte jeden Moment zu platzen drohen, beginnt offenherzig mit ihm zu flirten. Der Nussknacker lässt sich bereitwillig darauf ein und Miriam nutzt die Gelegenheit, sich unauffällig an ihm und der Blondine vorbeizudrücken. Nur noch ein paar Meter, sie kann den dunklen Durchgang schon sehen. Sie hat zwar keine Ahnung, wohin er führt, aber das ist ihr in dem Moment auch völlig egal, solange sie nur hier wegkommt.

Doch sie hat sich zu früh gefreut, denn plötzlich schlingt ein giftgrüner Grinch mit Weihnachtsmütze keck einen Arm um sie, mit der anderen Hand hält er ihr einen Cupcake unter die Nase. Miriam würde ihm am liebsten gegen das Schienbein treten. Sie hat die

Nase voll und will nur noch raus. Der Lärm und das Gewühl machen sie schier wahnsinnig. Sie nimmt den Cupcake mit dem tannengrünen Topping und pappt ihn dem Grinch ins Gesicht. Während er grimmig auf seine Nase schielt, nutzt Miriam die Gelegenheit zur Flucht und rennt los in den dunklen Gang. Sie biegt um eine Ecke, im festen Glauben, noch immer von dem Grinch verfolgt zu werden, der sich bestimmt für die Cupcake-Aktion rächen will.

Sie hetzt in einen beleuchteten Raum am Ende des Ganges und prallt gegen jemanden. Ihre Aktentasche fällt zu Boden und der halbe Inhalt verteilt sich auf dem spiegelglatten Fliesenboden.

Verflucht, nicht schon wieder so ein irres Geschöpf, hofft sie. Sie hebt ängstlich den Kopf und stutzt.

Es ist kein lebender Tannenbaum, keine hüpfende Zuckerstange und auch kein dämlicher Nussknacker, gegen den sie geprallt ist. Sie ist mitten in Vincent Rombachs Arme gerannt. Miriam und Vincent schauen sich ungläubig an. Sie rückt ein Stück von ihm ab. Vincent findet als Erster seine Sprache wieder. „Na, das ist ja eine Überraschung", sagt er.

Miriam keucht. „Ähm ... ja", stammelt sie.

Etwas Besseres fällt ihr vor Schreck nicht ein. Ihr fehlen die Worte. Eben wurde sie von einem Grinch verfolgt und jetzt steht sie plötzlich vor Vincent Rombach. *Was macht er hier?*

Ein anderer Mann neben ihm starrt sie belustigt an. Sie bückt sich nach ihrer heruntergefallenen Tasche und sammelt ihre Geldbörse, einen Lippenstift eine Packung Taschentücher auf. Vincent hebt ihre Hotelkarte auf und reicht sie ihr.

Wenn die weggekommen wäre ..., denkt Miriam erleichtert und bedankt sich.

„Bist du auf der Flucht?", fragt Vincent.

„Kann man so sagen", antwortet sie und schaut hinter sich in den Gang. Der Grinch ist verschwunden. Miriam atmet tief durch. Wenn sie ihm erklärt, sie sei um ihr Leben gerannt, um einer Zuckerstange, einem Tannenbaum, einem Nussknacker und einem Grinch zu entkommen, dann hält er sie mit Recht für völlig durchgeknallt.

An den Wänden des Raumes, in dem Vincent und der andere Mann stehen, hängen dezent beleuchtete Gemälde ähnlich wie in Christoph Bergers Büro. Aber Miriam ist immer noch durch den Wind, um Genaueres wahrzunehmen.

Matthis streckt ihr die Hand hin. „Hi. Ich bin Matthis. Sie sind ja völlig außer Puste."

„Miriam Engel", sagt sie und kommt sich ziemlich albern vor. Aufgelöst und wie ein verschrecktes Kaninchen muss sie auf die beiden Männer wirken.

Vincent führt sie zu einer Sitzbank an der Wand. „Setz dich erst mal. Was ist denn passiert? Du bist gerannt, als wäre der Teufel höchstpersönlich hinter dir her."

„So ähnlich war es auch", sagt Miriam, als sie nebeneinander auf der Bank sitzen. „Ich wurde von Weihnachtsfiguren verfolgt. Zuckerstangen, Tannenbäume, Nussknacker und der Grinch." Sie hält inne, weil ihr bewusst ist, wie albern sich das anhört. „In der Lobby da vorne ist die Hölle los."

„Verstehe ..." Vincent nickt. „Dann habe ich dich also indirekt aus den Klauen einer grünen Kreatur gerettet."

Miriam muss selbst darüber lachen. „Du musst denken, ich habe den Verstand verloren.“

„Keinesfalls“, beteuert er. „Du hast mich vor dem Kollaps im Flugzeug bewahrt und ich habe dich vor dem Grinch in Sicherheit gebracht. Ich würde sagen, damit sind wir quitt.“

„Wenn du meinst.“ Miriam lächelt und schaut ihn von der Seite an. Ihr Blick verfängt sich in seinen Augen. Matthis kommt mit zwei Kaffeebechern herein, die er ihnen überreicht. „Hier für euch.“

„Das ist so nett, vielen Dank“, sagt Miriam lächelnd. Heißer Kaffee ist genau das, was sie gerade braucht.

„Ich muss dann mal los“, sagt Matthis und verabschiedet sich. „Hab noch einen Termin. Viel Spaß euch. Bis später, Vincent.“ Er zwinkert ihnen zu und verschwindet um die Ecke.

„Habe ich ihn etwa vertrieben?“, fragt Miriam schuldbewusst.

Vincent winkt ab. „Nein, mach dir um ihn keine Sorgen.“

Sie sind ganz allein in dem großen Raum. Ihre Finger umklammern den Kaffeebecher. Sie blickt sich um und schaut auf die Gemälde.

„Etwas in der Art hängt auch oben in der einundvierzigsten Etage“, sagt sie und geht zu einem der Bilder. „Ein einzigartiger Stil“, schwärmt sie. „Dieses Zusammenspiel der Farben der Häuser. Und hier, Leopardenaugen.“

Sie könnte stundenlang in diesen Bildern versinken.

„Ich würde sagen, das sind keine Leopardenaugen, sondern zwei Kröten in einer Pfütze, in der sich ein Regenbogen spiegelt“, hört Miriam Vincent sagen. Sie kichert und schaut über ihre linke Schulter. Er steht schräg hinter ihr und starrt auf das Bild. Seine Gegenwart und die Tatsache, dass sie allein in diesem Raum sind, lässt Miriams Knie weich werden. Dass sie sich hier so unverhofft begegnet sind, ist unglaublich. Sie weiß nicht, was sie sagen soll, also wendet sie sich wieder dem Bild zu.

„Kröten in einer Pfütze, ja?", hakt sie kopfschüttelnd nach. „Wenn das der Künstler hören könnte, wäre er sicher nicht begeistert." Am unteren rechten Rand steht geschwungen M.K. Miriam überlegt, aber diese Initialen sagen ihr nichts.

Vincent entgegnet ungerührt: „Du hast ihn knapp verfehlt, wir hätten ihn fragen können."

„Wie jetzt?", stottert Miriam. „*Er* ist der Maler? Matthis?"

„Ja, Matthis Kreutzpfennig. Ein alter Freund aus Kindertagen."

„Wirklich?" Miriam ist schwer beeindruckt und überlegt, ob sie Patricia nach ihrer Rückkehr zu einer Reportage über diesen vielversprechenden Künstler überreden kann.

„Wollen wir rausgehen? Ich glaube, da drüben gibt es einen Hinterausgang. Wir könnten uns aber auch durch die Party nebenan kämpfen."

„Bloß nicht", wehrt Miriam ab.

Sie würde sehr gern noch etwas Zeit mit Vincent verbringen, wo sie sich schon unvermittelt wiedergesehen haben. Er nimmt ihr den leeren Kaffeebecher aus der Hand und ihre Hände streifen sich für einen Augenblick. Sie hofft, dass sie nicht versehentlich zurückgezuckt ist vor dem warmen Gefühl, dass diese unabsichtliche Berührung ausgelöst hat. Sie folgt ihm durch den Gang zum Hinterausgang.

„Du kennst dich ja bestens aus hier", wundert sie sich.

„Aber nur durch Matthis", erklärt er lachend.

Draußen schlägt ihnen nasskalte Luft entgegen und Miriam zieht den Mantelkragen hoch. Sie laufen vorbei an fanfarenblasenden Engelssculpturen mit riesigen Flügeln an steinernen Umrandungen, in deren Mitte sich Berge silberner und goldener Kugeln türmen. Auf einem Treppenaufgang bleiben sie stehen. Miriam stützt sich mit den Armen auf das Treppengeländer und schaut auf die Eisfläche, auf der es von Schlittschuhläufern nur so wimmelt. Junge Pärchen schlittern Hand in Hand übers Eis, Mütter und Väter helfen ihren hingefallenen Kindern wieder auf, professionell aussehende Läufer drehen Pirouetten, bei denen einem schon vom Zusehen schwindlig wird und sogar ein Mann in Anzug und Krawatte dreht seine Runden. Über der Statue erstrahlt der übergroße, festlich geschmückte Weihnachtsbaum mit dem Swarovskistern auf der Spitze und mindestens einer halben Million bunter Lichter. *Feliz Navidad* hallt über den Platz. Eine Szene wie aus einem amerikanischen Film. In Dresden hätte sie sich bei so viel Weihnachtsatmosphäre wohl längst in ihrer Dachgeschosswohnung verschanzt. Aber hier mit Vincent an ihrer Seite findet sie es zu ihrer eigenen Verwunderung nicht unangenehm. Miriam kneift die Augen zusammen und grinst, als sie daran denkt, wie sie noch vor einer halben Stunde völlig kopflos weggerannt ist. Dabei waren es doch nur Menschen in Kostümen! Ihr Verhalten erscheint ihr dermaßen peinlich und überzogen, dass sie spürt, wie sie rote Flecken an Gesicht und Hals bekommt.

Eine Weile beobachten sie das Getümmel auf der Eisfläche. Dann dreht sich Vincent zu ihr und schaut sie erwartungsvoll an: „Und was machen wir mit dem angebrochenen Tag?" *Wir …* Es hört sich irgendwie nach einer Verabredung an, in der sie offenbar bereits mittendrin stecken. Und so wie es scheint, haben sie beide keine Lust, nach ihrer unvermittelten Begegnung wieder getrennte Wege zu gehen.

Tja, wenn das so ist, denkt Miriam. *Dann will ich das volle Programm!*

In ihr keimt der Wunsch auf, hier in dieser Stadt an der Seite dieses gutaussehenden Mannes das Leben in vollen Zügen genießen zu wollen. Auch wenn es nur für einen Tag ist.

„Ich weiß, was wir machen. Wir gehen Schlittschuhlaufen!", sagt sie verschmitzt und strahlt ihn an. Zwar ist ihr Outfit nicht besonders geeignet dafür, aber damit ist sie hier nicht die Einzige, wie sie mit einem Blick auf die Eisfläche feststellt.

Vincents Lächeln gefriert. „Schlittschuhlaufen", wiederholt er nicht begeistert.

„Du schaust gerade so wie ich, als mich der Grinch in seinen Klauen hatte", sagt sie lachend. Als sie sich umdreht, um die Treppe hinunter in Richtung Eisbahn zu gehen, hält er sie am Arm zurück. Sie schaut ihn fragend an. Er zögert und sieht aus, als wisse er nicht, wie er es ihr beibringen soll.

Oh, denkt sie, *er hat es sich anders überlegt. Er will seine Zeit lieber anders verbringen.*

Das würde sie ziemlich blöd dastehen lassen, aber damit hätte sie rechnen müssen. Es war schließlich nicht geplant, dass sie sich hier begegnen. Es war ein einziger großer Zufall. Oder Schicksal?

„Ich ... also ich ...", er atmet tief ein und aus.

Okay, jetzt kommt es, er weiß nur nicht, wie er es mir sagen soll.

Miriam ist darauf gefasst und es ist ja auch wirklich kein Drama. Er wird sagen, er hätte einen Termin verschwitzt oder so etwas in der Art und sich unter einem fadenscheinigen Grund verabschieden. Er schluckt nervös. „Es gibt da eine wichtige Sache, die du wissen solltest", sagt er und sieht sehr ernst dabei aus. Miriam versucht, die aufkommende Enttäuschung zu verbergen. „Ist schon in Ordnung. Du hast etwas Besseres vor, das ist wirklich kein Problem", bringt sie hervor. Das ist gelogen, aber auf keinen Fall wird sie sich die Blöße geben, das zuzugeben.

„Was? Nein. So ist es nicht. Was ich dir sagen will", er schaut an ihr vorbei zur Eisbahn. „Ich hab noch nie auf Schlittschuhen gestanden."

Miriam runzelt die Stirn. *Das ist alles?* Sie sieht ihn ernst an, nickt bedächtig und sagt: „Dann ist es höchste Zeit, dass wir das ändern!"

Dafür, dass er angeblich noch nie auf Schlittschuhen stand, stellt er sich gar nicht so übel an, findet Miriam. Vincent hatte nur kurz am Geländer verharrt und dann die ersten Schritte auf dem Eis gemacht.

Sie schaut ihn von der Seite an. „Du warst wirklich noch nie auf Kufen unterwegs?", erkundigt sie sich. Sie laufen langsam wie in Zeitlupe nebeneinander her.

„Bis heute nicht, ehrlich. Aber ich finde es gar nicht so schwer", erwidert er lachend. „Und von dir lasse ich mich sehr gern aufs Glatteis führen." Er wirft ihr einen tiefen Blick zu und ihr wird heiß. Sie kann nicht sagen, warum, aber er bringt ihren Herzschlag durcheinander. Kurz darauf strauchelt er und Miriam greift instinktiv nach seiner Hand. Er fängt sich ab, bevor er stürzt und sie schlittern weiter, Hand in Hand. Es dauert nicht lange, bis es sich vertraut anfühlt.

An der goldenen Prometheus-Statue und dem funkelnden Weihnachtsbaum dahinter stoppt Vincent.

„Ich brauch eine Pause", sagt er und hebt in gespielter Erschöpfung die Hände. Die Gebäude des Rockefeller-komplexes umranden die Eisfläche wie graubraune Riesen. *Hallelujah* von Pentatonix läuft gerade. Ein Song, der Miriam eine Gänsehaut über den Rücken jagt. Die Lichter des Weihnachtsbaumes spiegeln sich in allen erdenklichen Farben auf dem Eis. Miriam fühlt sich unreal, wie in einem Traum. Vor einer Woche noch war sie allem, was auch nur entfernt an Weihnachten erinnert, aus dem Weg gegangen. Hier ist plötzlich alles anders. Mit Vincent empfindet sie eine ungewohnte Leichtigkeit und Wärme. Die Stadt kommt ihr auf einmal gar nicht mehr so einschüchternd vor. Ist das der Beginn von etwas Neuem? Vincent fasst ihre Hand fester und zieht sie zu sich heran, bis sie sich nah gegenüberstehen. Ihr Blick taucht in seine Augen, die plötzlich belustigt aufblitzen.

„Lachst du mich aus?", fragt sie verunsichert.

„Ja", gibt er zu und streckt die Hand nach ihrem Gesicht aus. Mit den Fingerspitzen wischt er sanft über ihre Oberlippe, wo noch ein winziger Rest

Milchschaum vom Kaffee hängengeblieben ist. Seine Berührung jagt Miriam abwechselnd heiße und kalte Schauer über den Rücken. Sie schluckt.

„Du hattest da einen Bart", sagt er mit rauchiger Stimme. Sie schaut auf seinen Mund und hat das Bedürfnis, ihn zu küssen. Aber das wäre zu früh. *Oder nicht?*

Die Großstadtgeräusche, gepaart mit den Weihnachtsklängen verhallen wie im Nebel. Ihre Gesichter sind nur noch wenige Zentimeter voneinander entfernt. Plötzlich werden sie hart an der Seite angerempelt. Sie verlieren das Gleichgewicht. Miriam fällt nach hinten, krallt sich an Vincents Jacke fest und reißt ihn mit sich.

„Autsch. Verdammt!" Miriam verzieht halb lachend, halb schmerzerfüllt den Mund. „Ich hab's geahnt, dass dieses Eislaufen einen Haken hat", sagt Vincent. „Du bist doch hoffentlich nicht verletzt?"

Miriam reibt sich den Steiß. Der stechende Schmerz ebbt allmählich ab. „Geht schon wieder", bringt sie mühsam hervor. Der Anzugträger auf Kufen, der sie umgenietet hat, kommt zurück und entschuldigt sich so wortreich, dass Miriam und Vincent lachend abwinken. Vincent zieht Miriam hoch. Der magische Moment zwischen ihnen scheint erst einmal verflogen. Die kratzenden Geräusche der Kufen auf dem Eis, das ausgelassene Gelächter und die Gespräche dringen aus dem Nebel heraus und dröhnen plötzlich unangenehm in Miriams Kopf. Sie streicht sich erschöpft die Haare aus dem Gesicht. Der Jetlag am Morgen, ihre Aufregung vor dem Termin mit dem Boss, das anschließende Weihnachtsspektakel, vor dem sie geflüchtet ist und die

Begegnung mit Vincent, mit dem sie zu ihrer eigenen Verwunderung plötzlich ein romantisches Date verbringt – das alles ist ziemlich viel für einen Tag.

„Möchtest du zurück in dein Hotel? Wir könnten morgen …", fragt Vincent mit einem Blick in ihre müden Augen. *Wie aufmerksam er ist,* denkt Miriam. Aber trotz ihrer Müdigkeit verspürt sie keine Lust, den Rest des Tages in ihrem Hotelzimmer zu verbringen. Dann wäre vielleicht wieder alles trist wie vor einer Woche. Sie will nicht aufwachen aus diesem Traum.

„Können wir ein Stück laufen? Irgendwohin, wo es etwas ruhiger ist?", schlägt sie vor.

„Klar", sagt er. „Aber nur, wenn wir unterwegs etwas essen. Mir knurrt der Bauch."

„Mir auch", stellt Miriam fest. Seit dem Frühstück hat sie nichts mehr gegessen, was ihr durch die ganze Aufregung gar nicht aufgefallen ist. Es ist später Nachmittag. Der Himmel wird langsam dunkel.

„Darf ich bitten? Gefährliche Glätte auch außerhalb der Eisfläche!" Er hält ihr den Arm hin und sie hakt sich ein. Sie schlagen die Fifth Avenue in Richtung Central Park ein. „Warte kurz, bin gleich wieder da", sagt Vincent und verschwindet in einer Pizzeria namens *Romario,* aus der ein verführerischer Duft strömt. Wenig später kommt er mit einer riesigen Pizza Prosciutto für zwei heraus, die sie an einem der Stehtische draußen gierig verschlingen.

„Mhm", schwärmt Miriam zwischen zwei Bissen. „Die beste Pizza aller Zeiten."

Vincent schüttelt den Kopf. „Da hast du meine noch nicht probiert!"

„Ach?", sagt Miriam. „Das kann ich leider nicht beurteilen. Aber ich würde zu gern in den Genuss deiner Pizzabackkünste kommen." Sie beißt sich auf die Zunge. *Wie plump ist das denn? Hoffentlich denkt er nicht, ich will mich aufdrängen.* Doch Vincent sieht das anscheinend nicht so, denn er erwidert mit einem tiefen Blick in ihre Augen, dass er nichts dagegen hätte.

Sie schlendern vorbei an den glitzernd dekorierten Schaufenstern der Geschäfte und Kaufhäuser, die die belebte Straße in einem einzigen Lichtermeer erstrahlen lassen. Sie verharren am Fuß des Trump Towers. Mit seiner spiegelschwarzen Fassade und der glatten Bauart demonstriert das hoch hinausschießende Gebäude Überlegenheit und Macht. Der in Gold gehaltene Eingangsbereich, über dem ein hell erleuchteter Weihnachtskranz in der Größe eines Kinderplanschbeckens prangt, unterstreicht diesen Eindruck.

„Warum verbringst du eigentlich Weihnachten in New York und nicht in Dresden?", fragt Vincent unvermittelt.

Miriam bleibt stehen. „Woher weißt du denn, wo ich wohne?"

„Aus dem Magazin, das du im Flugzeug gelesen hast", entgegnet er. „Da stand dein Name. Und kurz vorher hattest du dich mit Miriam Engel vorgestellt, wenn ich mich richtig erinnere."

Richtig, da war es keine Kunst, eins und eins zusammenzuzählen.

„Und du?", fragt sie ihn von der Seite. „Wo wohnst du?"

„Ich bin in einem kleinen Ort namens Hinterwurzbach aufgewachsen, lebe aber schon länger in Berlin-
Charlottenburg."

„Oh! Da wohnt meine Tante Ira."

Er zieht scharf die Luft ein und nickt. „Dann hätten
wir uns da eigentlich längst begegnen müssen!"

Sie blickt ihn erst irritiert, dann herausfordernd an.
„Du nimmst mich auf den Arm!"

Er grinst zurück. „Liebend gern."

Miriam merkt, wie sie rot wird und schaut auf ihre
Schuhspitzen. Charmant ist er ja, das muss sie ihm lassen. Er scheint genau zu wissen, wie er eine Frau aus
der Fassung bringen kann.

Mit einem Mal wird ihr bewusst, dass sie mit einem
Mann durch die verschneiten Straßen von New York
zieht, von dem sie so gut wie nichts weiß, außer dass er
in Berlin wohnt, ein Problem mit dem Fliegen hat und
hier seinen Freund, einen Maler, besucht. Wer ist dieser Vincent? Sie will ihn aber auch nicht aushorchen
oder verhören.

Daher fragt sie möglichst unbefangen: „Und du arbei-
test also in Berlin als Pizzabäcker?" Ihre Frage ist natürlich ein Scherz. Er wirft ihr einen belustigten Blick zu.
„Na ja, nicht ganz." Um seine Augen bilden sich feine
Linien. Sie mustert ihn unauffällig von der Seite. Seine
Hände wirken, als würde er damit zwar arbeiten, allerdings sind sie nicht rau und schroff wie die eines Hand-
werkers. Sie sind feingliedriger, so, als würde er damit
edle Gegenstände bearbeiten. Er könnte Restaurator
sein, überlegt Miriam, und wertvolle Kulturgüter aufarbeiten.

„Ich bin Ingenieur für Fahrzeugtechnik und konzipiere Schiffsmotoren", sagt er in ihre Überlegung hinein.

Inzwischen haben sie sich dem südlichen Eingang zum Central Park am Plaza Hotel genähert.

Miriam hebt die Augenbrauen. „Schiffsmotoren ..." Das klingt imposant.

Der Central Park präsentiert sich ihnen wie die Landschaft in einem Wintermärchen. Ganz schwach leuchten die Reste eines orangefarbenen Streifens der untergehenden Sonne am Himmel. Ihre Schritte knirschen auf dem vereisten Weg entlang des Teiches, über den sich eine malerische Steinbrücke spannt. Die Ränder des Teiches sind mit einer dünnen Eisschicht zugefroren, auf der ein paar Enten herumwatscheln. Auf den knorrigen Ästen der Bäume haftet eine puderige Zuckerschicht. Miriams Füße fühlen sich inzwischen wie Eisklumpen an und sie hüpft eine Weile von einem Bein aufs andere. Vielleicht sollte sie langsam ins Hotel zurückkehren und ins Warme kommen. Eine Joggerin mit Kopfhörern kommt ihnen mit federnden Schritten entgegen.

„Dann wissen wir ja zumindest schon mal etwas voneinander und trotzdem ist das nicht gerade viel", gibt sie zu bedenken. Wobei er ihr nicht fremd vorkommt, im Gegenteil. Dennoch. Da ist etwas Ungeklärtes, Geheimnisvolles. Als hätte Vincent ihre Gedanken gelesen, sagt er lachend: „Gib es zu, du grübelst, ob ich in Wahrheit ein irrer Psychopath bin?"

Sie hält sich den Zeigefinger ans Kinn und tut so als müsse sie überlegen. „Ertappt. Im Prinzip könntest du einer sein. Vielleicht bist du vorhin nur in die Rolle des rettenden Superhelden geschlüpft, um darüber hinwegzutäuschen."

„Ja, und den Sturz auf dem Eis habe ich provoziert, um einen Vorwand zu haben, dich in diesen dunklen Park zu locken", fährt er trocken fort.

Miriam lacht. „Nein, aber vielleicht bist du ein treuloser Familienvater, der seine Frau und seine Kinder zu Hause allein lässt, um sich über Weihnachten am anderen Ende der Welt zu vergnügen."

„Da muss ich dich enttäuschen. Weder Frau noch Kinder. Und bei dir?"

„Auch keine Familie, die unter dem Tannenbaum wartet", sagt Miriam lachend und atmet innerlich auf. Nicht, dass sie ihm etwas Derartiges zutraut. Aber man kann nie wissen.

Sie sieht ihn offen an. „Ich würde gern mehr von dir erfahren, außer, dass du ein Ingenieur aus Berlin mit einer Flugzeugphobie bist."

„Das ist immerhin schon eine ganze Menge, finde ich", hält er dagegen.

„Woher kommt eigentlich diese Panik vorm Fliegen?", erkundigt sie sich. „Ich meine, schon mal abgestürzt bist du sicher nicht, sonst wärst du jetzt nicht hier."

Vincent schaut unbehaglich. „Ich glaube, es liegt daran, dass ich die Dinge gern selbst in der Hand habe. Im Flieger kommt es mir immer so vor, als würde ich mit dem Gepäck auch die Kontrolle abgeben."

Ein Kontrollfreak also? So wirkt er eigentlich nicht auf Miriam. Dagegen spricht seine Lässigkeit und Souveränität. Aber sie hat mal darüber gelesen, dass Angst vor Kontrollverlust als einer der Gründe für Flugangst gilt.

Er bleibt stehen. „Okay, was willst du noch über mich erfahren? Aber ich warne ich. Danach bist du dran."

Miriam ist überrumpelt. Ihr schießen hundert Dinge gleichzeitig durch den Kopf, die relevant wären, aber wirklich interessiert ist sie im Moment nur an seinen Augen, die sie fixieren und auf eine Antwort warten. Diese Augen, deren intensives Grün sie zu verschlingen scheint. Sie schüttelt leicht den Kopf. Wie schafft er es nur, sie so aus der Fassung zu bringen? Liegt das an dieser glitzernden Stadt?

„Gleiche Frage, die du mir vorhin gestellt hast", sagt sie und zwingt ihren Blick von seinen Augen weg. „Warum bist du Weihnachten hier in New York? Doch nicht deshalb, weil du schon immer Schlittschuhlaufen lernen wolltest?"

Sie bemerkt, wie sich sein Blick verdüstert.

„Entschuldige, falls ich in ein Fettnäpfchen getreten sein sollte", lenkt sie schnell ein. Offenbar hat sie einen wunden Punkt erwischt.

„Nein, bist du nicht. Um ehrlich zu sein, ich bin vor einem drohenden Familienkrach mit meinen Eltern abgehauen. Aber warum du hier bist, hast du immer noch nicht verraten", stellt er lächelnd fest. „Ich meine, dein Termin ist vorbei, du könntest theoretisch fast schon wieder auf dem Rückflug und rechtzeitig zu Heiligabend zu Hause sein."

Bei seiner Frage fühlt sie sich, als wäre sie barfuß auf eine Distel getreten. Sie schaut an ihm vorbei und beobachtet zwei Hunde, die auf der Wiese die weggeworfenen Stöckchen zu einer Frau zurückbringen, die sie erneut in eine andere Richtung wirft, worauf die Hunde begeistert losrennen. Wie aus dem Nichts drängt sich ihr der Gedanke an ihre Eltern auf. Miriams Herz krampft sich zusammen. *Dass das plötzlich wieder so wehtut. Es ist doch so lange her.* Ihr verschlossener Gesichtsausdruck lässt ihn verstummen. Aber nur kurz.

„Oder hat dich daheim auch eine Horde festlicher Weihnachtsfiguren verfolgt?" Seine Lachfältchen vertiefen sich. Der eisige Wind treibt Schneeflocken durch Miriams Haare. Sie fröstelt und zieht ihr Wolltuch höher. Die Kälte kriecht unter ihren Mantel. Nicht mehr lange und ihre Zähne fangen an zu klappern. Soll sie ihm davon erzählen, dass sie sich diesen Dezember in Dresden zwar verfolgt fühlte, allerdings nicht von grünen Kreaturen und Zuckerstangen, sondern von dunklen Schatten ihrer Vergangenheit? Schatten, die sie hinter sich gelassen hatte, Ereignisse, über die sie längst hinweg war, wie sie immer glaubte? Dann würde er sie für einen Psycho halten. Sie versteht ja selbst nicht, warum das ausgerechnet in diesem Jahr wieder hochkam. Es ist nur noch ein dunkler Fleck in ihrer Vergangenheit, der keinen Einfluss mehr auf sie und ihr Leben hat.

Aber es muss sich für einen Außenstehenden wie ihn trotzdem kompliziert anhören. So kompliziert vielleicht, dass er sich mit einem knappen Abschiedsgruß aus dem Staub macht, weil es ihm zu anstrengend ist. Andererseits scheint er ebenfalls vor etwas geflüchtet zu sein. Vor irgendeinem familiären Konflikt, wie er angedeutet hat.

Hör schon auf, alles kaputtzudenken, du olle Grübeltante. Sag es doch einfach. Es gibt wirklich Weltbewegenderes.

Sie würden sich nach diesem Tag ohnehin nicht wiedersehen. Oder? Sie wundert sich, dass dieser Gedanke schmerzt.

„Na schön, du hast es nicht anders gewollt." An einen Baum gelehnt atmet sie tief durch, schließt die Augen und fängt hastig an zu erzählen, bevor sie es sich anders überlegt. „Ich bin hierher geflüchtet, weil ich Weihnachten nicht ertrage, ich meine, jedes Jahr. Aber ganz besonders in diesem Jahr. Plötzlich erinnert mich alles an meine verstorbene Mutter und meinen Vater, der uns für eine andere Frau verlassen hat. Aber das Ganze ist schon eine Ewigkeit her und ich habe damit längst abgeschlossen." *Dachte ich zumindest ...*

So, es ist raus. Sie ist nicht tot umgefallen und es hat sich nicht der Himmel aufgetan und sie verschluckt. Sie öffnet die Augen, um zu sehen, ob er noch da oder ob er unauffällig weggerannt ist, weil ihm klar geworden ist, es mit einer Traumapatientin zu tun zu haben. Wer kann solche Empfindungen schon wirklich verstehen?

Er steht noch da und blickt sie unverwandt an.

Aus Miriam sprudelt es plötzlich nur so heraus. „Zumindest dachte ich immer, dass das längst kein Thema mehr ist. Dann aber musste ich dummerweise diese nette Familie interviewen. Ausgerechnet auf dem Weihnachtsmarkt, auf den ich jahrelang keinen Fuß mehr gesetzt habe. Und da kam der ganze Mist von damals wieder hoch. Besonders die Wut auf meinen Vater, weil er meine Mutter in den letzten Jahren ihres

Lebens nach Strich und Faden betrogen hatte. Ich bin seitdem total durch den Wind und weiß selbst nicht, warum."

Miriam wirft Vincent einen raschen Blick zu. „Ziemlich bescheuert, ich weiß."

Er erwidert ihren Blick unverwandt. „Nein, gar nicht. Das kann ich verstehen. Aber oftmals liegen die Dinge anders, als es auf den ersten Blick scheint."

Miriam runzelt die Stirn. „Was willst du damit sagen?"

Nachdenklich lässt er den Blick zu ihr herübergleiten. „Manchmal sieht man nur das, was man sehen möchte."

Sie schaut an ihm vorbei und denkt über seine Worte nach. Sie hatte nie das Bedürfnis, die Beweggründe ihres Vaters zu hinterfragen. Ganz besonders nicht in diesem Moment. Miriam drängt das Thema zurück und schaut Vincent an.

„Erzähl mir von diesem Familienkrach. Offenbar sind wir ja beide vor unseren Familien geflüchtet, auch wenn es meine gar nicht mehr gibt. Aber deine schon. Bestimmt ist da noch was zu retten."

Er kratzt sich am Kopf. „Im Vergleich zu deiner Geschichte erscheint mir mein Problem ehrlich gesagt ziemlich banal."

„Ich höre es mir trotzdem gern an", erwidert Miriam.

„Du wirst es lächerlich finden."

„Das entscheide ich selbst", sagt sie gespielt streng.

„Na ja ... also meine Eltern sind weder tot noch haben sie mich verlassen. Sie ... Sie setzen mich unter Druck. Genau genommen mein Vater. Nicht absichtlich, sie hätten es nur gern, dass ich den Familienbetrieb, eine Spedition, übernehme."

„Wozu du aber keine Lust hast, weil du lieber Schiffsmotoren konzipierst", mutmaßt Miriam.

„Genau. Und nun sind alle, sogar meine Schwester sauer auf mich, weil ich auf das Theater an Weihnachten keine Lust hatte." Seine Stimme wird leiser. „Hier mit dir zu stehen, ist auch wesentlich reizvoller."

Dass sie beide beim anderen einen wunden Punkt getroffen haben, verbindet sie. Miriam bereut es nicht, ihm davon erzählt zu haben.

Der Abstand zwischen ihnen hat sich gefährlich verringert. Er stützt sich mit der Hand gegen den Baumstamm, an dem sie mit dem Rücken lehnt. Hinter ihm flattern schnatternd die Enten in die Luft, aufgeschreckt von den beiden Hunden. Miriam kann nicht erklären, woher diese knisternde Anziehung zwischen ihnen kommt, aber sie ist da und bewirkt, dass alles um sie herum verblasst. Sie möchte den Augenblick festhalten. Gerade noch war ihr erbärmlich kalt, doch nun spürt sie die Kälte nicht mehr. Auf seinen Augenbrauen schimmern winzige Schneekristalle. Ihr Blick wandert hinunter zu den Bartstoppeln an seinem Kinn und bleibt an seinem Mund hängen. *Ich hätte die Kontaktlinsen nehmen sollen,* denkt sie noch, kurz bevor ihre Lippen mit einer Leidenschaft aufeinandertreffen, die Miriam den Boden unter den Füßen wegzieht. Sie spürt sein warmes Gesicht an ihrem, seinen Körper, der sie leicht gegen den Baumstamm drückt und die unebene Rinde an ihren Rücken. Spürt seine Lippen auf ihren und das warme Prickeln, das durch ihren Körper rauscht. Kurz verharren sie atemlos. Dann verschmelzen ihre Lippen erneut miteinander.

Der Schneefall ist in Regen übergegangen, als sie sich voneinander lösen. Es ist dunkel, sie haben die Zeit vollkommen vergessen. Miriam zieht den Kopf zwischen die Schultern und zittert leicht. Ihre Lippen fühlen sich heiß an. Eine Weile stehen sie schweigend da und starren in den Regen. Sie zieht die Schultern hoch, als ihr ein Regentropfen ins Genick tropft. Das Dach aus Baumgeäst über ihnen wird sie nicht mehr lange gegen die Nässe abschirmen.

„Es hilft nichts, da müssen wir wohl oder übel durch", beschließt Vincent und nimmt ihren Arm.

„Warte, ich habe einen Schirm", hält sie ihn zurück. Sie kramt in ihrer Aktentasche und befördert einen knallroten Knirps hervor. „Voilà, klein aber besser als nichts!", sagt sie. Er spannt ihn auf und hält ihn schützend über sie. Eng umschlungen eilen sie unter dem kleinen Schirm den Weg zurück. Miriam versucht zu verstehen, was gerade passiert ist. Es fühlt sich an wie eine Welle, die über ihr zusammenschlägt, die sie nach unten drückt, um sie gleich wieder nach oben zu werfen. Plötzlich erwachen ihre Gedanken und beginnen sich zu überschlagen. Sie erinnert sich nicht, jemals in so kurzer Zeit von ihren Gefühlen für einen Mann derart überrollt worden zu sein, dass sie alles um sich herum vergisst und dass selbst das ständige Grübelchaos in ihrem Kopf Ruhe gibt. *Was ist das hier?*, fragt sie sich. *Ein intensiver Flirt oder entstehende Verliebtheit?* Es summt und vibriert in ihrem Bauch wie ein Bienenschwarm. *Meine Güte, du benimmst dich schlimmer als eine Sechzehnjährige,* denkt sie, als sie trotz Schirm klitschnass an der Fifth Avenue ankommen. Das prickelnde Gefühl hat Miriam wacher gehalten, als der stärkste Kaffee, doch nun spürt sie ihre schweren Lider. Ihre Sachen fühlen sich klamm auf ihrer Haut an.

Vincent entgeht es nicht. Er nimmt ihre Hand. „Du siehst todmüde aus."

„Ja", gibt sie widerstrebend zu. „Ich glaube, ich sollte langsam zurück", sagt sie leise, als sie sich unter dem Schirm gegenüberstehen.

„Ich bring dich noch zum Hotel", sagt er und winkt ein heranbrausendes Taxi heran, das neben ihnen bremst. Miriam nennt dem Taxifahrer mit dem blauen Turban die Adresse vom *Grand Garden* und kuschelt sich in Vincents Arm. Zehn Minuten später halten sie vor dem Hotel. Für einen Moment ist der weitere Verlauf offen wie ein aufgeschlagenes Buch, bei dem Miriam unsicher ist, ob sie die Seite umblättern soll.

„Ich würde dich ja noch auf einen Kaffee einladen, aber in meinem Zimmer gibt es keine Kaffeemaschine", scherzt sie bedauernd.

„Zeig mir dein Zimmer und ich finde die Kaffeemaschine", antwortet er.

Miriam überläuft ein Schauer. Sie ist froh, dass er in der Dunkelheit nicht sehen kann, welch widersprüchliche Gefühle in ihr toben. Sie beißt sich auf die Lippe. Es ist klar, was passiert, wenn sie ihn noch auf einen Kaffee oder was auch immer mitnimmt.

Tu es nicht, sagt eine Stimme in ihrem Kopf, *schnelle Affären waren noch nie dein Ding. Morgen ist er mit hoher Wahrscheinlichkeit verschwunden und du sitzt da wie das heulende Elend.* In ihrem Bauch flüstert eine andere Stimme fünf Worte: *Lass. Dich. Einfach. Darauf. Ein.* Sie schluckt. *Kopf oder Bauch?* „Ich würde dich morgen sehr gern wiedersehen", sagt sie schnell, bevor sie es sich anders überlegt.

„Ich dich auch", flüstert er.

„10 Uhr in der Hotellobby?", flüstert sie lächelnd zurück.

„Okay."

Sie neigt sich zu ihm herüber und küsst ihn auf die Wange, bevor sie aus dem Taxi schlüpft und in die Dunkelheit zum Hoteleingang verschwindet.

Im Hotelzimmer schließt sie die Tür, atmet tief durch und lässt die Aktentasche und den Mantel von ihren Schultern gleiten. Sie lehnt die Stirn an die kühle Fensterscheibe. In ihrem Kopf tobt eine Lasershow aus Bildern und Fragen, die sich durchkreuzen, aufeinanderprallen und sich miteinander verknoten und die sich alle nur um eines drehen: die letzten Stunden mit ihm. Sie öffnet die Minibar und greift nach einem Prosecco. Das eiskalte, perlende Getränk beruhigt sie ein wenig. Was für ein Tag. Der vielleicht verrückteste ihres ganzen Lebens. Diese Stadt ist so pulsierend und vereinnahmend. Miriam hat das Gefühl, von ihr mit Haut und Haaren verschlungen zu werden. Ihre Welt steht kopf und ihr bisheriges Leben scheint Millionen von Meilen weit entfernt. Die ganzen leidigen Altlasten, die sie mit sich herumgeschleppt hatte, sind wie weggefegt.

Miriam nimmt einen Schluck. Bis gestern war sie eine überzeugte Singlefrau mit einer Abneigung gegen Weihnachten und Misstrauen gegenüber Heile-Welt-Familien. Und heute war sie Eislaufen unter dem imposantesten Christbaum aller Zeiten mit Lichtern, die alles überstrahlten. Mit einem Mann, den sie gerade erst kennengelernt und der sie von der ersten Sekunde an ihn seinen Bann gezogen hatte. Vincent. Da ist es wieder. Dieses Kribbeln in der Magengegend, das sie überfällt wie schon auf der Eisbahn und vorhin im Central Park. Vielleicht liegt es auch am Prosecco, dass ihre Gedanken Kettenkarussell fahren und sie keine Ahnung hat, wie sie dieses Fahrgeschäft anhalten soll. Vincent ist ihr letzter Gedanke, bevor sie einschläft.

19

Donnerstag, neunzehnter Dezember

Miriam wird vom Straßenlärm und einem quietschenden Rollkoffer geweckt, der durch den Hotelgang geschoben wird. Sie reibt sich die Augen und gähnt. Sonnenstrahlen zwängen sich durch die Vorhänge. Es ist kurz vor neun, noch eine reichliche Stunde Zeit, bis sie Vincent wiedersieht. Ein glückliches Lächeln huscht über ihr Gesicht. Sie werden vielleicht in ein hübsches Bistro gehen und beim gemeinsamen Frühstück überlegen, was sie unternehmen. Etwa das Guggenheim Museum besichtigen oder das Museum of Modern Art, das nur wenige Straßen von ihrem Hotel entfernt ist. Oder, viel besser, eine Galerie, in der die Werke von Matthis Kreutzpfennig ausgestellt sind. Sie möchte seine Bilder unbedingt noch einmal in Ruhe auf sich wirken lassen. Letztlich ist es aber völlig unerheblich, was sie unternehmen, solange sie zusammen sind.

Sie schwingt ihre Beine aus dem Bett, um ausgiebig zu duschen. Mit geschlossenen Augen lässt sie das Wasser heiß über ihren Kopf brausen und singt lauthals den erstbesten Ohrwurm, der ihr einfällt. *Wann hab ich das zum letzten Mal gemacht?* Minuten später tritt sie aus der Dusche und rubbelt sich die Haare halbtrocken. Nicht mehr lange und sie steht Vincent in der

Hotellobby gegenüber. Sie überlegt, was sie anziehen soll, als es an der Zimmertür klopft. Miriam fährt zusammen. *Der Zimmerservice? Die sind aber früh dran!* Sie schlingt sich ein flauschiges, weißes Handtuch um den Körper und fährt sich mit den Fingern kurz durch die Haare. Dann tapst sie in den Flur und öffnet die Tür, um das Zimmermädchen freundlich zu bitten, etwas später ... Miriam steht wie angewurzelt da und will im ersten Impuls die Tür wieder zuschlagen.

„Guten Morgen." Nur dieses eine *Guten Morgen* und ein erstaunter Blick aus grünbraunen Augen, wie Erde und weiches Moos, in das sie sich fallen lassen möchte. Vor Schreck hält sie die Luft an. Vincent schaut erst erstaunt und dann belustigt. „Hätte ich geahnt, dass du mich so empfängst ..." Er lässt den Satz unvollendet.

„Nun ja, hätte ich geahnt, dass du eine Stunde früher kommst, hätte ich mir schnell noch etwas angezogen." Sie bemüht sich, ihre Stimme selbstsicher klingen zu lassen, was ihr gründlich misslingt. Sie spürt, wie ihr das Blut in die Wangen schießt. Eigentlich hatte sie ihm hübsch zurechtgemacht begegnen wollen und nun steht sie hier mit nassen Haaren und nichts als einem Handtuch bekleidet, das ihr nur knapp über den Po geht. Sie verschwindet zur Hälfte hinter der Tür.

Er wirft einen flüchtigen Blick auf seine Uhr. „Also ich bin pünktlich."

Dann muss ihre Weckuhr falsch gegangen sein oder sie hat die Zeit nicht richtig erkannt, weil sie ihre Brille noch nicht aufhatte. Oder was auch immer. *Na prima!*

„Dann hab ich mich wohl in der Zeit vertan."

„Sieht so aus", sagt er. Sie fühlt sich von seiner Stimme eingehüllt wie mit einer warmen Decke. Eine

Decke hätte sie gerade tatsächlich gern anstelle des Handtuches, das sie noch fester vor ihrer Brust umklammert. Sein Blick brennt auf ihrer Haut. Ihr Mund ist auf einmal trocken. Sie sollte ihn einfach bitten, sich fünf Minuten zu gedulden, die Tür schließen und anschließend ordentlich angezogen mit ihm hinunter in die Lobby fahren. So war annähernd der Plan. Aber sie bringt kein Wort hervor. In Sekundenschnelle ist die gleiche knisternde Spannung wie am Vortag da und wartet darauf, sich zu entladen. Miriam fühlt sich gefangen in seinem Blick, seiner Ausstrahlung, seiner ganzen Erscheinung.

„Soll ich unten auf dich warten?" Seine Frage klingt halbherzig, als hoffe er, dass sie verneint. Miriam schüttelt den Kopf. Sie denkt nicht mehr nach, als sie das *Do-not-disturb*-Schild vom Haken nimmt und außen an den Türgriff hängt. Zieht ihn herein und er lässt die Tür ins Schloss fallen.

Sie stehen so nah beieinander, dass sie den Stoff seiner Jeans an ihrem Oberschenkel spürt. Seine Jacke fällt zu Boden. Draußen toben Straßenlärm und hämmernde Baustellengeräusche, doch Miriam nimmt nur das Blut wahr, das durch ihre Ohren rauscht. Seine Finger fahren durch ihre feuchten Haare und folgen der Spur eines Wassertropfens an ihrem Hals entlang abwärts. Sie spürt seinen heißen Atem an ihrer Schulter. Als ihr Handtuch zu Boden gleitet, hält sie kurz die Luft an.

Ihre Haut kribbelt am ganzen Körper, als sie seinem tiefen Blick begegnet, der voller Verlangen ist. Seine Nähe bringt sie komplett um den Verstand. Ihre Finger verschlingen sich ineinander.

„Worauf warten wir noch?“, flüstert sie heiser wie unter Strom, während ihre Finger unter seinen Pullover wandern. Er zieht ihn sich mit einem Ruck über den Kopf und wenig später liegen sie splitternackt auf dem breiten Bett. Miriam fühlt sich lebendig und frei. Vincent erkundet ihren Körper und sie gibt sich voll und ganz und ohne nachzudenken dieser berauschenden Leidenschaft hin.

Es ist früher Nachmittag, als Miriam und Vincent unter eisklarem Himmel über die Brooklyn Bridge laufen, die sich über den East River spannt. Zuvor hatten sie den Fluss mit der Fähre überquert und die Hängebrücke von Brooklyn aus betreten. Vor ihnen erhebt sich die prächtige Skyline von Manhattan mit dem silberglänzend herausstechenden One World Trade Center. Vincents Arm umschlingt ihre Schulter. Es ist eiskalt und ihr Atem malt kleine Wölkchen in die Luft. Zu beiden Seiten rauschen die Autos über die dreispurigen Fahrbahnen unter ihnen. Mit Vincent den holzplattenbelegten Weg entlang zu laufen, ist märchenhaft und überhaupt fühlt sich seit gestern für Miriam alles an wie Magie. Als würde sie an seiner Seite einen völlig neuen Weg einschlagen, von dem sie insgeheim hofft, dass er in eine gemeinsame Zukunft führt. Vor ihr auf den Holzplatten, halb vom Geländer verdeckt, glänzt etwas in der Sonne wie eine kleine Eisscholle oder eine Glasscherbe, die sich bei näherem Hinsehen als glatter, hellbrauner Stein entpuppt. Sie bleibt stehen und bückt sich. Der herzförmige Stein passt genau in ihre Hand. Als wäre er soeben vom Himmel und direkt vor ihre Füße gefallen. Sie umschließt ihn mit den Fingern.

„Wenn das kein Zeichen ist", sagt Vincent.

Miriam lässt ihren Blick über den schneebedeckten Rand des Fußgängerweges und das netzartige Muster des Geländers schweifen. Sie lehnt sich gegen das Stahlgeländer und blinzelt gegen die Sonne, die ihr Gesicht wärmt und glitzernde Punkte in den Wellen des Flusses spiegelt. Sie haucht in ihre eisigen Finger und wendet sich Vincent zu. Das Sonnenlicht lässt ihre Haare schokoladenbraun strahlen.

„Du bist wunderschön", sagt Vincent und nimmt ihre Hände in seine, um sie zu wärmen. Ihr Lächeln vertieft sich. Sie hat so viel gelächelt seit gestern, dass ihr die Wangen wehtun. *Das Leben ist schön. So einfach ist das.*

„Es gibt schlimmere Orte, an die wir hätten flüchten können, findest du nicht?", fragt sie. „Ich hätte nur meine Handschuhe mitnehmen sollen."

„Ja, wirklich der perfekte Fluchtort." Er nickt und lässt seinen Blick grübelnd in die Ferne schweifen. „Es könnte aber auch sein, dass jemand, der vor etwas flüchtet, einfach nur aufgehalten werden will."

„Das musst du mir näher erklären."

Er sieht sie an. „Vielleicht wäre es besser, wenn wir uns dem Grund unserer Flucht einfach in den Weg stellen und es ihm so richtig zeigen."

„Ah, verstehe", erwidert Miriam, als hätte sie gerade einen Geistesblitz. „Ich sollte mich also beim nächsten Mal vor den Grinch werfen anstatt in deine Arme?"

Lachend zieht er ihr die rote Strickmütze über das Gesicht.

Sie nähern sich einem der Steintürme auf der Brücke, von denen sich hunderte Schrägseile und Stahlstreben spannen.

Miriam betrachtet Vincents Profil, hinter dem sich die blaue Manhattan Bridge erstreckt.

„Was ist, wenn der Weg hinter dem Turm endet?", fragt sie und fühlt sich auf einmal befangen.

Er sieht sie an. „Willst du denn, dass er endet?"

„Nein." Sie schüttelt den Kopf, aber das flaue Gefühl lässt sich nicht abschütteln. „Es ist nur so, in ein paar Tagen fliegen wir zurück. Du nach Berlin und ich nach Dresden." Ihr Seufzen wird von dem Autolärm unter ihnen verschluckt.

Was ist, wenn sich unsere Wege trennen? Miriam spürt einen messerscharfen Stich in der Brustgegend. Wird sie irgendwann bereuen, was zwischen ihnen passiert ist, weil das hier nichts weiter als eine schöne Episode bleiben würde? Ein Märchen. Die Situation wirkt auf einmal zerbrechlich wie dünnes Glas.

„Mein Rückflug geht erst in acht Tagen. Ich hoffe, du buchst rechtzeitig um, denn dir ist sicher klar, dass ich vor Angst sterben könnte, noch bevor ich die Wolkendecke durchfliege", scherzt Vincent in ihr Grübeln hinein.

Sie schlägt ihn spielerisch gegen die Schulter und er zieht sie wieder in seinen Arm. An einem der Stahlseile bleibt er stehen und umfasst ihr Gesicht mit seinen Händen, so dass sie ihm in die Augen schauen muss. „Das hier mit uns ..."

Er räuspert sich. „Ich verstehe es selbst nicht richtig, aber ..." Er fährt nach einem weiteren Räuspern fort:

„Ich will jedenfalls nicht, dass es vorbei ist. Im Gegenteil."

Miriam stellt sich auf die Zehenspitzen, berührt seine Wange und küsst ihn auf den Mund. Sie tastet nach dem Herzstein in ihrer Jackentasche. Alles fühlt sich richtig an. Dennoch überfallen Miriam zwiespältige Gefühle, während sie so eng nebeneinander herlaufen, dass kein Blatt Papier dazwischen passt. Ihre Wohnorte am anderen Ende der Welt liegen nicht unerhebliche zweihundert Kilometer auseinander und diese Tatsache lässt sich nicht so einfach ausblenden. *Denk nicht dran! Nicht jetzt.* Sie blickt den Hochhäusern entgegen, die immer größer werden, je näher sie ihnen kommen. Sie ist zusammen mit dem Mann, in den sie sich mit Haut und Haaren verliebt hat. Der es schafft, sie vollends durcheinanderzubringen und ihre Zweifel tsunamiartig wegzuspülen. Alles andere ist in weiter Ferne.

„Wie du siehst, geht der Weg weiter", raunt er nah an ihrem Gesicht, als sie durch den Durchgang des Steinturmes gehen. Sie lächelt zuversichtlich.

Es ist warm wie in einem Tropenhaus in der Boutique und Miriam knöpft ihren Mantel auf. Aus den Lautsprechern tönt *Shallow* von Lady Gaga und Miriam summt leise mit. Ihre Gedanken kreisen um Vincent. Sie steuert die Umkleidekabine an, flankiert von einer Verkäuferin mit papayafarbenen, kurzen Haaren, die ihr den Weg weist, das rote Kleid in die Kabine hängt und den Vorhang hinter ihr schließt.

Sie haben sich für den Abend verabredet, er wird sie 19:30 Uhr im Hotel abholen und sie soll sich überraschen lassen, mehr wollte Vincent ihr nicht verraten. Sie waren noch eine Weile durch den Financial District und die Wall Street geschlendert und hatten sich schließlich mit einem nicht enden wollenden Kuss voneinander verabschiedet. Auf dem Rückweg zum Hotel war sie an dieser Boutique vorbeigekommen und konnte ihren Blick nicht von dem roten Kleid an der Schaufensterpuppe losreißen.

Sie schlüpft in der dezent beleuchteten Umkleidekabine in das Etuikleid. Es sitzt wie angegossen und betont ihren Körper an den richtigen Stellen. Miriam dreht sich einmal um die eigene Achse und schließt die Augen, um sich vorzustellen, wie Vincent den Reißverschluss am Rücken langsam nach unten zieht. Sie schiebt den Vorhang ein Stück zur Seite.

Die Verkäuferin reckt den Daumen hoch. *Na dann …,* denkt Miriam. Sie muss dieses Kleid haben und es ist ihr egal, dass es alles andere als ein Schnäppchen ist. Unerheblich, was Vincent für den heutigen Abend geplant hat und ob dieses Kleid dem Anlass angemessen ist, sie wird es an diesem Abend tragen. Für ihn.

Als Miriam das Geschäft verlässt, hat sich eine dicke Wolkenschicht über den blauen Himmel geschoben und es beginnt zu schneien. Sie steuert einen Imbisswagen mit Hot Dogs an und winkt anschließend nach einem Taxi. Als sie durch die Hotellobby läuft, vibriert ihr Smartphone in der Tasche. Es ist Karo.

„Wenn das mal nicht meine liebste, beste Freundin ist", flötet Miriam gut gelaunt.

„Ich wollte nur mal hören, wie es dir im Land der unbegrenzten Möglichkeiten geht? Wie war dein Termin gestern?", fragt Karo. Miriam stellt ihre Einkaufstüte neben dem Christbaum ab und drückt die Fahrstuhltaste.

„Ganz okay“, erwidert sie. Alles andere will sie ihrer Freundin lieber nach ihrer Rückkehr erzählen. Rückkehr. Sie will nicht zurück. Nicht ohne Vincent.

„Bei euch alles in Ordnung? Wie geht es euch? Und wie geht es den Katzen?“, fragt Miriam, um schnell von dem unangenehmen Gedanken an die Rückkehr abzulenken.

Sie geht den Gang entlang zu ihrem Zimmer und kramt in ihrer Tasche nach der Karte für die Zimmertür.

„Danke, alles bestens bei uns. Poppy und Pearl sind auch wohlauf.“ Miriam atmet auf, aber ihr entgeht nicht, dass Karo einsilbiger klingt als sonst. Sie scheint etwas mit sich herumzutragen.

„Ist wirklich alles okay mit dir?“, hakt sie nach, als sie ihr Zimmer betritt und die Tüte aufs Bett wirft.

Sie hört, wie Karo ausatmet. „Ich habe gerade einen Brief aus deinem Briefkasten gefischt.“

„Aha. Von wem ist er? Hoffentlich nicht vom Weihnachtsmann höchstpersönlich.“ Was sollte sie schon für unangenehme Post kurz vor Weihnachten erhalten? Das Schlimmste, was jemals in ihrem Briefkasten lag, war ein Bußgeldbescheid vom Ordnungsamt, weil ihr Parkschein abgelaufen war.

Zähe Sekunden vergehen, bevor Karo endlich mit der Sprache herausrückt. „Er ist von deinem Vater.“

In Miriams Nacken stellen sich die Härchen auf. Da hat Karo sicher etwas durcheinandergebracht.

„Von wem?“

„Von deinem Vater", wiederholt Karo, der es hörbar schwerfällt, das auszusprechen.

„Das ist ein Scherz, oder?"

Miriam reibt sich mit der Hand unter der Brille über die Augen und stützt sich am Schrank ab. „Das kann nicht sein. Er weiß doch gar nicht, wo ich wohne."

„Doch", beharrt Karo. *„Armin Engel* steht als Absender drauf."

Was zum Henker hat das zu bedeuten? Sie spürt Übelkeit in sich aufsteigen und sinkt auf die Bettkante. Sie hätte den Hot Dog nicht so schnell essen sollen. Am liebsten würde sie so tun, als hätte es diese letzten Sätze nicht gegeben. Sie würden noch kurz über Belanglosigkeiten reden, sich verabschieden und dann würde sie sich nur noch auf den Abend mit Vincent freuen, der sie in dreieinhalb Stunden abholen will.

„Mach ihn auf", sagt sie stattdessen tonlos.

„Ich soll was?", fragt Karo entgeistert. Sie klingt, als würde sie den Brief von sich weghalten wie eine Bombe, die kurz vor der Detonation steht. „Ich glaube, es ist besser, Liebes, wenn du das nach deiner Rückkehr in Ruhe selbst machst."

„Nein! Bitte, Karo, öffne ihn für mich. Ich will wissen, was drin steht." Was um alles in der Welt will er ihr nach fast zwanzig Jahren mitteilen?

Karo stößt einen unbehaglichen Seufzer aus. Dann hört Miriam ein schneidendes Geräusch, dem ein kurzes Rascheln folgt.

„Ich glaube, das ist keine gute Idee", murmelt Karo. „Hätte ich dich bloß nicht deswegen angerufen. Ich habe hin und her überlegt, ob ich das machen soll."

„Bitte", erwidert Miriam mit Nachdruck. So gleichgültig er ihr auch ist, sie will wissen, was dieser Mensch ihr zu sagen hat. Was kann das schon sein? Sie wird den Kopf darüber schütteln, diesen Brief abhaken und sich auf ihr Date mit Vincent vorbereiten.

„Die Handschrift sieht ganz schön zittrig und verwackelt aus", sagt Karo. Dann beginnt sie mit stockender Stimme zu lesen. „Meine liebe Mirli!"

Mirli! Sie schnappt nach Luft. Dass er diese Anrede wagt, verschlägt ihr die Sprache.

Karo hält kurz inne und liest weiter. „Nichts was ich dir schreiben könnte, kann die Dinge, die geschehen sind, ändern. Ich möchte aber, dass du weißt, dass kein Tag in meinem Leben vergangen ist, an dem du nicht Teil meiner Gedanken warst. Warum ausgerechnet jetzt, fragst du dich vielleicht und du fragst es dich zu Recht. Da ist etwas Wichtiges, das du erfahren musst und das ich dir schon längst hätte sagen müssen, ich alter Narr. Du musst es schnell erfahren, aber nicht durch einen Brief. Ich habe viel falsch gemacht und womöglich ist es zu spät, dennoch bitte ich dich, mich anzuhören. Ich hoffe aus den Tiefen meines dummen Herzens, dass du am Samstag, den einundzwanzigsten Dezember, 10 Uhr am See sein wirst. Dein Vater."

Die Stille, die eintritt, als Karo fertig ist, ist zum Schneiden dick. Miriams Brustkorb hat sich mit jedem Wort mehr zusammengeschnürt und sie bekommt schwer Luft. Eine eisige Hand legt sich um ihr Herz. Wortlos geht sie zum Fenster und starrt auf die Wolkenkratzer, das Smartphone fest umklammert. Sie würde gern das Fenster aufreißen und das Ding hinunterwerfen, aber was würde das schon ändern?

„Pf …", macht sie schließlich. „Der hat Nerven! Am besten, du zerreißt das Ding in hundert Schnipsel und wirfst sie ganz schnell in den Müll."

Was soll dieser Brief nach all den Jahren? Was zum Teufel muss sie so dringend erfahren? Dass es ihm leidtut? Will er am Ende seines Lebens Absolution von ihr? Nun, darauf kann Armin Engel lange warten.

„Was willst du tun?", fragt Karo vorsichtig.

„Gar nichts natürlich. Ich breche doch deswegen nicht diese Reise ab", erwidert sie fest. *Schon gar nicht heute, wo ich so glücklich bin. Ich will nicht weg.* Die Verunsicherung steht ihr ins Gesicht geschrieben. Sie überlegt, ob sie es ignorieren soll. *Aber kann ich damit umgehen, bis an mein Lebensende im Unklaren zu sein?* Oder wird sie ihren Frieden finden, wenn sie ihm gegenübertritt, was immer er auch will? Verschwinden die Schatten dann endgültig? Fragen über Fragen und keine Antwort in Sicht.

Vielleicht sollten wir uns dem Grund unserer Flucht entgegenstellen … Sie denkt an Vincents Worte. Es ist der denkbar schlechteste Zeitpunkt, doch je länger Miriam sich den Brief durch den Kopf gehen lässt, desto mehr fragt sie sich, ob es womöglich einen triftigen Grund dafür gibt, dass er sie so kurzfristig sprechen will. Miriam kratzt sich am Kinn.

„Tut mir leid", sagt Karo zerknirscht. „Es wäre besser gewesen, ich hätte es dir nicht gesagt."

„Quatsch, Karo, dir muss überhaupt nichts leidtun", versichert sie ihrer Freundin.

„Soll ich dir seine Adresse und Telefonnummer durchgeben? Die stehen am Ende des Briefes. Vielleicht willst du ja erst mal anrufen?"

Widerwillig greift Miriam nach einem Notizblock und einem Kugelschreiber auf dem Nachtschränkchen und setzt sich auf die Bettkante. Ihre Arme fühlen sich schwer an. Ihn anrufen? Das würde sie niemals über sich bringen und wozu auch? Trotzdem notiert sie seine Kontaktdaten.

Als sie sich verabschiedet haben, starrt Miriam mit leerem Blick aus dem Fenster. Ihre Schultern und Glieder scheinen von tonnenschweren Gewichten heruntergezogen zu werden. Das Glück der vergangenen Stunden ist ausradiert. Sie fühlt sich matt, als würde sie eine schwere Grippe erwischen. Die kalte Hand hält ihr Herz immer noch fest umschlossen. In ihr tobt ein Kampf aus Wut, Verunsicherung und Gleichgültigkeit und das kann sie nicht nachvollziehen.

Wieso, verdammt noch mal, reagiere ich so, wo er mir doch längst egal ist?

Sie kauert sich hin, legt den Kopf auf die Arme und schließt die Augen. *Verlier bloß nicht den Verstand!* Sie sieht ihre Mutter vor sich und kann die Tränen nicht zurückhalten. Dieser Mistkerl! Er hat sie verraten und im Stich gelassen. Seine Frau und sein Kind. Er hat es nicht verdient, dass es ihr schlecht geht wegen ihm. Sie knüllt den Zettel mit seiner Telefonnummer zusammen.

Ich werde nicht zulassen, dass du mich noch mal verletzt, denkt sie und ballt die Hände zu Fäusten, bis ihre Fingerknöchel weiß hervortreten. Sie hat keine Ahnung, ob eine Minute oder eine Stunde vergangen ist, als sie sich dazu entschließt, seine Nummer zu wählen. Sie faltet den Zettel auseinander und streicht ihn glatt. Es fällt ihr schwer und ihr Herz hämmert, aber es ist einfacher, ihn anzurufen, als ihm plötzlich gegenüberzustehen und was er ihr mitzuteilen hat, kann er ihr genauso gut auch am Telefon sagen. Niemand, am wenigsten er, kann erwarten, dass sie aufgrund solch eines Briefes alles stehen und liegen lässt und vorzeitig zurückfliegt. Und sie würde sich nicht scheuen, ihm das auch direkt zu sagen. *Ich bin nicht mehr das Mädchen von damals.* In Gedanken legt sie sich zurecht, was sie sagen wird, verwirft es wieder und rauft sich die Haare. Mit bebenden Fingern wählt sie die Nummer und wartet mit angehaltenem Atem, wie die Sekunden vergehen.

„Hallo?", meldet sich eine Frauenstimme. Miriam bleiben die Worte im Hals hängen. Damit hat sie nicht gerechnet.

„Wer ist denn da?", fragt die Frau am anderen Ende der Leitung. Miriam räuspert sich. Sie will sich keine Verunsicherung anmerken lassen.

„Hallo. Hier ist Miriam Engel. Ich würde gern Armin Engel sprechen", sagt sie so gefasst wie möglich.

Kurzes Schweigen am anderen Ende der Leitung, bis die Frau sagt: „Miriam. Schön, dass Sie sich melden." Die Frau hört sich erleichtert an.

„Ich bin Maria, Armins Frau."

Ja natürlich, wer sonst? Maria Dumpfbacke. Die andere.

Es kostet Miriam unglaublich viel Kraft, nicht aufzulegen. Sie muss irgendwie ein Gespräch in Gang bringen, wo sie schon angerufen hat.

Sachlich fragt sie: „Ist er zu sprechen? Ich wurde über einen Brief von ihm informiert."

„Nun, im Moment …“ Die Frau zögert. Will sie den Kontakt zwischen ihnen verhindern? Das würde passen, denkt Miriam. Ob sie von dem Brief weiß? *Tja, dann … Miriam hat nicht vor, es zu erzwingen. Das muss ich mir echt nicht antun. Schließlich wollte er mich sprechen und nicht ich ihn. Immerhin habe ich es versucht.*

„Ich bin gerade nicht in Dresden und wollte nur sagen, dass ein Treffen so kurzfristig nicht möglich ist. Vielleicht können wir das im neuen Jahr langfristig einplanen. Würden Sie ihm das bitte ausrichten?“ Perfekt. Nur keine Unsicherheit am Telefon vor dieser Frau. Miriam ist ohnehin nicht bereit, ihn zu treffen. Sie hört, wie Maria hektisch zu atmen beginnt, als suche sie nach Worten.

„Bitte legen Sie nicht auf, Miriam!“, sagt sie. Leise fügt sie hinzu: „Überlegen Sie es sich bitte. Im neuen Jahr könnte es zu spät sein. Wenn Sie ihn noch mal sehen wollen, sollten Sie sich beeilen. Es ist sein letzter Wunsch.“

Miriam hat einen Kloß im Hals. Das klingt bedrückend. Soll sie bei ihrer Meinung bleiben? Die Stimme in ihrem Kopf sagt: *Natürlich! Er hat es nicht anders verdient!* Die andere Stimme in ihrer Brust, da wo ihr Herz gerade schmerzhaft zusammengequetscht wird, wiederholt wie ein Echo: *Im neuen Jahr ist es vielleicht zu spät. Es ist sein letzter Wunsch.*

Eine Weile schweigen sie und nur das leise Knacken in der Leitung ist zu hören.

„Sind Sie noch dran?“, fragt Maria dann.

Miriam, die das Telefonat gern möglichst schnell beenden möchte, hört sich tonlos sagen: „Also gut. Ich werde da sein." *Ist das dein Ernst?*

Nachdem sie aufgelegt hat, durchforstet sie automatisch wie eine Maschine das Internet nach dem nächsten Flug nach Deutschland. Der nächste Flug geht um 19:10 Uhr nach Stuttgart. Zwei Stunden. Der Nächste erst sieben Stunden später mit zwei Zwischenstopps, einer davon in London. Dann würde sie erst Montag zu Hause ankommen. Nach einem weiteren Telefonat fühlt sie sich schlapp und ausgelaugt und stößt einen tiefen Seufzer aus. Sie rollt sich auf dem Bett zusammen und kann keinen klaren Gedanken fassen. Sie weiß nur, dass sie es Vincent sagen muss. Aber wie? Sie hat sich so auf den Abend mit ihm gefreut. Schweren Herzens wählt sie seine Nummer, aber er geht nicht ran. Sie presst sich die Hand auf den rebellierenden Magen. Sie kann ihm unmöglich ihre vorzeitige Abreise in einer kurzen Nachricht schreiben. Wie sieht das aus? Andererseits ist gerade gar nichts mehr normal. Erneut versucht sie, ihn zu erreichen, aber er meldet sich wieder nicht. Vermutlich hat er sein Handy nicht dabei. Ihr bleibt nichts anderes übrig, als ihm eine Nachricht zu schreiben:

Lieber Vincent!

Sie löscht es wieder. Es liest sich wie der Beginn eines dummen Liebesbriefes. Sie überlegt hin und her, aber selbst in hundert Jahren würde sie diese Situation nicht besser erklären können.

Vincent, es tut mir so leid. Ich finde nicht die richtigen Worte, um zu erklären, was gerade passiert. Ich bin so durcheinander und realisiere es selbst nicht. Ich muss noch heute Abend zurückfliegen. Ich hoffe so sehr, du glaubst mir, wie schwer mir das fällt. Und noch mehr hoffe ich, wir sehen uns wieder, damit ich es dir erklären kann. M.

Sie zögert, aber besser würde es nicht werden, also drückt sie auf *Absenden* und fühlt sich dabei, als würde ein Fallbeil auf sie niedergehen.

Sie zwingt sich, ruhig zu atmen, um ihre Übelkeit in den Griff zu bekommen. Übermorgen ...

Ich bin es dir schuldig, Mama.

Anderenfalls würde sie jede weitere Minute, die sie in New York bleibt, damit zubringen, darüber nachzudenken, was diesen Menschen dazu veranlasst hat, nach zwanzig Jahren ungefragt an der Tür zu ihrem Leben anzuklopfen und warum es sein letzter Wunsch ist, sie zu sehen.

20

Freitag, zwanzigster Dezember

Schwerfällig schleppt sich Miriam am Nachmittag des folgenden Tages mit ihrem Rollkoffer und der Tasche die Treppen zu ihrer Wohnung hoch und schließt die Tür auf. Ihre Augen brennen, sie fühlt sich übernächtigt und hat rasende Kopfschmerzen. Den ganzen Flug über fühlte sie sich wie betäubt. Sie konnte weder etwas essen noch trinken. In Stuttgart hatte sie den nächsten Zug nach Dresden genommen. Sie nimmt ihre Katzen in den Arm und drückt ihr Gesicht in Poppys warmes Fell. Das tröstliche Gefühl hält nicht lange an.

Der tobende Orkan in ihrem Inneren ist in bohrende Selbstzweifel übergegangen. *Was habe ich nur getan?,* fragt sie sich immer wieder verzweifelt und schlägt auf das Kissen auf ihrem Bett ein. Sie guckt auf ihr Handy. Nichts. Aber was hätte sie denn tun sollen? Sie konnte doch gar nicht anders, als überstürzt ihren Koffer zu packen, aus dem Hotel auszuchecken und mit einem Taxi zum Flughafen zu fahren. Viel nachgedacht hat Miriam dabei nicht; wie unter Schock. In ihrem Kopf ist alles leer.

Vincent hat sich nicht gemeldet.

Wieso bist du nicht erreichbar? Minütlich hat sie seit ihrer Abreise auf ihr Smartphone geschaut, aber es zeigt keine Reaktion von ihm.

Miriam nimmt zwei Kopfschmerztabletten, lässt die Rollos herunter und starrt an die Wand. Sie ist bleischwer müde und gleichzeitig hellwach. Eine halbe Stunde später fallen ihr die Augen zu und sie sinkt in einen komaähnlichen Schlaf.

Es tut mir leid? Entgeistert starrt Vincent auf die Nachricht und versucht, den Sinn zu erfassen. Er wird einfach nicht schlau daraus. Was zum Teufel ist geschehen? Zum wiederholten Male geht er gedanklich die letzten Stunden und Minuten durch. Als sie sich verabschiedet hatten, war alles in Ordnung. Mehr noch, alles war perfekt. Da war nichts, was darauf hingedeutet hätte, dass sie plötzlich von der Bildfläche verschwindet. Er war auf dem Weg in eine Galerie, wo er Matthis treffen wollte. Die Überraschung für den gemeinsamen Abend mit ihr hat sich nun erübrigt.

Er schleudert das Smartphone zur Seite. Es zerschellt an einem der Barhocker in mehrere Einzelteile.

„Brauchst du es nicht mehr?", fragt Matthis trocken. Er lallt leicht.

„Sorry", murmelt Vincent mit schwerer Zunge. Dummerweise hatte das blöde Ding unterwegs den Geist aufgegeben, nachdem der Akku schon am Morgen nur noch schwach war. Er bemerkte es erst drei Stunden später, als er mit Matthis wieder zurück in dessen Wohnung in SoHo war. Er hatte geduscht und sich für ihr gemeinsames Date am Abend fertig gemacht. Und dann las er diese alles beendende Nachricht von ihr.

Seitdem versteht er die Welt nicht mehr. Zu dem Zeitpunkt muss sie schon auf dem Weg zurück nach Deutschland sein. Dass sie durcheinander ist und es selbst nicht realisiert kann nur eins bedeuten: Sie empfindet wohl doch nichts für ihn. Sie hat ihn verlassen und das fühlt sich beschissen an.

Sein Freund Matthis ist so solidarisch, sich gemeinsam mit ihm an diesem Freitagabend zu betrinken, obwohl er gern wüsste, worum es eigentlich geht.

Bedeutet ihr das, was passiert ist, so wenig, dass sie sich in den erstbesten Flieger setzt und nach Hause fliegt?, fragt sich Vincent frustriert. *Oder hat sie einen triftigen Grund, so zu handeln? Ein wenig klingt ihre kurze Nachricht danach. Aber was kann das sein?*

Während er ihre Nachricht im Laufe der letzten Stunden zu verdauen versuchte, reifte der Entschluss in ihm, nicht länger hier zu bleiben. Zum einen, weil er nach dieser Enttäuschung nur noch weg will und zum anderen hatte ihm das, was sie sich im Central Park gegenseitig erzählt hatten, endgültig die Augen geöffnet. Immerhin – etwas Gutes hatte die kurze Zeit mir ihr. Das klärende und längst überfällige Gespräch mit seinem Vater wird er umgehend in Angriff nehmen. Er wird es hinter sich bringen und danach frei von den ständigen, unterdrückten Schuldgefühlen sein. Auch auf die Gefahr hin, dass seine Eltern sich dann vielleicht endgültig von ihm abwenden. Das Risiko wird er hinnehmen müssen.

Als ihm diese Erkenntnis kam, hatte er Matthis seine Pläne gebeichtet und seinen Flug auf Samstag umgebucht, was einfacher als gedacht war. Sein Kumpel fand es sehr bedauerlich, bestärkte ihn aber in seinem

Vorhaben. Den Fall *Miriam* verschwieg Vincent, weil es zu sehr in ihm bohrte und er selbst keine Antwort hatte.

Er nimmt sich vor, seinen Eltern schonend, aber deutlich zu sagen, dass er sie liebt, jedoch in Bezug auf die Spedition nicht zur Verfügung steht. Je nachdem, wie das Gespräch verläuft, wird er danach entweder über Weihnachten in Hinterwurzbach bleiben, was zumindest Mona freuen dürfte oder gleich wieder zurück nach Berlin fahren, falls es größeren Stunk gibt. Zurück nach Berlin, zu seinem Lebensmittelpunkt, seinen Freunden, Kollegen, seiner Arbeit und seiner großen Wohnung in dem weißen Eckhaus, einen Katzensprung entfernt vom Schloss Charlottenburg. Als freier Ingenieur genießt er das Privileg einer flexiblen Arbeitseinteilung. So wie er sich die Zeit über Weihnachten von Arbeit freigeschaufelt hat, wird er sich nun damit eindecken bis zum Umfallen und sich am besten gleich in den Großauftrag stürzen, der erst ab Januar anliegt. *Arbeit hilft gegen alles,* denkt Vincent zuversichtlich.

Um Matthis muss er sich keine Sorgen machen, er hat seinen Galeristen, Marc, und die beiden scheinen wirklich ausgezeichnet zusammenzupassen.

Matthis prostet ihm seufzend zu und Vincent nimmt einen tiefen Schluck. Sie lümmeln auf dem riesigen Sofa in der Mitte des Lofts. Daneben stehen etliche leere Bierflaschen und zwei Pizzakartons sowie Vincents gepackte Reisetasche.

„Und was ist jetzt mit dieser Miriam Engel?", lallt Matthis.

„Sie ist weg." Mehr weiß er selbst nicht.

23:46 Uhr zeigen die grellgrünen Ziffern der Weckuhr an, als Miriam von einem Drücken an ihrer Schläfe wach wird. Sie hat ihre Brille nicht abgenommen, als sie eingeschlafen ist. Müde wankt sie in die Küche und trinkt gierig aus dem Wasserhahn. Pearl auf dem Fensterbrett hebt kurz den Kopf und streckt die Vorderpfoten, bevor sie sich wieder zusammenrollt. Miriam wirft einen Blick aufs Handy. Wieder nichts. Sie sieht seine Augen vor sich. *Vincent ...* Ein scharfer Schmerz blitzt auf. Sie will ihn anrufen, aber irgendetwas hält sie ab, obwohl jede Faser ihres Körpers sich danach sehnt, seine Stimme zu hören. Gleichzeitig prasselt das schlechte Gewissen auf sie ein wie Peitschenhiebe. Was muss er nur denken? Sie nagt an ihrer Unterlippe. Sie möchte nur hören, dass er verstehen kann, dass sie gar nicht anders handeln konnte und dass sie sich bald wiedersehen. Dass alles halb so schlimm ist. Doch das wird nicht eintreten. Wie soll er Verständnis dafür aufbringen? Zwar weiß er im Groben von den tragischen Umständen um ihre Familie, aber nicht den Grund für ihre überstürzte Abreise. Er muss sich versetzt vorkommen, überlegt sie voller Gewissensbisse und fragt sich, wie er damit umgeht. Geht es ihm schlecht oder lacht er womöglich darüber und ist froh, sie los zu sein? Sie drückt auf seine Nummer und lauscht mit angehaltenem Atem. Sein Handy ist ausgeschaltet.

Sie vergräbt den Kopf in den Händen. Was das bedeutet, liegt auf der Hand. Er will nichts mehr mit ihr zu tun haben. Will nicht mit ihr reden.

Fang jetzt nicht an zu heulen. Hast du etwas anderes erwartet?

Das Hämmern in ihrem Kopf verstärkt sich. Letztlich gibt es nur zwei Möglichkeiten und beide sind frustrierend. Entweder hat sie ihn derart vor den Kopf gestoßen, dass er nicht mehr für sie erreichbar sein will. Oder, und das wäre noch schlimmer, das zwischen ihnen war für ihn von Vornherein nichts Bedeutendes gewesen. Ein belangloser One-Night-Stand, den er längst aus seinem Gedächtnis gestrichen hat. *Ich hätte es vorher wissen müssen. Hätte ich einfach nur auf die Stimme in meinem Kopf gehört,* denkt Miriam voll aufsteigender Bitterkeit. *Vielleicht ist es ja auch besser so.* Es ging alles viel zu schnell. Es konnte nur in einem Fiasko enden. Die Erinnerung an den verschneiten Central Park überfällt sie. Ein Wintermärchen in Manhattan. Aber Märchen sind nicht real.

„Willkommen zurück im Leben", murmelt Miriam verdrossen und Pearl streckt ihr verständnisvoll die Pfote entgegen, als würde sie spüren, dass die Hausherrin ihres Reiches Zuspruch braucht. Weder Dresden noch Berlin können mit dem Zauber, der ihr in Manhattan widerfahren ist, mithalten. Etwas anderes zu denken, ist illusorisch und naiv. Rückblickend ist es recht einfach. Sie ist dem Flair einer Weltstadt und dem Charme eines Mannes verfallen, den sie gar nicht richtig kennt. Eine reizvolle Verstrickung, der man schon mal erliegen kann. Aber es ist nicht nur das, sie hat sich bis über beide Ohren in ihn verliebt und sich auf eine emotionale Vertrautheit mit ihm eingelassen. Hat sie wirklich geglaubt, das könne über New York hinaus funktionieren? Wie lächerlich. *Besser es endet so, auch wenn es noch lange wehtut.* Sie schüttelt resigniert den Kopf, reißt ein Blatt Küchenrolle ab und wischt sich damit schniefend über ihr tränennasses Gesicht. Als der Morgen graut und ein apricotfarbener Streifen am Himmel die anliegenden Häuser in glühendes Licht taucht, hat sie das Gefühl, den größten Fehler ihres Lebens begangen zu haben. Doch diese Erkenntnis kommt zu spät.

21

Samstag, einundzwanzigster Dezember

Die Luft ist feucht und neblig und die kahlen Äste der Lindenbäume, die den Weg säumen, hängen in trübsinniger Resignation herunter. Seit einer halben Stunde läuft Miriam durch den Großen Garten, in der Hoffnung, Ruhe zu finden. Doch die erhoffte Ruhe will sich nicht einstellen, alles in ihr ist aufgewühlt und voller Fragen. Immer wieder schiebt sich Vincent vor ihre Augen. Schneeregen klatscht ihr unangenehm ins Gesicht und sie versteckt sich in ihrer Kapuze. Ist es das wert? Dass sie ihren Vater zum ersten Mal nach so langer Zeit wiedersieht und dafür im Gegenzug Vincent verloren hat? Ein winziger Teil von ihr ist immer noch der Ansicht, dass ihre Begegnung nicht so abrupt geendet hätte, wenn sie auf dem anderen Kontinent geblieben und nicht vor brennender Neugier Karo verdonnert hätte, ihr diesen Brief vorzulesen. Vincent erneut anzurufen, hat Miriam nicht mehr gewagt. Sie sehnt sich nach seiner Umarmung, dem kratzigen Gefühl seiner Bartstoppeln auf ihrer Haut und sie sehnt sich danach, ihre Finger in seinen Haaren zu vergraben und mit ihm zu lachen. Miriam horcht in sich hinein, während sie über den sandigen Weg läuft und kleine, gefrorene Steinchen unter ihren Sohlen knirschen. Es ist keine bloße Schwärmerei, die sie empfindet. Es ist weit mehr. Ein tiefes Gefühl der Sehnsucht, das alles andere in den Hintergrund drängt. Sogar die unmittelbar bevorstehende Begegnung mit ihrem Vater, wie Miriam verwundert feststellt. Kann das sein? Die Sache mit ihrem Vater hat sie, obwohl sie es nie zugegeben hätte, immer indirekt belastet. Sie hat in ihr gebrodelt wie glimmende Feuerreste, die nie ganz erlöschen wollen. In den letzten Tagen und Stunden aber hat sie kaum daran gedacht. Als würde eine plötzlich auftauchende Weiche sie in eine andere Gefühlsbahn lotsen, überfällt sie plötzlich Anspannung und ihre Schritte werden langsamer, je weiter sie sich dem Treffpunkt nähert. Aber für einen Rückzieher ist es zu spät. Jetzt oder nie! Sie überquert die Bahnschienen der Dresdner Parkeisenbahn und läuft am Carolaschlösschen vorbei auf die kleine Brücke zu. Sie lässt ihren Blick über den Carolasee schweifen, auf dem ein einsamer Schwan seine Runden dreht. Das Ufer ist gesäumt mit schnatternden Enten.

Es ist so lange her, dass sie an diesem Ort war. Als sie klein war, sind ihre Eltern oft mit ihr in einem der Boote über den See gerudert und Miriam hatte das geliebt. In der Mitte vom See spritzte die große Fontäne Wasser in die Luft. Es war damals der Lieblingsort der Familie Engel.

Miriam muss lächeln. Sie schüttelt leicht den Kopf und starrt auf die sich kräuselnde Wasseroberfläche, während sie sich ein paar Sekunden lang von den Erinnerungen überschwemmen lässt.

Das ist Vergangenheit und es ist höchste Zeit, endlich damit abzuschließen. Dass sie heute ihren Vater wiedersieht, ist ein erster Schritt in diese Richtung. Sie wird sich anhören, was er zu sagen hat, aber nichts, was er ihr mitteilt, wird ihr Leben oder sie selbst beeinflussen, das lässt sie nicht zu.

Jemand rempelt sie im Vorbeigehen grob an und sie blickt auf. Das Mädchen mit den riesigen, weißen Kopfhörern schlendert ungerührt weiter und schaut sich nicht um. *Rotzgöre,* denkt Miriam und muss grinsen. Sie geht zum Seeufer und wirft ein Steinchen ins Wasser, als eine Frau sie von der Seite anspricht.

„Miriam?“

Sie fährt herum und erblickt eine blonde Frau um die fünfzig, elegant in einem cremefarbenen Mantel und passenden Lederhandschuhen. Maria. Das muss sie sein, aber warum ist sie hier und nicht er? Miriam runzelt die Stirn und fragt sich, ob es sein kann, dass er seine Frau geschickt hat. Das wäre völlig absurd!

„Ja, ich bin Miriam. Maria?“, vergewissert sie sich und ergreift zaghaft die ausgestreckte Hand. Die Frau sieht besorgt aus. Trotz tiefer Furchen an Augen und Stirn ist sie eine attraktive Erscheinung. Bestimmt ist sie in jüngeren Jahren ein Männeridol gewesen, das Familienväter wie Armin Engel angezogen hat. Miriam erinnert sich, wie sehr sie diese Frau früher auf den Mond gewünscht und zeitweise sogar üble Rachegefühle gegen sie gehegt hat.

„Er erwartet Sie drinnen“, sagt Maria leise und deutet auf das mit Tannenzweiggirlanden dekorierte Carolaschlösschen.

Das mulmige Gefühl in Miriams Bauch wird stärker. Zögerlich betritt sie das *Grand Café* mit den dunklen Holztischen. Sie verharrt kurz am Türrahmen. Der weitläufige Gastraum verströmt einen Duft nach Pfefferkuchen, Glühwein und Kaffee. Obwohl fast die Hälfte aller Tische besetzt ist, erkennt sie ihn auf den ersten Blick. Er sitzt an einem der Tische am Fenster mit dem Rücken zu ihr. Armin Engel, ihr Vater.

So sicher sie sich eben noch gewesen ist, das hier schnell hinter sich zu bringen, so schwer fällt es ihr nun, einen Fuß vor den anderen zu setzen und zu ihm zu gehen. Sie hat sich diese Situation in den letzten Stunden viel einfacher vorgestellt. Nüchterner. Emotionslos. Aufrecht und selbstsicher hat sie ihm gegenübertreten wollen und nun klebt sie an diesem Türrahmen fest.

Auf was wartest du, genau deswegen bist du schließlich hergekommen, ermahnt sie sich. Sie strafft die Schultern, atmet tief durch und tritt an seinen Tisch.

„Hallo", sagt sie verhalten. Eine Woge der Unsicherheit erfasst sie. Sie hat keine Ahnung, was sie sagen soll, außer diesem unbeholfenen *Hallo.*

Er ist alt geworden, ist ihr erster Gedanke. Sein ehemals dichtes, dunkles Haar ist grau und dünn, seine Wangen wirken eingefallen, sein ganzes Gesicht blass, müde und schmal. Miriams sorgsam zurechtgelegte Souveränität zerfällt zu Staub.

Er blickt auf und erhebt sich schwerfällig. „Mirli!" Ein Lächeln huscht über sein Gesicht, das ihn offensichtlich Anstrengung kostet.

Miriam atmet scharf fein, unterdrückt aber den Impuls, ihn zu bitten, sie nicht so zu nennen.

Mirli... In dem Bemühen, nicht zu zeigen, dass sie sich beim Klang ihres alten Kosenamens unmittelbar wieder wie das kleine Mädchen von damals fühlt, ergreift sie seine zittrige Hand und erwidert sein Lächeln.

„Wie geht es dir?", fragt er mit brüchiger Stimme.

„Danke, gut", antwortet sie und versucht, nicht allzu reserviert zu klingen. Sie hängt ihre Jacke über den Stuhl und setzt sich ihm gegenüber. Ihre Finger zittern leicht, sie faltet sie im Schoß zusammen.

„Und dir?", erkundigt sie sich. Er winkt lachend ab. Wahrscheinlich ist ihre Frage fehl am Platz, denn der siebenundsechzigjährige Armin Engel sieht nicht nur gealtert, er sieht krank aus. Sehr krank. Nicht mehr so, wie der dynamische Immobilienhai, der die schönsten Villen auf dem Weißen Hirsch, der Dresdner Nobeladresse, verkaufte und dabei einen Charme an den Tag legte, dass ihm die Frauen reihenweise zu Füßen lagen. Zumindest war das Miriams Vorstellung von ihm. Das mit den Frauen war vielleicht übertrieben, aber als er weg war, hatte sich Miriam über Jahre hinweg dieses unsympathische Bild von ihm zurechtgebastelt, weil es ihr damit leichter fiel, mit seinem Verschwinden umzugehen.

„Ich bin froh, dass du gekommen bist", sagt er leise. „Ich war mir da nicht sicher, so wie die Dinge damals standen."

Die Dinge ... Damals ...

Miriam schaut ihm direkt in die Augen. „Ehrlich gesagt, weiß ich selbst nicht genau, warum ich hier bin. Aber deine Nachricht klang dringend."

Er hält sich eine Serviette vor den Mund und hustet röchelnd, sekundenlang. Sie blickt zur Seite auf die dunkelroten Vorhänge am Fenster und das Adventsgesteck mit den vier Stumpenkerzen auf der

Fensterbank. Der Duft der Kiefernzweige ist intensiv. Miriam beobachtet eine dünne Wachsspur, die an einer der Kerzen herunterläuft.

Als sein Hustenanfall vorbei ist, sagt Armin Engel: „Ich möchte dir gern jemanden vorstellen." Es kostet ihn Anstrengung und Miriam fühlt sich hilflos. Er winkt hinter sich und Maria kommt zu ihnen, begleitet von einer weiteren Person. Miriam erkennt die kleine Rotzgöre wieder, die sie vorhin an der Brücke angerempelt hat. *Was will sie hier?* Miriam mustert das Mädchen unauffällig. Die Kopfhörer baumeln ihr um den Hals. Sie hat kurze, blonde Haare, die strubbelig abstehen. Der gezackte, tutuartige Rock, der Miriam vorhin schon aufgefallen ist, steht im krassen Kontrast zu der Lederjacke, unter der sie eine geknotete himmelblaue Bluse trägt. Ihre Füße stecken in derben Boots. *Mutiger Stil,* findet Miriam und fragt sich erneut, wer sie ist und was sie hier will.

„Setz dich", sagt ihre Mutter zu dem Mädchen. Als sie bockig mit verschränkten Armen stehenbleibt, wiederholt sie nachdrücklich: „Setz dich! Willst du etwas trinken?"

Das Mädchen schüttelt den Kopf und zischt: „Ich weiß echt nicht, was ich hier soll!"

Aber sie setzt sich widerstrebend mit verschränkten Armen und demonstrativ Kaugummi kauend. Ihre gesamte Haltung drückt Abwehr aus. ICH. WILL. HIER. WEG. Das Piercing an ihrer Zunge blitzt kurz silberglänzend auf.

Der Kellner bringt Kaffee und Tee. Als er gegangen ist, schaut Miriam ihren Vater fragend an.

Er hebt zu einer Erklärung an. „Meine Frau, Maria, kennst du ja bereits. Und das hübsche Mädchen neben ihr ist Paula."

Na schön, jetzt kennt sie ihren Namen, aber das erklärt noch nicht, warum sie hier ist.

Paula verzieht kurz den Mund, was wohl ein Lächeln bedeuten soll und wischt dann gelangweilt auf ihrem Smartphone herum. Der Kellner bringt die Getränke. Miriam rührt Milch und Zucker in ihren Kaffee.

„Also, was wolltest du mir sagen?", möchte sie endlich wissen, während sie ihre eisigen Hände an der heißen Tasse wärmt. Natürlich hat sie wieder ihre Handschuhe vergessen. Sie muss daran denken, wie Vincent ihre Hände auf der Brooklyn Bridge ... Stopp! Schnell wischt sie die Erinnerung beiseite. Das ist vorbei.

Armin Engel fährt sich durch die grauen Haare. Er ringt mit sich und sucht nach Worten.

Er schaut Paula an und sagt langsam: „Paula, das ist Miriam, meine ältere Tochter." Das Mädchen hält inne und starrt Miriam verblüfft an, als hätte er ihr eben weismachen wollen, sie sei Cinderella höchstpersönlich.

Zu Miriam gewandt, fährt Armin Engel fort: „Paula ist meine jüngere Tochter."

Miriam verschluckt sich an dem heißen Kaffee und hustet. Die Farbe weicht aus ihrem Gesicht. *Seine was?* Ihr Blick geht ungläubig zwischen ihm und dem Mädchen hin und her. Das Mädchen starrt sie weiter unverhohlen, fast feindselig an und dann schnellt ihr Kopf zu Armin. Sie zeigt mit dem Finger auf Miriam. „Willst du damit sagen, wir ... also die und ich ... sind so was wie ... Schwestern?" Paula spuckt das letzte Wort fast aus.

Miriam kann nicht glauben, was er gesagt hat. Unbehaglich rutscht sie auf ihrem Stuhl hin und her. Sie hat also eine Halbschwester. Deshalb hat er sie hergebeten. Ausgerechnet an den Ort, mit dem sie so glückliche Zeiten verbindet. Seine Verkündung ist ungeheuerlich, doch eigentlich ist es nicht verwunderlich, dass er mit Maria ein Kind hat. Ein Kind, von dem sie bislang keinen Schimmer gehabt hat. Und dieses Mädchen ebenso nicht, ihrem schockierten Gesichtsausdruck nach zu urteilen. Miriam schluckt. Sie senkt den Kopf und drückt mit den Fingern am Nasensteg ihrer Brille herum. Betretenes Schweigen breitet sich aus.

Er erwartet hoffentlich keine Freudensprünge, denkt Miriam. Ein familiäres Happy End kurz vor Weihnachten. Angestrengt betrachtet sie die brennende Kerze auf dem Tisch. Um sie herum klappert Geschirr und leise Gespräche der anderen Gäste dringen an ihr Ohr. Paula steht so abrupt auf, dass ihr Stuhl nach hinten umkippt. Miriam zuckt zusammen. Paulas Eltern nicht, vielleicht sind sie das gewohnt.

„Paula, bitte", fleht Maria leise und stellt den Stuhl wieder hin.

„Setz dich, damit ich es euch erklären kann. Bitte", fügt Armin hinzu.

„Was gibt es denn da zu erklären?", blafft Paula ihre Eltern an. Die Gäste am Nebentisch schauen zu ihnen herüber.

„Ich brauche keine Erklärung, mir reicht es zu wissen, dass du ein Lügner bist. Ihr beide seid Lügner. Und zwar ganz miese!" Sie dreht sich um, stürmt aus dem Café und rennt fast den Kellner um, der gerade noch das volle Tablett auf seinem Arm ausbalancieren kann.

Miriam stützt den Kopf auf den Arm und schaut ihr nach. Maria ist seufzend aufgestanden und folgt Paula mit einem entschuldigenden Lächeln in alle Richtungen.

Armin lächelt müde. „Sie wird es überleben.“

„Sie wird es überleben?“ wiederholt Miriam fassungslos. „Wie alt ist sie eigentlich?“

Das ist typisch für ihn. Er reißt die Mauern der Welt im Vorbeigehen ein und die anderen müssen zusehen, wie sie über die Trümmer kommen und werden es seiner Ansicht nach schon irgendwie überleben.

„Sie ist sechzehn und macht schon lange, was sie will“, sagt er, als ist das Erklärung genug.

Miriam blickt ihm in die Augen und fragt: „Warum rückst du ausgerechnet jetzt damit heraus?“

Armin schaut finster zum Fenster hinaus auf den See.

Nach einer ewigen Pause sagt er mit schleppender Stimme: „Blutkrebs im weit fortgeschrittenen Stadium. Es ging alles sehr schnell und ist nicht mehr aufzuhalten. Seit zwei Wochen steht fest, dass die Ärzte nichts mehr machen können. Mir bleibt also nicht mehr viel Zeit und so etwas kann und will ich nicht mit ins Grab nehmen.“

Miriam schluckt betroffen und wendet den Blick ab. Also doch eine Art Absolution. Sie hat so etwas schon geahnt, aber dass es so schlimm um ihn steht, erschreckt sie doch.

Sie versucht ein Lächeln. „Musstest du erst todkrank werden, um mir das zu sagen?“ Ihre Frage ist nur ein heiseres Flüstern.

Er greift nach ihrer Hand und sie zieht sie nicht weg. „Ich kann doch nicht gehen, ohne dich noch einmal gesehen zu haben, Mirli.“

Ihr Blick verdüstert sich, als ihr klar wird, was er gerade gesagt hat. Ihr Herz krampft sich zusammen. Ihm bleibt nicht mehr viel Zeit. Müsste in diesem Moment nicht eine Welle der Zuneigung über sie hereinbrechen? Doch Miriam fühlt nichts als Beklemmung. Sie kommt nicht umhin, sich zu fragen, was wäre, wenn die Situation anders wäre. Wahrscheinlich hätte sie dann nie davon erfahren. Er scheint ihre Gedanken zu erraten.

„Ich hätte euch beiden das längst sagen müssen“, räumt er ein. „Aber mir fehlte der Mut dazu. Wobei ... einmal war ich kurz davor.“

Miriam hebt erstaunt die Augenbrauen. „Wie meint du das?“

„Vor einiger Zeit hab ich dich im Park in Striesen gesehen. Ich bin dir heimlich gefolgt und wollte dich ansprechen, aber ...“

„Dir fehlte der Mut dazu“, vollendet sie seinen Satz und lächelt. *Ist ja auch nachvollziehbar nach der langen Zeit.*

„Wenigstens wusste ich seitdem, wo du wohnst.“

Miriam seufzt.

„Paula ist gerade in einer schwierigen Phase“, erzählt er. „Wir können im Moment kaum vernünftig mit ihr reden.“

Wundert mich nicht, denkt Miriam, als sie sich erinnert, wie aufbrausend das Mädchen gerade hinausgestürmt ist.

In dem Alter war sie ähnlich ungestüm. Nachdem ihr Zorn mit der Zeit verebbt war, hatte sich Miriam einen Panzer aus kalter Gleichgültigkeit zugelegt und jegliche Gedanken an ihren Vater und seine neue Frau verdrängt. Er hatte seine Entscheidung getroffen und sie ihre.

Miriam hat das Gefühl, frische Luft zu brauchen. „Ich muss das alles erst mal verdauen." Sie winkt nach dem Kellner.

„Lass, das mache ich", sagt er.

Miriam zieht ihre Jacke an und setzt die Mütze auf. Sie streckt ihm die Hand hin und er ergreift sie.

„Ich weiß, ich habe viel falsch gemacht, Mirli, aber vielleicht findet ihr irgendwann zueinander, du und Paula. Immerhin seid ihr Halbschwestern." In seinen Augen erkennt sie ein Flehen. Sie senkt den Blick. Sie weiß nicht, was sie mit der Erkenntnis anfangen soll, aber darüber würde sie später in Ruhe nachdenken.

„Mach's gut", sagt sie und steckt das Kärtchen ein, das er ihr in die Hand drückt.

„Vielleicht können wir uns mal wieder sehen", sagt er. Miriam fühlt sich wie erschlagen.

Sie murmelt: „Ja, vielleicht", und verlässt das *Grand Café.*

In ihrem Kühlschrank herrscht bis auf ein Stück Käse, Butter und einen Karton Milch gähnende Leere. Am Montag muss sie unbedingt einkaufen. In der Redaktion würde sie auch vorbeischauen und Patricia Bericht erstatten. Ihr Termin mit Herrn Berger ist im Grunde ganz passabel verlaufen - bis auf die Invasion der Weihnachtsgeschöpfe - aber davon muss Patty Power ja nichts erfahren.

Sie schüttelt den Kopf, immer noch verwirrt über das Zusammentreffen. Ihr Vater hat sie also mal eben mit ihrer Halbschwester bekannt gemacht. Mit Paula, die nach seiner Aussage macht, was sie will und zu der er offenbar schon länger den Draht verloren hat. Die wie ein trotziges Kind den Stuhl umgeworfen hat und aus dem Lokal gestürmt ist. Dabei ist sie kein kleines Mädchen mehr, sie ist ...

Miriam hält inne. Sechzehn. Fast im gleichen Alter wie sie damals. Wenn es stimmt, was er gesagt hat, und danach sieht es aus, dann wird Paula ihren Vater bald verlieren. *Aber dafür kann ich nichts, das hat nichts mit mir zu tun,* denkt sie und presst die Zähne zusammen, bis ihre Kieferknochen hervortreten.

So etwas kann und will ich nicht mit ins Grab nehmen, hat er gemeint.

Poppy maunzt, bis Miriam sie hochnimmt und knuddelt. Im Radio läuft *Shallow* und prompt sieht sich Miriam zwei Tage zurückversetzt in der Umkleidekabine einer New Yorker Boutique, in der sie sich in einem roten Kleid vor dem Spiegel dreht. Zu diesem Zeitpunkt war ihre Welt voller Sonnenschein. Mit ihm zusammen. Miriam hat einen dicken Kloß im Hals, der sich nicht herunterschlucken lässt.

Ihr Bauch knurrt. Da ihr Kühlschrank nicht viel hergibt, greift sie zum Telefon, um sich eine Pizza zu bestellen. Mit Thunfisch und Oliven. Im Küchenregal ist noch eine Flasche Merlot. Den kann sie nach diesem Tag wirklich gebrauchen. Sie überlegt kurz, ob sie Karo anrufen soll, entscheidet sich aber dagegen. Sie muss das alles erstmal sacken lassen. Nicht nur das mit Vincent, auch das Treffen mit ihrem Vater. *Vielleicht morgen.*

Sie wählt die Nummer vom Pizzaservice. Das Telefon in der Halsbeuge wühlt sie in der Schublade nach dem Flaschenöffner, als es an der Tür klingelt. Miriam verdreht die Augen und legt das Telefon zur Seite. Wer kann das sein?

„Hallo?", sagt sie in den Hörer der Wechselsprechanlage. Keine Antwort.

„Hallo!", wiederholt sie. Sicher hat sich jemand vertan.

Sie will schon auflegen, als eine dünne Stimme sagt: „Hier ist Paula." Miriam lässt den Flaschenöffner fallen. *Paula?* Sie drückt den Türöffner und wartet, bis das Mädchen oben angekommen ist. Eine Weile stehen sie sich stumm gegenüber, bis Miriam rasch sagt: „Komm doch rein."

Die nassen Haare deuten darauf hin, dass Paula die ganze Zeit draußen unterwegs war. Miriam reicht ihr ein Handtuch.

„Sorry, dass ich hier einfach so hereinschneie", sagt Paula zitternd. „Aber nach Hause wollte ich nicht."

„Du solltest aber wenigstens deine Mutter oder Armin … ich meine, deinen Vater anrufen", meint Miriam.

Poppy und Pearl beäugen die fremde Besucherin misstrauisch vom Kratzbaum aus.

„Wozu?" Paula blickt sich in der Wohnung um und legt die Kopfhörer auf ein Regal.

„Weil sie sich sonst vermutlich Sorgen machen?"

„Mir egal."

Miriam bläst die Backen auf. Sie stellt sich vor, wie die Polizei vor ihrem Haus vorfährt und ihre Wohnung stürmt auf der Suche nach der minderjährigen Ausreißerin.

„Hast du Appetit auf Pizza?", fragt sie. „Ich war gerade dabei, zu bestellen."

Paula nickt. „Ich habe totalen Kohldampf. Mit Thunfisch bitte."

Ach ja?, denkt Miriam belustigt. *Wenn das mal kein verwandtschaftliches Indiz ist.*

Miriam bestellt zwei Thunfischpizzen und geht in die Küche, um Tee zu kochen.

„Mann, hast du viele Bücher!", ruft Paula nebenan. „Du bist ein Nerd! Ein Buchnerd."

„Nein, bin ich nicht", widerspricht Miriam und trägt zwei Tassen Tee ins Wohnzimmer.

„Sag mal, woher hast du eigentlich diesen Rock?", fragt Miriam mit angezogenen Beinen im Sessel sitzend. „Den find ich echt klasse." Paula lümmelt auf dem Sofa. Sie schlürfen heißen Rooibuschtee.

„Er sieht … außergewöhnlich aus und nicht so, als könnte man ihn irgendwo kaufen."

„Den hab ich genäht. Ich nähe fast alle meine Klamotten selbst", erklärt Paula.

„Wirklich?" Das beeindruckt Miriam. „Für so etwas hatte ich nie Talent."

Es klingelt und Miriam geht zur Tür. Wenig später beobachtet sie kauend, wie Paula sich mit großem Appetit über ihre Pizza hermacht.

„Warum willst du eigentlich nicht deine Mutter anrufen und ihr sagen, wo du bist?"

Paula legt das Stück Pizza ab und verzieht den Mund. „Sie nervt.“

Pearl, die den Thunfisch wittert, schleicht unauffällig um den Pizzakarton herum.

„Klar, das machen Eltern eben, das ist ihr Job.“

„Ja, aber seit Papa so krank ist, ist sie wie eine Glucke zu mir. Sie lässt mich kaum noch aus den Augen.“

Weil sie Angst hat, nicht nur ihn, sondern auch dich zu verlieren, vermutet Miriam. Aber sie spricht es nicht aus.

„Ich flieg wahrscheinlich von der Schule, weil ich mich dort schon eine ganze Weile nicht mehr hab blicken lassen. Deshalb machen sie Stress.“

Aha. Typische Teenagerprobleme.

Wahrscheinlich sollte sie nicht die schlaue Erwachsene heraushängen lassen und auf die geltende Schulpflicht verweisen.

„Und warum gehst du nicht zur Schule?“, fragt sie stattdessen, um einen belanglosen Tonfall bemüht. Paula sieht sie so an, als verstehe sie nicht, wie man eine so unglaublich dumme Frage stellen kann.

„Weil ich keinen Sinn mehr darin gesehen habe. Aber das verstehen die Alten nicht. Niemand versteht das. Außer Rocco.“

„Ist Rocco dein Freund?“, erkundigt sich Miriam. Langsam wird es verwirrend.

Paula grübelt kurz, als müsse sie überlegen, wie sie es am besten erklären kann. „Ich weiß nicht. Er wohnt in einer coolen WG und ist Gitarrist in einer Band. Meine Eltern denken, dass er einen schlechten Einfluss auf mich hat, weil er wie ein Rockstar aussieht und nicht nach der Pfeife anderer Leute tanzt und dass es nicht gut sein kann, wenn ich so oft bei ihm rumhänge." In Paulas Blick hängt eine Spur Verachtung. „Ich habe mal gehört, wie Mama so etwas in der Art zu Paps sagte, als sie dachten, ich höre sie nicht."

Sie sieht aus, als würde sie gleich anfangen zu weinen. Doch dann schnieft sie und hat wieder ihren *Scheißegal-was-die-Welt-denkt*-Gesichtsausdruck.

„Und was machst du so, wenn du nicht zur Schule gehst?", fragt Miriam beiläufig.

„Du stellst ganz schön viele Fragen", knurrt Paula. „Ich blogge."

„Oh, und worüber? Über Bücher?"

Schon wieder eine Frage.

Paula zieht eine Grimasse. „Nein. Es sei denn, sie handeln von Modedesign. Ich will Designerin werden."

„Oh", sagt Miriam wieder. „Auch wenn sich das für dich unglaublich alt und spießig anhört, aber dafür brauchst du mit Sicherheit einen Schulabschluss." Sie beißt herzhaft in ihre Pizza.

„Stimmt", sagt Paula nachdenklich und Miriam lächelt, weil der sechzehnjährige Sturkopf offensichtlich dabei ist, sich zu besinnen. „Es hört sich wirklich verdammt alt und spießig an!"

Miriams Lächeln verschwindet.

„Aber trotzdem hast du recht, das mit der Schule habe ich mittlerweile geschnallt", gibt Paula widerwillig zu.

Immerhin …

„Im Januar werde ich wieder hingehen, wenn sie mich noch nehmen."

Draußen ist es dunkel, solange haben sie sich unterhalten und Miriam hat die ganze Zeit darauf geachtet, das Thema um ihre Eltern vorerst zu umschiffen. Sie hat von New York erzählt und Paula hat staunend zugehört. Sie sitzt im Schneidersitz auf dem Sofa und streichelt die Katzen.

Unverhofft fragt Paula, ob sie bei ihr übernachten kann. „Nur heute."

Für eine Nacht ist es okay, überlegt Miriam, sie würde ja nicht gleich bei ihr einziehen.

„Unter einer Bedingung!", verlangt Miriam streng.

„Welche?"

„Du gibst deinen Eltern Bescheid. Nicht, dass sie dich als vermisst melden."

Paula zieht einen Flunsch und mault: „Meinetwegen."

Die halbe Nacht wälzt sich Miriam von einer Seite auf die andere. Ständig denkt sie an Vincent und bei der Erinnerung an ihn zieht sich ein schmerzhafter Knoten in ihrem Bauch immer fester zusammen, bis sie glaubt, keine Luft mehr zu bekommen. Dass er nicht zurückgerufen hat, zeigt seinen Standpunkt und den muss sie akzeptieren, ob sie will oder nicht. Es ist besser, sie schlägt ihn sich sofort aus dem Kopf, als noch länger irgendwelchen Träumereien nachzuhängen, die nur wehtun. Trotzdem schaut sie wieder und wieder auf ihr Telefon, ohne eine Nachricht von ihm zu sehen. Sie betrachtet das Selfie, dass sie beide lachend unter blauem Himmel auf der Brooklyn Bridge zeigt und vergrößert es. Streicht mit dem Finger über Vincents Gesicht und die Lachfältchen um seine Augen.

Und dann weint sie sich in den Schlaf, den hellbraunen Herzstein in der Hand.

Am nächsten Morgen deckt Miriam den kleinen Esstisch in der Küche am Fenster mit dem, was ihr

Kühlschrank noch hergibt und backt im Backofen Tiefkühlbrötchen auf, die glücklicherweise noch im Frostfach waren. *Morgen muss ich dringend einkaufen!*

„Hast du gut geschlafen?", fragt Miriam und steckt den Kopf zur Wohnzimmertür herein. Paula sitzt in einem ihrer T-Shirts im Schneidersitz auf dem Sofa, das Miriam ihr für die Nacht hergerichtet hatte, ein aufgeschlagenes Album mit alten Familienbildern auf dem Schoß. Ihre hellblonden Haare stehen stachlich in alle Richtungen vom Kopf ab.

Miriam nimmt das Album an sich. Ein wenig zu hastig, denn Poppy springt vom Sofa und bringt sich in Sicherheit und Paula schaut erschrocken auf.

„Sorry, es stand im Regal bei den Büchern", sagt sie kleinlaut.

„Ich weiß, aber das ist sehr privat." Miriam versucht, nicht sauer zu klingen. Paula hat sich schließlich nichts Böses dabei gedacht. Trotzdem. Das geht zu weit. Das ist ihr Leben und ihre Vergangenheit und diese Fotos gehen niemanden etwas an.

„Warum bringt dich das so aus der Fassung?" Paula sieht ihr forschend ins Gesicht. „Es ist ja nicht so, dass ich dein Tagebuch gelesen hätte."

Das wäre ja auch noch schöner! Das alles beginnt ihr über den Kopf zu wachsen, sie braucht einfach ein wenig Zeit, um damit klarzukommen. Miriam stellt das Fotoalbum nachdrücklich ins Bücherregal zurück und lächelt Paula versöhnlich an. „Frühstück ist fertig. Danach fahre ich dich heim, okay?"

Paula hebt einen Zettel vom Boden auf, der aus dem Album gerutscht ist. „Ein Rezept", stellt sie fest und nimmt den Zettel mit in die Küche. „Orangen-Nuss-Engel. Klingt lecker!"

Miriam schaut auf, weil sich ein winziger Pfeil in ihr Herz bohrt. „Die hat meine Mutter immer gebacken, als sie noch lebte", sagt sie voller Wehmut. Die Engelsplätzchen ihrer Mutter ... Sie schließt die Augen und nimmt den Duft von Orangen und Nüssen wahr, sieht ihre eigenen kleinen Hände vor sich, an denen Teig klebt. Paula bemerkt nichts von Miriams gedanklicher Zeitreise. Sie schlingt ihr Brötchen hinunter und fragt kauend: „Wollen wir die zusammen backen?"

Miriam schüttelt heftig den Kopf und sagt stotternd: „Ich ... ich hab die Zutaten dafür gar nicht hier."

„Na und? Dann kaufen wir sie eben."

Das klingt so einfach aus ihrem Mund, aber Miriam widerspricht schroff: „Ich werde keine Plätzchen backen. Weder heute noch sonst irgendwann." Wie soll sie Paula beibringen, dass sie sich außerstande sieht, diese alte Weihnachtstradition auszugraben?

Schnell wechselt sie das Thema. „Hattest du eigentlich deinen Eltern gestern Bescheid gegeben?", fragt sie.

„Ja und ich habe meiner Mutter gesagt, dass ich frühestens Heiligabend zurück bin. Wir hätten also Zeit, Plätzchen zu backen." Sie schaut Miriam herausfordernd an.

Miriam bleibt ein Stück Brötchen im Hals hängen und sie schluckt mehrfach. „Wie bitte? Paula, das geht nicht. Versteh das bitte nicht falsch, aber ich hab jede Menge Dinge zu erledigen und leider gar keine Zeit für dich."

Es muss sich hart anhören und das tut Miriam leid, aber so ist es nun einmal. Sie hat sich vorgenommen, so viel zu arbeiten, bis kein Raum mehr für Gedanken an den Mann da ist, mit dem sie die vielleicht schönste Zeit ihres Lebens verbracht hat. Patricia würde ihr Arbeitseifer freuen. Für eine sechzehnjährige Rebellin, die in ihrer Vergangenheit schnüffelt, fehlen Miriam im Moment die Nerven. Obwohl sie zugeben muss, dass sie sich gestern Abend gut mit Paula verstanden und begonnen hat, die kleine Rebellin zu mögen.

„Ich brauche keinen Babysitter", entgegnet Paula aufsässig und fügt leiser hinzu: „Du magst Weihnachten nicht sonderlich, oder?"

„Du bist ein schlaues Mädchen. Und irgendwann erzähle ich dir vielleicht den Grund dafür. Aber jetzt bringe ich dich nach Hause." Miriam erhebt sich und holt Paulas Sachen, die sie im Badezimmer über Nacht zum Trocknen aufgehängt hat.

„Nicht nötig, ich nehme die Bahn", antwortet Paula, während sie sich anzieht.

„Wirklich?", fragt sie noch mal.

„Wirklich. Ich will noch zu einer Freundin."

„Hm", macht Miriam und kritzelt ihre Telefonnummer auf einen Zettel. „Hier, ruf mich an, wenn du mal wieder Lust auf Thunfischpizza hast. Wir können gern etwas zusammen unternehmen."

„Klar", meint Paula lässig. „Ciao."

Miriam schaut Paula hinterher, die durchs Treppenhaus hüpft.

Hoffentlich fühlt sie sich nicht abgewimmelt, fragt sie sich mit dem Anflug eines schlechten Gewissens und kaut auf ihrer Unterlippe herum. *Irgendwie mag ich die Kleine.* Miriam nimmt sich vor, sich bald wieder bei Paula zu melden. Sie könnten ins Kino gehen oder sich einfach nur unterhalten. Vielleicht hätte sie ihren Vater informieren sollen, dass Paula auf dem Weg ist? Sie tastet in ihrer Manteltasche nach seiner Karte.

Blödsinn, sie ist doch kein Kleinkind.

Sie setzt sich in den Patchworksessel und schaut auf ihr Smartphone, das nach wie vor keine Nachricht von Vincent anzeigt. Sie öffnet das Foto und der Schmerz kriecht sogleich wieder in ihr hoch. Sie mit ihm auf der Brooklyn Bridge. In ihrem Kopf ist seine Stimme. *Ich will nicht, dass es vorbei ist.*

Wie kann Sehnsucht nur so wehtun? Ihr Herz schlägt bei dem Gedanken schneller, ob sie noch einen Versuch unternehmen soll, ihn anzurufen. Und dann? Was würde sie ihm sagen, wenn er rangeht? Sie ist aufgewühlt und unschlüssig. Was er wohl gerade macht? Sie wünscht sich, sie wäre in New York. Gleichzeitig weiß sie spätestens seit gestern, dass es richtig war, sich mit ihrem Vater zu treffen. Es musste sein, auch wenn das Zusammentreffen seltsam und schmerzhaft war.

Sie zieht sich ihren Laptop heran und googelt seinen Namen. *Warum tue ich das, um Gottes willen? Will ich mich noch mehr quälen?* Sie folgt dem Verweis zu einer Firmenwebsite. Seiner Website. Sie öffnet sie. Dipl.-Ing. Vincent Rombach. Ihr Blick fliegt über die Seite mit der Beschreibung seines Tätigkeitsschwerpunktes, seiner Kernkompetenz und bleibt an dem kleinen Foto oben links kleben, von dem er ihr entgegenlächelt. Gänsehaut überzieht ihren Rücken und lässt die winzigen Härchen an ihren Unterarmen in die Höhe schnellen. Unter *Kontakt* steht seine dienstliche Mailadresse. *Soll ich ihm eine Mail schreiben?* Bestimmt ist es leichter, ihm zu schreiben. Kein Ringen nach Worten am

Telefon, kein Gestammel, kein peinliches Schweigen und notfalls kann sie alles löschen, bevor sie auf *Senden* klickt. Er wird die Nachricht ohnehin erst später lesen, weil er ja noch in New York ist und dort wird er Besseres zu tun haben, als seine dienstlichen Mails zu checken. *Ein letzter Versuch*, denkt Miriam mit einem Hauch Hoffnung. Eine letzte Nachricht, mit der sie versuchen wird, es ihm zu erklären, ohne sich zu rechtfertigen. Danach kann sie ihn und seine grünen Augen immer noch aus ihrem Gedächtnis verbannen, falls das jemals möglich ist. Miriams Finger fliegen über die Tastatur.

Lieber Vincent,
es ist so viel passiert in den letzten Tagen und ich schreibe dir in der unbändigen Hoffnung, dass du verstehst, warum ich nicht anders konnte. Diesen einen Versuch muss ich wagen, diese eine letzte Mail. Ich würde gern sagen, dass ich es bedauere, abgereist zu sein und anfangs war es auch so. Aber dann sind Dinge geschehen, die vieles verändert haben. Wenn du bis zum Ende liest, kannst du es vielleicht nachvollziehen. Als ich zurück ins Hotel kam, erreichte mich eine Nachricht meines Vaters. Nach fast zwanzig Jahren. Du erinnerst dich vielleicht an das, was ich dir über ihn erzählte. So wie es aussieht, wird er nicht mehr lange am Leben sein, deshalb bat er mich um ein sehr kurzfristiges Treffen. Glaub mir, ich habe mir diese Entscheidung alles andere als leicht gemacht. Ich versuchte dich anzurufen, konnte dich aber nicht erreichen. Es ging mir so mies wie selten zuvor, ich war durcheinander und die ganze Zeit habe ich mich gefragt, ob es richtig

ist, so überstürzt abzureisen und seinem Wunsch zu folgen. Heute weiß ich: Es war richtig. Ich hätte es mir nicht verzeihen können, wenn ich zu spät gekommen wäre. Mich beschleicht das dumme Gefühl, ich könnte ihm vielleicht Unrecht getan haben mit meiner jahrelangen innerlichen Feindseligkeit. In einer Sache habe ich mich aber nicht geirrt, Vincent. Die Zeit mit dir in Manhattan war die Schönste meines Lebens. Für nichts auf der Welt würde ich diese beiden Tage eintauschen, bitte glaub mir das. Ich habe keine Ahnung, ob du längst abgeschlossen hast mit diesen beiden Tagen und mit mir. Aber wenn es dir ähnlich geht, dann ruf mich bitte an. Falls nicht, dann weißt du ja, wo der virtuelle Papierkorb ist.
Miriam

Sie zögert, den Cursor auf dem *Senden*-Button verharrend. Sie wird es nicht noch mal lesen, weil sie weiß, dass sie dann alles löscht und neu schreibt und am Ende würde sie gänzlich der Mut verlassen. Ihr kommt der Gedanke, ob er möglicherweise eine Sekretärin hat, die ihre Mail öffnen und lesen könnte. Aber das ist jetzt auch egal. Miriam zuckt die Schultern und klickt auf *Senden.* Ihr Magen vollführt einen Salto. *Ich habe es getan. Wahrscheinlich hab ich sie nicht mehr alle!* Ihre Kontaktdaten sind am Ende ihrer Nachricht aufgeführt. Entweder er antwortet oder er ignoriert ihre Nachricht. Sie klappt den Laptop zu und schließt die Augen.

22

Sonntag, zweiundzwanzigster Dezember

Vincent fährt 8:55 Uhr hinter Braunschweig von der A2 ab und biegt links in die Bundesstraße Richtung Hinterwurzbach. Dreiundsechzig Kilometer noch. Die Autobahn ist nahezu frei, es sind kaum Fahrzeuge unterwegs. Obwohl es die Scheibenwischer seines schwarzen Audi A3 trotz höchster Stufe kaum schaffen, den Schneeregen von der Scheibe abzuwehren, ist er schneller unterwegs, als erlaubt.

Die anstehende Familienzusammenkunft und die Frage, wie seine Eltern auf seine Entscheidung, die für ihn schon lange feststeht, reagieren würden, hat seine Laune in den Keller katapultiert. Aber er weiß, es führt kein Weg mehr daran vorbei, viel zu lange schon hat er das vor sich hergeschoben. Und es spielt keine Rolle, ob Heiligabend kurz bevorsteht oder Ostern oder ein stinknormaler anderer Tag des Jahres. Er würde es kurz halten und höchstwahrscheinlich noch heute Abend nach Berlin zurückkehren. Eigentlich hat er vorgehabt, von unterwegs aus anzurufen und nicht so unverhofft vor ihrer Tür zu stehen, aber er besitzt noch kein neues Smartphone. Der Himmel ist voller grauer Wolken und es schüttet wie aus Eimern. Die Reifen seines Wagens zischen über den Asphalt und spritzen fontänenartig die Nässe an den Straßenrand. Miriams Gesicht schleicht sich, wie oft in den letzten Stunden und Tagen, vor seine Augen. Er sieht ihre rosigen Lippen und ihr Haar vor sich, wie es schokoladenbraun in der Sonne glänzt. Sie ist ihm nicht mehr aus dem Kopf gegangen. Nicht mal auf dem Rückflug, den er nur mit einem doppelten Whiskey überstanden hat. Der Alkohol hatte seine Angst weitgehend überdeckt.

Miriam ... Er hatte mit Fassungslosigkeit auf ihr Verschwinden reagiert und nachdem er sein Handy im ersten Anfall des Zorns geschrottet hatte, besaß er nicht einmal mehr ihre Telefonnummer, um sie anzurufen. *Ich muss dich wiedersehen!*

Gerade noch rechtzeitig weicht er einem entgegenkommenden Auto aus, das wegen der schlechten Sichtverhältnisse über den Mittelstreifen gefahren ist. Er fährt schlingernd rechts ran und umklammert schwer atmend das Lenkrad.

Eine Dreiviertelstunde später hat er Hinterwurzbach erreicht. Der Ort, mit den etwas über sechstausend Einwohnern, hat sich kaum verändert. Rechts neben der Hauptstraße fließt ein kleiner Bach. Vincent kommt am Parkplatz des Supermarktes vorbei, zwei Straßen weiter befindet sich die Tankstelle mit angeschlossener Kfz-Werkstatt. Gegenüber liegt so etwas wie der Ortskern. Ein kleiner Platz mit einem Brunnen in der Mitte, Bänke zum Verweilen und ringsherum kleinere Läden, wie eine Bäckerei, eine Eisdiele und der Blumenladen seiner Schwester Mona. Etwas abseits, aber zu Fuß erreichbar eine Kindertagesstätte und die örtliche Grundschule. Noch weiter abseits das Gelände der Spedition Rombach. Es gibt Orte, in denen es wesentlich weniger gibt als in Hinterwurzbach. Mit den vielen, flachen Wiesen, den Bäumen und der spießigen Kleingartensparte versprüht der Ort eine ländliche Idylle und bietet ideale Wohn- und Baubedingungen für junge Familien. Trotzdem hat Vincent hier nichts gehalten. Er biegt in einen gepflasterten Hof mit einem Fachwerkhaus mit roten Ziegeln und dunklen Holzbalken. Um das Haus schmiegt sich ein kleiner, liebevoll gepflegter Garten. Sein Elternhaus. Schnee gibt es hier im Flachland selten. Auch nicht an diesem Tag trotz der feuchten Kälte.

Kaum hat er die Autotür geöffnet, wird die Haustür aufgerissen. Der üppige Weihnachtskranz pendelt an der Tür hin und her. „Vincent!", ruft seine Mutter freudestrahlend. „Ich dachte, du bist bei Matthis in Amerika!"

Christine Rombach drückt ihren Sohn so fest an ihre Brust, dass er kaum Luft bekommt. Lachend windet er sich aus ihrer Umklammerung.

„War ich auch. Aber ich bin früher zurückgeflogen, weil ich etwas Wichtiges mit dir und Vater besprechen muss."

Sie schaut ihn streng über den Rand ihrer Gleitsichtbrille an und hebt den Zeigefinger. „Es wird auch Zeit, dass du dich mal wieder bei uns blicken lässt!"

Damit hat sie nicht Unrecht, das letzte Mal war er zum Geburtstag seines Vaters Anfang Oktober hier.

Hans Rombach schlurft um die Ecke. „Na so was", knurrt er in seiner gewohnt schroffen Art. „Hallo, Sohn!"

„Hallo, Vater." Vincent drückt seine Hand. Er spürt seinen prüfenden Blick auf sich gerichtet. Oder bildet er sich das nur ein?

„Wie geht es dir?", erkundigt sich Vincent.

Sein Vater winkt ab. „Das Herz macht nicht mehr so mit wie früher, aber du weißt doch, Unkraut vergeht nicht."

„Komm doch erst mal rein, Junge", sagt seine Mutter schnell und zieht ihn ins Wohnzimmer.

Das ganze Haus ist festlich geschmückt, so wie es Vincent schon seit seiner frühesten Kindheit kennt. Das Gespür seiner Mutter für geschmackvolle Inneneinrichtung und stilvolle Schlichtheit spiegelt sich in der Weihnachtsdekoration wieder. Edle Holzschwibbögen, kunstvoll arrangierte Tannengestecke und elegante Laternen, die dezentes Licht spenden. Nicht zu viel, nicht zu wenig und alles an der richtigen Stelle.

Im Gegensatz zu dem Haus gleich nebenan, das vor blinkenden Lichterketten nur so strotzt. Jedes Bäumchen, jeder Teil der Fassade und alle Fensterrahmen sind mit Lämpchen behangen und im Vorgarten kann man – sofern man eine Vorliebe für Leuchtreklamen hat – einen hell erleuchteten und mit Geschenken überladenen Schlitten mit vier Rentieren bewundern. Das Nachbarhaus, das mit seiner Deko den halben Ort überstrahlt, hatte im letzten Jahr sogar, zum Ärger der Anwohner, für einen kompletten Stromausfall des ganzen Straßenzuges gesorgt.

„Mona und Jörg kommen morgen früh mit den Kindern", erzählt Christine gerade, während sie Kaffee einschenkt.

Vincent sitzt seinen Eltern im Wohnzimmer gegenüber.

„Dein altes Zimmer ist für dich bereit."

Er atmet tief durch. Besser gleich als später, dann ist es wenigstens raus.

„Ich wollte heute noch zurückfahren", sagt er vorsichtig und wirft einen Blick über seine Kaffeetasse. Seine Mutter sieht enttäuscht aus, klar, etwas anderes war nicht zu erwarten.

Sein Vater schweigt. Vincent räuspert sich. Er wird es ihnen sagen, egal was danach kommt.

„Ich muss mit euch reden", sagt er, auch wenn es ihm schwerfällt. „Ich ...", er stellt scheppernd die Tasse ab.

„Es ist doch nichts passiert?", fragt Christine Rombach alarmiert.

„Nein", erwidert er.

Los mach schon, das kann doch nicht so schwer sein, denkt er mit zusammengepressten Lippen. Aber es ist verdammt schwer, seine Eltern zu enttäuschen, besonders kurz vor Weihnachten. Er zögert, fragt sich, ob es egoistisch und falsch ist, ihnen vielleicht das Fest zu versauen, nur weil er sich von einer Last befreien muss. Den Menschen, die ihm eine glückliche Kindheit ermöglichten und immer für ihn und seine Schwester da waren. Sein Vater hat Probleme mit dem Herzen und regt sich schnell auf. Was, wenn er nach dem, was Vincent zu sagen hat, einen Herzinfarkt erleidet? Kurz vor Weihnachten! Dann würde Vincent künftig noch größere Schuldgefühle mit sich herumtragen.

Er mustert das Gesicht seines Vaters, der immer noch eisern schweigt und nach diesem Gespräch womöglich kein Wort mehr mit ihm reden wird.

„Es geht um die Spedition", beginnt Vincent und blickt seine Eltern geradeheraus an. Das, was er zu sagen hat, soll und darf nicht nach einer Rechtfertigung klingen. *Na los, raus damit.*

Er kommt ohne Umschweife zur Sache. „Ich kann sie nicht übernehmen. Es ist nicht meine berufliche Zukunft. Ich hätte das viel früher deutlich sagen müssen. Tut mir leid, aber so ist es."

Endlich ist es raus. Endlich! Vincent fühlt sich um Tonnen leichter. Er wappnet sich innerlich gegen einen Tobsuchtsanfall seines Vaters. Hans Rombach kann bei Konfrontationen jedweder Art sehr laut werden, wie Vincent weiß. Aber der Wutanfall bleibt aus, nicht einmal seine Gesichtsfarbe verändert sich.

„Ach", sagt sein Vater nur. Mehr nicht.

„Ach?", wiederholt Vincent irritiert.

„Bist du hergekommen, um uns das mitzuteilen?"

Christine Rombach legt ihrem Mann beruhigend die Hand auf den Arm.

„Ja", antwortet Vincent. „Ich meine ... In erster Linie natürlich, um euch zu sehen. Aber ja, das ist es, was ich euch schon lange sagen wollte."

„Soso", murmelt Hans Rombach. „Das hättest du dir allerdings sparen können."

Vincent zieht seine Stirn in Falten und macht sich auf eine anstrengende Debatte gefasst.

Erst überzieht ein wehmütiges Lächeln das Gesicht seines Vaters und kurz darauf fängt er an, diebisch zu grinsen. Seine grauen Schnurrbartspitzen reichen fast bis an seine Augen.

Warum grinst er so?, fragt sich Vincent unbehaglich angesichts der unerwarteten Reaktion. Irgendetwas scheint im Busch zu sein, denn auch seine Mutter hat eine geheimnisvolle Miene aufgesetzt.

„Die Spedition wird im neuen Jahr ihre Pforten schließen", verkündet Hans Rombach unvermittelt. Vincent braucht zwei, drei Sekunden, um das Gehörte nachzuvollziehen.

„Guck nicht so dumm aus der Wäsche", maßregelt sein Vater ihn. „Deine Mutter hat mich davon überzeugt, den Laden dichtzumachen. Der Verkauf des Grundstückes und der Hallen ist so gut wie unter Dach und Fach."

„Auf einmal?", rutscht es Vincent heraus. Er kann es immer noch nicht glauben.

„Wir haben doch immer gespürt, dass das nichts für dich ist, Vincent. Dein Vater und ich, wir möchten nicht, dass das zwischen uns steht", fügt seine Mutter hinzu.

„Nächstes Jahr", sie macht eine spannungsgeladene Pause, „machen wir eine Weltreise, stell dir vor", erzählt sie, reibt sich die Hände und es wirkt, als würde sie gleich aufspringen und einen Freudentanz aufführen.

„Eine Weltreise?", wiederholt Vincent perplex. „Ihr seid so gut wie nie verreist, soweit ich mich erinnern kann. Zumindest nicht weiter als an die Nordsee."

„Eben", stimmt sein Vater ihm zu. „Höchste Zeit, das zu ändern."

Vor Erleichterung stößt Vincent einen tiefen Seufzer aus. Kein Tobsuchtsanfall, keine unangenehme Stille, keine Herzattacke, keine Schuldgefühle, kein verdorbenes Weihnachtsfest. Er lehnt sich zurück. *Halleluja …*

Am nächsten Morgen wird seine Zimmertür aufgerissen.

„Onkel Vince ist da!“

Vincent schreckt hoch. Sein Kopf dröhnt, nachdem seine Mutter am Vorabend noch eine Flasche selbstgebrannten Johannisbeerlikör ihrer Freundin Hilde geöffnet und mit ihm und seinem Vater auf den neuen Lebensabschnitt angestoßen hat. Es war nicht nur bei einem Gläschen geblieben.

Ben, sein siebenjähriger Neffe und seine zwei Jahre jüngere Nichte Mia springen mit Stiefeln, Winterjacken und Mützen auf sein Bett und hüpfen darauf herum wie auf einem Trampolin.

„Gnade!“, ruft er ächzend und kitzelt die beiden durch, bis sie vergnügt quietschen.

„Also, das ist doch … Kommt ihr wohl sofort von dem Bett herunter!“, schimpft Mona, die zur Tür hereinschaut. „Schuhe ausziehen!“

„Hey, Brüderchen“, sagt sie etwas sanfter und wuschelt ihm durch die ohnehin zerzausten Haare.

„Na, Schwesterherz“, nuschelt er gähnend, die Arme unter dem Kopf verschränkt.

„Mutter erwartet uns unten zum großen Familienfrühstück. Du bist also doch noch zur Vernunft gekommen“, stellt sie augenzwinkernd fest.

Vincent richtet sich auf. „Hast du gewusst, dass sie die Spedition verkaufen wollen?“

„Unglaublich, oder? Sie haben es mir vorgestern eröffnet. Ich dachte, ich hätte mich verhört.“

„Ging mir genauso. Aber ich finde es richtig. Außerdem bin ich heilfroh, dass sie mir damit von nun an nicht mehr in den Ohren liegen.“

Der gestrige Abend war ausgelassen und beschwingtbeschwipst zu Ende gegangen und Vincent hatte beschlossen, zu bleiben. Er hätte zwar in seinem Büro in Berlin noch einiges abarbeiten können, aber er entschied, dass das Zeit bis zum neuen Jahr hat. Genauso gut kann er seinen Eltern den Gefallen tun, Heiligabend bei ihnen zu verbringen.

„Sie wirken auf einmal so … so frisch", sinniert Mona. „Fast wie verjüngt."

„Das macht die anstehende Weltreise", sagt Vincent.

Seine Mutter hatte das Bett im Gästezimmer bezogen, in dem Raum, der einmal sein Kinderzimmer war. Es war mehr halbherzig zu einem Gästezimmer umfunktioniert worden, aber es ist unverkennbar, dass es einmal sein Reich war. Noch immer zieren diverse Poster von den Red Hot Chilli Peppers, U2 oder Reste eines *BRAVO*-Starschnitts von Gwen Stefani die Wände.

„Nach dem Frühstück muss ich los, Geschenke besorgen", raunt er seiner Schwester zu, als sie die Treppe hinunter zur großen Küche gehen.

„Wie immer kurz vor knapp", kommentiert Mona trocken.

Nach dem Frühstück zieht sich Vincent mit seinem Tablet in den Wintergarten zurück, um kurz nach seinen dienstlichen Mails zu schauen. Er hat nicht vor, an diesem Tag von hier aus zu arbeiten, will sich nur vergewissern, dass nicht etwas Dringendes anliegt, das keinen Aufschub duldet. Er loggt sich in sein Mailpostfach ein und überfliegt an die fünfzig Mails, die größtenteils aus Weihnachtsgrüßen von Geschäftspartnern und Kunden bestehen. Andere betreffen den Auftrag im Januar und können warten. Bei einer Nachricht mit dem Betreff *N. Y.* bleibt sein Blick hängen. Er starrt auf den Absendernamen. Miriam Engel. Sein Puls beschleunigt sich beim Blick auf die Buchstaben. Er ruft die Nachricht auf und beginnt fieberhaft zu lesen. Als er fertig ist, mustert Mona ihn interessiert über den Rand ihrer Klatschzeitschrift aus dem Sessel von der anderen Seite des Wohnzimmers.

„Ist was passiert?", fragt sie.

„Nein, wieso?"

„Weil dir die Farbe aus dem Gesicht gewichen ist. Muss ja etwas ganz Außergewöhnliches sein."

Vincent versucht, seine Gefühle in den Griff zu bekommen und sagt: „Es ist nichts."

„Glaub ich dir nicht!"

Ehe er es verhindern kann, schnappt Mona sich das Tablet aus seiner Hand und beginnt zu lesen.

„Gib das sofort her!" Er will es ihr wegnehmen, aber sie lacht nur. „Ich bin deine große Schwester. Ich hab dich so oft aus der Misere geboxt, ich darf das!"

„Nein, du spinnst. Das darfst du nicht."

Aber sie hat die Nachricht schon gelesen und schaut ihn erst irritiert, dann schuldbewusst an. „Entschuldige, das war indiskret von mir." Sie gibt ihm das Tablet zurück.

„So bist du halt."

„Du hast also jemanden kennengelernt?" Ihre Augen blitzen.

„Schon wieder indiskret."

Mona feixt. „Also für mich klingt diese Mail nach einer Lovestory dritten Grades."

Er blickt ins Leere und versucht, das Chaos in seinem Kopf zu sortieren.

Er setzt sich und springt wieder auf. „Tut mir leid, aber ich glaube, ich habe etwas sehr Wichtiges zu erledigen.“

Mona schaut ihm belustigt hinterher. „Nun denn. Wichtige Dinge soll man nicht auf die lange Bank schieben.“

23

Montag, dreiundzwanzigster Dezember

Die *ELBFLAIR*-Redaktion ist einen Tag vor Heiligabend nur noch mit drei Leuten besetzt, wie Miriam mit Blick in das weitläufige Büro feststellt. Glücklicherweise scheint der fiese Hendrik nicht da zu sein.

„Engelchen! Was tust du hier? Du müsstest doch in Big Apple sein", ruft die schöne Tamara von Weitem. Ihre riesigen Ohrhänger klimpern, als sie auf ihren hochhackigen Stiefeln auf Miriam zueilt und sie mit einem Kuss auf die Wange begrüßt.

„Ach, hör auf, das ist eine lange Geschichte", wiegelt Miriam seufzend ab. Sie knöpft ihren Mantel auf, streift sich die rote Mütze ab und fährt sich durch die Haare.

„Sag bloß, dir hat es dort nicht gefallen!" Tamara beäugt sie kritisch von der Seite.

„Doch. Natürlich", antwortet sie ausweichend und blättert einen Papierstapel auf ihrem Schreibtisch durch.

„Und wieso bist du dann schon wieder zurück?" bohrt Tamara weiter. „Dein Termin mit dem Boss lief gut, hat Patty Power gesagt, nachdem sie ihn angerufen hat. Er hat es nur bedauert, dass du plötzlich so schnell weg warst."

„Ist Patricia da? Hat sie ihre OP gut überstanden?", fragt Miriam, um das Thema zu wechseln.

„Nein und ja. Der Rest hier macht auch gleich Feierabend." Sie hakt sich bei Miriam unter. „Wir beide gehen jetzt einen Kaffee zusammen trinken und du erzählst mir, wie es in New York war."

„Mir bleibt auch wirklich nichts erspart", sagt Miriam grinsend und nimmt ihren Mantel.

Im *Café Filou,* das versteckt in einer engen Gasse zwischen der Hauptstraße und der Königstraße liegt, ist alles auf Weihnachten eingestellt. Festliche Violinenklänge beschallen den kleinen Raum, in dem es nach Tannennadeln riecht. Räucherkerzen verströmen Weihrauchduft. Seit über einer Stunde sitzen sie in dem gemütlichen Lokal. Miriam hatte sich zunächst allgemein gehalten in ihrem Reisebericht, aber aus irgendeinem Grund hatte Tamara sie durchschaut und nicht locker gelassen, bis Miriam ihr schließlich von Vincent erzählte. Sie hoffte, der Schmerz würde etwas nachlassen, wenn sie darüber redete.

„Du hattest eine Affäre mit ihm?", fragt Tamara etwas zu laut und spielt an ihrer Creole. Zwei ältere Damen am Tisch daneben schauen irritiert zu ihnen herüber.

„Pst!" Miriam blickt in ihren Milchkaffee und malt mit dem Löffel ein Muster in den kakaopulververzierten Milchschaum.

„Und du hast ihn sitzenlassen, weil dein treuloser Vater mit den Fingern geschnippt hat? Was wollte er denn überhaupt von dir? Sich plötzlich versöhnen, weil Weihnachten vor der Tür steht?"

„Er ist schwer krank", hält Miriam dagegen. „Und ich habe Vincent nicht einfach sitzenlassen", widerspricht sie mit gesenkter Stimme.

Die Damen am Nachbartisch haben ihr Gespräch unterbrochen und spitzen unauffällig die Ohren.

„Ich musste früher abreisen, weil mir die Nachricht von Armin keine Ruhe gelassen hat und konnte es Vincent nicht erklären, weil er telefonisch nicht erreichbar war."

Tamara nickt wissend. „Und jetzt zerreißt dich die Sehnsucht nach ihm", sagt sie theatralisch.

Miriam schweigt.

Stille Nacht, heilige Nacht, spielen die Violinen aus den Lautsprechern in einer klagenden Art, die ihr auf das Gemüt schlägt und ihre Laune auf den Gefrierpunkt abkühlt.

„Übrigens hat Armin sich mit mir treffen wollen, um mir meine Halbschwester vorzustellen."

Tamara hebt fragend die säuberlich gezupften Augenbrauen. „Wie bitte?"

„Du hast richtig gehört. Sie heißt Paula, ist sechzehn, schwänzt die Schule und will Designerin werden", erklärt Miriam, während sie mit der Serviette ihre Brillengläser poliert.

„Ich muss schon sagen, der Dezember hat jede Menge Überraschungen für dich im Gepäck", findet Tamara.

„Nur eins hat sich nicht geändert", sagt Miriam, „Weihnachten ist und bleibt überflüssig."

„Also ich werde morgen mit Toni die Glöckchen klingeln lassen", schnurrt Tamara verrucht, was Miriam laut auflachen lässt und erneut das Interesse der Damen mit dem silbergrauen Haar weckt.

„Du bist also immer noch mit deinem blutjungen Liebhaber zusammen? Ich schätze, er dürfte nur wenige Jahre älter als Paula sein."

Die Lauscherinnen nebenan schauen sich empört an und schütteln die Köpfe.

„Und du?", fragt Tamara leiser. „Wirst du Weihnachten mit deinem Vater und Gesprächen zur Problembewältigung verbringen?" Sie schaut spöttisch. „Oder willst du nicht lieber versuchen, deinen Traumprinzen ausfindig zu machen und ihn dazu bewegen, auf der Stelle seinen Hintern hierher zu bewegen?"

„Bist du übergeschnappt?" Miriam schüttelt energisch den Kopf.

Sie starrt in ihren Kaffee. Um ihren Mund ist ein bitterer Zug. „Vincent will nichts mehr von mir wissen und das kann ich ihm nicht mal verübeln."

„Schwachsinn!", widerspricht Tamara und scheint zu überlegen. „Da muss sich doch was machen lassen. Wir könnten beispielsweise …"

„Würdest du bitte aufhören, dich wie Amors Assistentin aufzuführen?", unterbricht Miriam sie lachend.

„Ungern", erwidert Tamara.

Nachdem sie sich draußen verabschiedet und sich floskelhaft *Frohe Weihnachten* gewünscht haben, fährt Miriam zum Supermarkt. Während sie ihren Einkaufswagen durch die überfüllten Gänge schiebt, ruft sie Karo an. Das hatte sie in der ganzen Aufregung völlig vergessen.

„Hey, meine Liebe. Bist du schon zurück? Wie geht es dir?" Karo hört sich gehetzt an und ist vor lauter Geschrei im Hintergrund nur schwer zu verstehen.

„Ja, bin wieder da. Ich würde dich gern sehen, aber bei dir scheint die Hölle los zu sein."

„Frag nicht", stöhnt Karo. „Lotte hat Mittelohrentzündung und seit zwei Tagen hohes Fieber. Und Felix zahnt und jammert schon den ganzen Tag."

„Oh nein! Kann ich etwas für euch tun? Soll ich vorbeikommen und dich mit Tragen ablösen? Oder sonst irgendetwas?", fragt Miriam mitfühlend. Das schlechte Gewissen kriecht in ihr hoch. *Was bin ich nur für eine Egoistin.* Ihre eigenen Sorgen lassen sie manchmal vergessen, dass es andere Leute auch nicht leicht haben. „Ich könnte in zehn Minuten da sein."

„Wir sind auf dem Sprung und haben gleich noch einen Arzttermin", sagt Karo. „Aber komm doch morgen zu uns und erzähle mir alles in Ruhe."

Ein geschickter Versuch ihrer Freundin, der Miriam zum Lachen bringt. „Du gibst wohl nie auf, was? Wir sehen uns aber gleich nach Weihnachten, Karo. Drück die Kleinen von mir und richte Florian und deinen Eltern liebe Grüße von mir aus. Frohe Weihnachten."

„Dir auch, du Unverbesserliche", sagt Karo.

Die Verkäuferinnen, die zwischen den Regalen herumwuseln, tragen alberne, rot blinkende Weihnachtsmützen. *Grauenvoll.* Miriam kann sich nicht vorstellen, dass sie das freiwillig tun. *Wahrscheinlich werden sie dazu genötigt,* denkt sie voller Mitgefühl. *Sie sollten ihren Arbeitgeber verklagen.*

Zu Hause angekommen, schleppt sie ihre Einkäufe die Treppen hoch. Sie wird den Fernseher anschalten und nichts anderes tun, als sich beschallen zu lassen. Auf dem vorletzten Treppenabsatz strauchelt sie erschrocken. Auf der obersten Stufe sitzt Paula.

„Du?“, fragt Miriam verdattert. Paula hält triumphierend den Zettel mit dem Plätzchenrezept hoch und zeigt mit der anderen Hand auf die kleine Einkaufstüte neben sich.

„Das ist nicht dein Ernst, oder?“ Miriam kann es nicht glauben, während sie nach ihrem Schlüssel kramt.

„Doch.“

„Wie lange wartest du denn schon hier?“ Miriam ist nicht begeistert von Paulas Idee. „Eigentlich hatte ich etwas anderes vor.“

„Jetzt nicht mehr“, sagt Paula.

Okay, sie gehört offensichtlich in die Ich-lass-mich-nicht-abwimmeln-Rubrik.

Miriam kann es ihr kaum verwehren. Wahrscheinlich hat das Mädchen ganz schön lange auf den Stufen gehockt. *Was soll’s. Wenn es ihr so viel bedeutet,* denkt sie. Sie schließt die Wohnungstür auf und Paula folgt ihr hinein. Als Miriam die Einkäufe verstaut hat, wirft sie einen Blick in die Tüte von Paula.

„Also dann lass mal sehen. Mehl, Butter, Eier, Vanilleschote, Orange … sieht so aus, als hättest du an alles gedacht. Nicht schlecht“, sagt sie anerkennend.

„Hab ich“, bestätigt Paula siegessicher, „sogar an eine Ausstechform. Du kommst aus der Nummer nicht mehr heraus.“

Miriam schaltet ihr altes Radio ein und sucht einen weihnachtssongfreien Sender, was an einem dreiundzwanzigsten Dezember nahezu aussichtslos ist.

Paula hat die Backzutaten auf der granitgrauen Küchenarbeitsplatte aufgereiht und sucht in den Küchenschränken vergeblich nach einer Rührschüssel. Sie holt eine riesige Salatschüssel heraus. „Das geht auch. Darf ich dich etwas fragen?"

„Wenn du wissen willst, ob ich einen Handmixer besitze, dann muss ich dich leider schon wieder enttäuschen. Ich kann dir höchstens einen Schneebesen anbieten. Beantwortet das deine Frage?" Miriam grinst und reckt einen Schneebesen in die Luft wie die Freiheitsstatue ihre Fackel.

„Nein", entgegnet Paula, während sie Butter und Zucker in die Schüssel schüttet. „Wie kam es eigentlich, dass deine Mutter starb?"

Miriam zerdrückt versehentlich das Ei in ihrer Hand. Sie wischt die Arbeitsplatte sauber. Ihr Brustkorb fühlt sich eng an.

„Entschuldige, vergiss die Frage", sagt Paula schnell und schlägt zwei Eier in die Schüssel. Zwischendurch schaut sie auf den Zettel mit der Backanleitung. Miriam beobachtet, wie sie mit dem Schneebesen in der Schüssel rührt und sagt: „Kein Problem. Sie starb an einer Hirnblutung aufgrund einer Gefäßerweiterung. Es war am fünfundzwanzigsten Dezember, einen Tag nach meinem achtzehnten Geburtstag."

Paula unterbricht ihr Rühren. „Autsch ... Dann hast du morgen Geburtstag!" Miriam rollt mit den Augen. Das hatte sie gar nicht erwähnen wollen. Paula überlegt. „Langsam wird mir klar, warum du Weihnachten verabscheust."

„Ich verabscheue es nicht", räumt Miriam ein. „Ich ignoriere es nur." Paula runzelt die Stirn, lässt diese Bemerkung aber unkommentiert. Sie geben gemeinsam die restlichen Zutaten in die Schüssel und kneten dann mit den Händen den Teig, den Miriam anschließend in den Kühlschrank legt.

„Das riecht so lecker", schwärmt Paula und schleckt die Teigreste aus der Schüssel. Miriam lächelt. Es stimmt. Dieser intensive Duft nach geriebener Orangenschale, Vanille und Nüssen ist unverwechselbar. Sie hatte ihn fast vergessen. Er ist tröstlich, dieser Duft nach all den Jahren. Im Radio singt Michael Bublé *I'll Be Home for Christmas*. Der Song, der im *Metropolis* beim letzten Redaktionsstammtisch und ihrer Beichte lief. Seitdem ist so viel passiert. Als wäre ein Stein ins Rollen geraten, der sie mitgerissen und von einem Ereignis ins nächste befördert hat. Sie war um die halbe Welt geflogen, hatte sich verliebt, ihren Vater wiedergesehen, ihre neue Liebe verloren und dafür eine Schwester bekommen. Dieser Dezember hat es definitiv in sich. Er hat ihr Leben gehörig auf den Kopf gestellt.

Draußen schneit es. Miriam hat Paula Tee gemacht, sich ein Glas Rotwein eingeschenkt und starrt aus dem Fenster in das dichte Schneetreiben. Die Katzen liegen zusammengekuschelt auf dem Fensterbrett und schnurren. Sie vergräbt ihr Kinn in dem riesigen, schwarzen Rollkragen ihres Wollpullovers. Zu allem Überfluss und bei allem Katzenjammer in ihrem Leben würde es jetzt auch noch weiße Weihnachten geben. *Kitschiger kann es nicht werden,* denkt sie und nimmt einen Schluck Wein. Dann betrachtet sie versonnen das Foto von Vincent in ihrem Handy.

Paula schaut ihr unbemerkt von hinten über die Schulter. „Wer ist das?", will sie wissen.

Miriam erschrickt so sehr, dass sie beinah das Handy fallenlässt. „Niemand“, sagt sie schnell und legt es beiseite.

„Dieser Niemand sieht aber ziemlich gut aus“, findet Paula. „Du hast ihn in New York kennengelernt, gib es zu.“

„Und du bist ziemlich neugierig“, entgegnet Miriam. „Wie läuft es mit Rocco?“, fragt sie, um von sich abzulenken.

Paula bläst die Backen auf. „Schwer zu sagen. Er lässt sich nichts sagen, macht was er will und nimmt oft die entgegengesetzte Richtung als alle anderen.“

„Hört sich an, als würdet ihr gut zusammenpassen“, findet Miriam.

„Er lässt mich vergessen, dass Papa bald -“ Sie bricht ab und wendet sich dem Teig zu, um ihre Tränen nicht zu zeigen. Zuerst fühlt sich Miriam hilflos und weiß nicht, wie sie reagieren soll. Sie legt den Arm um ihre Schulter. Paula schluchzt: „Ich kann es immer noch kaum aussprechen. Aber ja, verdammter Scheißdreck, er wird sterben!“ Die letzten Worte hat sie fast ausgespien. Miriam tut es so leid, Paulas Schmerz zu erleben. Es ist, als würde sie sich selbst sehen zu jener Zeit. Sie nimmt sie fest in die Arme und streichelt ihr über den Rücken.

„Ich weiß, es ist furchtbar.“ Nichts, was sie sonst sagen könnte, würde die Situation ändern. Paula weint.

„Ich habe gehört, wie Mama und er über ein Hospiz gesprochen haben“, schluchzt Paula an Miriams Schulter. „Aber da will er nicht hin. Nach Ansicht der Ärzte handelt es sich nur noch um einige Wochen. Ich kann mir nicht vorstellen, dass er dann einfach nicht mehr da sein wird."

Es klingt, als würde sich Paulas Kummer erstmals Bahn brechen, als würde ihre harte Schale zum ersten Mal aufbrechen und das ausgerechnet bei ihr, Miriam, die sie gestern noch gar nicht kannte. Miriam überlegt, ob es sein kann, dass trotz ihrer bisherigen Fremdheit und der Tatsache, dass sie sehr unterschiedlich sind, eine Art schwesterliche Verbindung zwischen ihnen ist.

Miriam schaut ihr in die Augen. „Du solltest die letzte Zeit mit ihm intensiv nutzen", rät sie ihr. „Du hast immerhin die Chance, dich von ihm zu verabschieden. Ich hätte alles dafür gegeben, mich damals von meiner Mutter verabschieden zu können." Sie schluckt die aufsteigenden Tränen herunter. Es bringt nichts, wenn sie jetzt auch noch wie ein Häufchen Elend zusammenbricht. Sie ist die Ältere und Paula braucht gerade Zuspruch und Trost.

Paula schnieft. „Meinst du? Manchmal denke ich, ich schaffe das nicht. Ich will es auch gar nicht schaffen." Miriam nickt. *Vollkommen verständlich. Wie soll man mit sechzehn auch mit dem nahenden Tod umgehen?*

Sie reicht ihr ein Taschentuch und Paula schnäuzt kräftig hinein.

Dann wechselt sie jäh das Thema und sagt: „Du und dieser *Niemand* von dem Foto vorhin, ihr seht aber auch nicht schlecht zusammen aus. Ist er Amerikaner?"

„Nein, er wohnt in Berlin. Wir haben uns zufällig im Flugzeug kennengelernt. Leider haben wir uns aus den Augen verloren." Das ist nicht ganz die Wahrheit, aber so genau muss Paula das nicht wissen.

Wenig später stechen Paula und Miriam kleine Engel aus dem Teig aus und Paula beobachtet mit leuchtenden Augen durch die Glastür des Backofens, wie sie leicht braun werden, bevor Miriam das Blech herauszieht und die Plätzchen zum Auskühlen auf das Gitterrost legt. Miriam hat sich an Paulas Anwesenheit gewöhnt. Sie registriert, dass ihre Schwester sich bei ihr offensichtlich wohlfühlt und ertappt sich dabei, wie sie sich darüber freut. Sie verzieren gemeinsam die Plätzchen mit Puderzuckerguss und Kokosraspel und bestaunen anschließend eine ganze Armee von Engeln mit weißen Flügeln auf dem Gitterrost.

Miriam lächelt. Auch wenn sie sich das vorher nicht vorstellen konnte, hat es Spaß gemacht, mit Paula zu backen. „Ich bring dich nach Hause. Wir nehmen die Bahn", sagt Miriam und lässt sich nicht von Paulas herabhängenden Mundwinkeln abschrecken. „Keine Widerrede! Es ist Weihnachten und da solltest du bei deinen Eltern sein." Das klingt unglaubwürdig aus ihrem Mund, aber es geht hier schließlich nicht um sie. Paulas Smartphone hat in der letzten Stunde ständig gepiept und Miriam vermutet, dass es Maria gewesen ist, die ihre Tochter zu erreichen versuchte. Paula hatte ihr erzählt, dass sie in einem Mehrfamilienhaus in Laubegast an der Elbe wohnt, das noch viel spießiger ist, als Miriams Haus. Mittlerweile weiß Miriam, dass Paula so ziemlich alles in ihrem Leben spießig findet.

Sie packt den Großteil der abgekühlten Kekse in eine Dose und drückt sie Paula in die Hand. „Zwei behalte ich aber", sagt sie.

„Du kannst sie alle haben, sie sind für dich", erwidert Paula.

„Kommt überhaupt nicht infrage, *du* wolltest Plätzchen backen."

Maria wird sicher überrascht sein, wenn ihre Ausreißer-Tochter mit Weihnachtsplätzchen auftaucht. Und Armin vermutlich noch mehr.

***

Miriams Orangen-Nuss-Engel
300 g Mehl
1 TL Backpulver
250 g weiche Butter
1 Vanilleschote
2 Eier
80 g gehackte Haselnüsse
250 g Zucker
Puderzucker
1 unbehandelte Orange
Etwas Orangensaft
Kokosraspel
Engel-Ausstechform
Weiche Butter, Eier und Zucker schaumig rühren. Gehackte Haselnüsse und das Mark einer Vanilleschote dazugeben und weiterrühren. Ein Esslöffel abgeriebene Orangenschale hinzugeben. Das Mehl mit dem Backpulver vermischen. Die Mehl-Backpulver-Mischung nach und nach unterrühren und alles auf höchster Stufe eine Minute lang rühren.
Den Teig ein paar Stunden kühl stellen, dann mit etwas Mehl dünn ausrollen. Engel ausstechen, auf ein mit Backpapier ausgelegtes Backblech legen und bei ca. 200

Grad Ober- und Unterhitze (vorgeheizt) 5-8 Minuten ba-
cken. Abkühlen lassen.
Gesiebten Puderzucker mit Orangensaft zu einer dick-
flüssigen Glasur verrühren und mit einem feinen Back-
pinsel auf die Engelsflügel streichen. Zum Schluss Ko-
kosraspel auf den Guss streuen und alles gut trocknen
lassen.

***

Die kalte Luft tut gut, als sie aus der Haustür in die Dunkelheit treten und zur Straßenbahnhaltestelle laufen. Die Bahn nach Laubegast ist brechend voll und Miriam ist froh, als etliche Fahrgäste einige Haltestellen später aussteigen und sich die Bahn ein wenig leert.

„Da ist es", sagt Paula fünfzehn Minuten später vor einem zweistöckigen Haus mit hellgrauer Fassade und einem beleuchteten Tannenbaum im Vorgarten.

„Das ist also das überaus spießige Haus, in dem du wohnst, ja?", sagt Miriam lachend und Paula schneidet eine Grimasse. „Bis bald."

„Komm noch mit rein", bittet Paula. Miriam zögert. Soll sie zumindest kurz *Hallo* sagen? Oder wäre das aufdringlich? Aber Paula zieht sie schon zur Haustür und drückt den Klingelknopf. Maria öffnet die Tür und man spürt förmlich, wie sie aufatmet. „Da bist du ja endlich! Wir haben uns Sorgen gemacht."

Sie begrüßt Miriam mit einem herzlichen Händedruck. „Bestimmt wollen Sie zu Armin. Kommen Sie doch rein. Er ist im Wohnzimmer." Sie weist mit der

Hand zu einer Tür am Ende des Flures. „Und wir beide lassen sie mal in Ruhe miteinander reden“, bestimmt sie und zieht Paula in einen anderen Raum, der wahrscheinlich die Küche ist, wie Miriam vermutet. Sie steht unschlüssig da. Weiß nicht, ob und was sie ihm sagen soll, aber wo sie schon mal hier ist ...

Die Wohnung wirkt groß und geräumig. Vom Flur aus führt eine Treppe mit einem geschwungenem Holzgeländer nach oben in eine weitere Etage. Um das Treppengeländer rankt sich Tannengrün, geschmückt mit Tannenzapfen, roten Bändern und Schleifen sowie eine Lichterkette, die den Eingangsbereich in stimmungsvolles Licht hüllt.

Armin Engel sitzt in einem Sessel vor dem Kamin. Sein Kopf lehnt an der Kopfstütze. Im Kamin prasselt Feuer. Er hebt langsam den Kopf, diese kleine Bewegung kostet ihn viel Anstrengung. Er trägt einen dunkelblauen Wollpullover, der an seinen schmal gewordenen Schultern herunterhängt. Als er sie sieht, erhellt sich sein Gesicht. „Mirli!“ Er macht Anstalten aufzustehen, aber Miriam sagt rasch: „Bleib sitzen.“ Unsicher, was sie machen soll, kniet sie sich vor den Kamin. Sie hat keinen blassen Schimmer, was sie sagen soll, also berichtet sie ihm, dass Paula wohlbehalten zurück ist. Auf dem Wohnzimmertisch türmen sich Medikamentenschachteln. Er bemerkt ihren Blick und sagt: „Das hilft alles nichts mehr. Es dient nur noch dazu, die Schmerzen etwas zu lindern.“

„Müsstest du nicht in ein Krankenhaus?“, fragt Miriam. Das Wort *Hospiz* mag sie lieber nicht aussprechen. Es bedeutet Endstation. Tod und Trauer.

Er zuckt leicht mit den Schultern. „Vielleicht ist es egoistisch, aber ich will diese letzte Zeit, die mir bleibt, nicht von ärztlichem Kram umgeben sein. Vor allem nicht von Sterbenden. Dabei bin ich selbst so einer." Er versucht zu lachen und Miriam lächelt ihn traurig an. Sie fragt sich, wie es sein mag, das Ende so unmittelbar vor sich zu sehen. Ist es ein Horizont, der immer näher kommt oder ein Regenbogen, der sich vor einem auftut? Oder ist da nichts als Schwärze, mit der man allmählich verschmilzt? „Ich hoffe, ich kann mich unauffällig aus dem Staub machen, wenn ich es noch schaffe, und erspare Maria und Paula damit einiges."

„Du willst dich aus dem Staub machen?", hakt Miriam nach. „So wie damals, als du Mama und mich verlassen hast?" Das ist ihr einfach so herausgerutscht. Miriam presst die Lippen zusammen. Ihr Herz pocht. *Das hätte ich nicht sagen sollen.* Vielleicht ist es besser, manche Dinge bleiben unausgesprochen. Sie zieht die Beine an und schaut in das flackernde Feuer.

Maria kommt leise mit einem Tablett herein. Sie stellt einen silbernen Teller mit Engelsplätzchen auf den Tisch und gießt dampfendem Kräutertee in zwei Tassen. Miriam bedankt sich lächelnd. Anschließend verschwindet Maria so unauffällig, wie sie gekommen ist und schließt die Tür. Sie ist wirklich nett, denkt Miriam, während sie ihre Hände an der Tasse wärmt. Es war kindisch von ihr gewesen, sie insgeheim *Maria Dumpfbacke* zu nennen.

„Ich habe mir das damals nicht leicht gemacht", sagt Armin Engel und starrt ebenso ins Feuer. „Aber die Dinge lagen etwas anders, als du sie wahrgenommen hast."

Miriam horcht auf. „Was willst du damit sagen?" Aus einem unerfindlichen Grund stellen sich ihr die Nackenhaare auf.

Er ringt sichtlich nach Worten.

„Weißt du, Vera und ich ... unsere Ehe ... sie war am Ende. Lange bevor ich ging." Miriam starrt ihn ungläubig an. *Das kann nicht sein. Davon hätte ich doch etwas bemerkt.*

„Ich glaube, das sagst du nur, um ..."

Er unterbricht sie. „Nein. Es ist wahr. Deine Mutter und ich, wir hatten uns auseinandergelebt. Die Entscheidung fiel keinem von uns leicht, besonders wegen dir, aber irgendwann ertrug ich es nicht mehr und zog einen Schlussstrich."

Und bist direkt in Marias Arme geflüchtet. Nach kurzem Schweigen sagt sie: „Ich weiß ehrlich gesagt nicht, was ich davon halten soll." Ihre Stimme nimmt einen harten Tonfall an. Die Erwähnung ihrer Mutter tut ihr im Herzen weh.

„Du darfst nicht denken, ich wäre einfach abgehauen", fährt Armin fort. „Aber am Ende haben wir uns nur noch gestritten." Er reibt sich mit den Händen über die Stirn.

„Dann habt ihr das aber gut vor mir verborgen", sagt Miriam. Sie weiß wirklich nicht, was sie mit dieser Aussage anfangen und ob sie das glauben soll. Am Ende redet er sich nur heraus und will ihrer Mutter den Schwarzen Peter zuspielen. Wäre ja auch viel einfacher. Aber sie wird nicht zulassen, dass er das Andenken an ihre Mutter in irgendeiner Form beschädigt. Sie nimmt sich vor, bei nächster Gelegenheit Tante Ira anzurufen. Vielleicht weiß sie noch etwas darüber.

Armin verzieht schmerzhaft das Gesicht und Miriam will aufstehen, um sich taktvoll zu verabschieden. Sie stellt die Tasse auf das Tablett. Solch ein Gespräch ist in seinem Zustand viel zu anstrengend für ihn, doch er streckt den Arm nach ihr aus und fährt fort:

„Maria lernte ich erst kennen, als es zwischen deiner Mutter und mir schon vorbei war. Unsere Ehe wurde nur noch von einem Pflichtbewusstsein heraus aufrecht gehalten. Vera wollte das aber nicht akzeptieren."

Sie setzt sich wieder. Er atmet zittrig ein und blickt sie beschwörend an. „Du musst mir glauben, Mirli."

Miriam beißt unschlüssig in ein Engelsplätzchen. *Keine Ahnung, ob ich dir das glauben kann.* Warum sollte er sie andererseits am Ende seines Lebens anlügen? Die ganzen Jahre hätte sie ihm solch eine Unehrlichkeit durchaus zugetraut, aber nun ist sie sich nicht mehr sicher. Er wirkt aufrichtig. Armin wühlt in dem Spalt zwischen den Polstern des Sessels und fördert eine kleine Flasche Schnaps zutage. Sie beobachtet verblüfft, wie er sie aufschraubt und den Inhalt in seinen Tee kippt.

„Bist du sicher, dass das gut für dich ist in deinem Zustand?", fragt sie skeptisch.

„Als ob es darauf noch ankäme!" Er nimmt einen tiefen Schluck. „Aber Maria muss nichts davon erfahren. Sie hat sich in den Kopf gesetzt, mit gesunder Ernährung und dem Verzicht auf Alkohol könnte ich noch ein paar Tage Lebenszeit herausschinden. Du verrätst mich doch nicht?" Er prostet ihr mit der Tasse zu. Miriam lacht kopfschüttelnd. Armin wirkt erschöpft. Immer mehr sinkt er in sich zusammen und seine Stimme wird dünn. Miriam erhebt sich leise und verabschiedet sich von ihm. Aber er ist schon eingeschlafen.

Im Flur kommt Maria auf sie zu. Paula steht im Türrahmen. „Möchten Sie nicht Heiligabend hier mit uns verbringen, Miriam?", sagt Maria, als sie ihr die Hand reicht. In ihren Augen schimmert es feucht. „Es würde Armin viel bedeuten und wir würden uns wirklich sehr freuen." Miriam ist perplex. „Das ist sehr freundlich, aber ich weiß nicht, ob das so eine gute Idee ist", stammelt sie.

„Na und ob die Idee gut ist, schließlich ist sie von mir!", meint Paula empört. Miriam sieht sie mit mulmigem Gefühl an und sagt, sie würde es sich überlegen. Sie bezweifelt stark, sich imstande zu fühlen, Weihnachten bei der Familie ihres Vaters zu verbringen. Noch vor einer Woche hätte sie jedem einen Vogel gezeigt hätte, der ihr so etwas prophezeit hätte. Andererseits ist es eine besondere Situation. Die traurige Realität ist, dass es höchstwahrscheinlich das letzte Weihnachtsfest für ihren Vater sein wird.

Nachdenklich fährt sie mit der Bahn heim. Sie nimmt einen Umweg über Pieschen, um in dem neuen Stoffladen einen Gutschein zu kaufen, den sie Paula schenken will. Bevor sie ging, hatte sie einen kurzen Blick in Paulas Zimmer erhascht, in dem sich allerlei Stoffreste und Entwürfe wie in einer Schneiderei um eine Nähmaschine herum stapelten.

Es ist schon spät, als sie wieder zu Hause ist und die Wohnungstür hinter sich zumacht.

Niedergeschlagen grübelt sie über ihren Vater. In ihrer Kindheit war er ihr starker Held. Nichts schien ihm etwas anhaben zu können. Sie hatte als kleines

Mädchen zu ihm aufgeschaut und sich von ihm beschützt gefühlt. Ihn so schwach und krank zu erleben, zu sehen, was diese Krankheit aus ihm gemacht hat, ist schwer zu begreifen.

Was er gesagt hat, lässt ihr keine Ruhe. Stimmt es? Hat er gar nicht kaltblütig seine Familie im Stich gelassen? Diese Möglichkeit hat Miriam bisher nie in Erwägung gezogen. Sie blättert in ihrem Adressbuch. Es ist zwar schon spät, aber sie muss es wissen. Es gibt nur einen Menschen, der ihr sagen kann, ob Armin Engel recht hat mit seiner Aussage: Tante Ira, die ältere Schwester ihrer Mutter. Miriam wählt ihre Nummer. Ihre Tante meldet sich nach dem vierten Klingeln. Nach der Begrüßung und einer kurzen belanglosen Unterhaltung über das Befinden und das Wetter, das auch in Berlin sehr regnerisch ist, erzählt Ira, dass sie gerade dabei ist, ihren Koffer zu packen, weil sie morgen früh zu einer Freundin an den Bodensee fährt, um dort Weihnachten zu verbringen.

Miriam kommt direkt zur Sache. „Darf ich dich etwas fragen, Tante Ira?"

„Natürlich, meine Kleene. Schieß los!" Tante Ira ist eine rüstige, knapp siebzigjährige Rentnerin, die das Herz auf der Zunge trägt. Männer fand sie immer verzichtbar. Miriam hat sie länger nicht gesehen und nimmt sich vor, sie bald zu besuchen.

„Es geht um Mama. Als ihre Schwester kanntest du sie sicher so gut, wie kaum jemand anders, oder?"

„Das kann man so sagen", erwidert Ira.

Miriam atmet tief durch. „Weißt du, wie es um die Ehe meiner Eltern stand?"

Als Ira nicht sofort antwortet, fügt sie an: „Ich meine, haben sie sich viel gestritten?“

Ira schnauft. „Nun ja, gewissermaßen schon. Ich glaube, sie hatten sich nicht mehr viel zu sagen und das ging eine ziemlich lange Zeit so. Wenn du mich fragst, sie konnten sich nicht mehr ausstehen. Aber wie kommst du denn jetzt darauf?“

Miriam seufzt. „Mein Vater hat sich gemeldet.“

„Armin?“, ruft Ira überrascht. „Nach all den Jahren? Das ist ja unglaublich!“ Ja, das ist es tatsächlich.

„Tja, er wollte mich wohl noch einmal sehen, weil er todkrank ist. Er hat Leukämie. Wir haben uns lange unterhalten und er hat gemeint, er hätte uns nicht leichtfertig verlassen. Aber ich dachte das immer.“

„Hm“, macht Ira. „Nee, nee. So einer war der Armin nicht. Ich habe ihn auch verflucht dafür, dass er zu der anderen ging, aber wenn ich ehrlich sein soll ... manchmal hatte er es mit meiner kleenen Schwester auch nicht so leicht. Sie konnte manchmal ein ganz schöner Dickkopf sein. Genau wie du.“

Miriam muss lachen. Sie wechseln noch ein paar Sätze und verabschieden sich bald darauf mit dem Versprechen auf ein Wiedersehen im neuen Jahr.

Miriam lässt sich auf den Stuhl am Küchentisch sinken. Wieso hat sie dann die ganze Zeit ein so einseitiges Bild von ihren Eltern und von ihrem Vater gehabt? Was sie heute gehört hat, lässt die Lage in einem anderen Licht erscheinen. Sie hat ihre Mutter immerzu wie eine Heilige auf ein Podest gestellt und nicht zugelassen, dass jemand daran rüttelt. Aber Vera war ein Mensch mit Fehlern und Schwächen. Und indem Miriam ihrem Vater die alleinige Schuld zuschob und sich von ihm abwandte, hatte sie ihm möglicherweise all die Jahre Unrecht getan. Es war leicht gewesen, ihren Vater als Sündenbock dastehen zu lassen. Diese Erkenntnis lastet schwer auf Miriams Schultern. *Ich habe es mir zu einfach gemacht. Dabei beleuchte ich als Reporterin die Dinge grundsätzlich von allen Seiten, bevor ich mir eine Meinung bilde.* Wie hatte sie in diesem Fall nur so verbohrt sein können?

Miriam gähnt. Todmüde von all den Ereignissen putzt sie sich die Zähne und schlüpft in ihr Bett. Ihr Smartphone vibriert. Paula schickt ihr ein Selfie, das sie von sich und Miriam gemacht hat und auf dem sie grinsend ein Engelsplätzchen in die Kamera hält.

Ich hoffe, wir sehen uns morgen!

Miriam lächelt. Es fühlt sich immer noch seltsam an, plötzlich eine Schwester zu haben. Als Einzelkind hatte sie sich immer Geschwister gewünscht. Miriam betrachtet das Foto. Wirklich ähnlich sehen sie sich nicht. Bis auf die grauen Augen und das Grübchen am Kinn, das Armin ihnen vererbt hat. Aber es ist so, Paula ist ihre Halbschwester und dieser Gedanke lässt Miriam lächeln.

24

Dienstag, vierundzwanzigster Dezember, Heiligabend

Happy Birthday to you, trällert ein Häschen mit Mickey-Mouse-Stimme mit einem bunten Blumenstrauß im Arm auf dem Display von Miriams Smartphone und wirft die Blumen anschließend in die Luft. *Wie furchtbar!* Miriam legt das Telefon zur Seite und gähnt. Sie hat lange geschlafen, es ist schon bald Mittag. Die ereignisreichen letzten Tage hängen ihr in den Knochen. Das Video kommt von Jasmin, die ihre wortreichen Glückwünsche mit zahlreichen Herzchen-Emojis versehen hat. Ihre Nachricht folgt Tamaras vorherigem Geburtstagsgruß mit dem Bild eines muskelbepackten, nackten Schönlings mit lasziven Blick, der seine Körpermitte mit den Händen verdeckt, was Miriam nur ein Stirnrunzeln entlockte. Als sie das Telefon gerade ausschalten will, ruft Karo an, um ihr überschwänglich zu gratulieren. Wenigstens ohne Video und Bild.

Miriam lässt Badewasser in die Wanne laufen und versinkt für eine halbe Stunde in dem duftenden Schaumbad, das erneute Klingeln des Telefons ignorierend. Anschließend frühstückt sie ausgiebig im Bademantel und mit einem Handtuchturban auf dem Kopf, wachsam beobachtet von ihren Katzen, und lehnt sich zufrieden zurück.

Im Flur stehen Geschenke für Karo und die Zwillinge bereit, die Miriam am Vorabend noch gekauft hatte. Später am Nachmittag will sie damit für ein Stündchen bei ihrer besten Freundin vorbeischauen. Dafür hatte sie sich gestern Abend auf dem Rückweg tatsächlich noch in den allergrößten Weihnachtsshoppingtrubel gewagt, was ihr gar nicht ähnlich sieht.

Ihr Telefon klingelt erneut und sie legt die Zeitung zur Seite. Ihr Vater ist dran, um ihr zu gratulieren und um die Einladung für den heutigen Abend zu bekräftigen. „Du würdest mich damit sehr glücklich machen, Mirli.“

Warum eigentlich nicht?, überlegt sie. Weihnachten, das Fest, an das viele Menschen Träume, Wünsche und hohe Erwartungen knüpfen, hat für Miriam etwas von seiner Bedrohlichkeit verloren. Die geschmückte Wohnung ihres Vaters strahlt so viel Wärme und Behaglichkeit aus. Sie beschließt, ihm diesen letzten Wunsch zu erfüllen. Außerdem kann sie dann ihre neue Schwester noch besser kennenlernen. Paula ist ein Mensch mit scharfen Ecken und Kanten und einem verletzlichen Kern, das imponiert Miriam. Paula geht ihren Weg noch nicht konsequent, aber sie weiß, wo der Weg für sie hinführen soll und das ist beachtlich für jemanden, der sechzehn Jahre alt ist.

Als sie aufgelegt hat, läuft der gestrige Abend vor ihren Augen ab wie ein Film. Entgegen ihrer jahrelang gefestigten Überzeugung hatte sie nicht mehr das Bedürfnis, einen Kübel voller Vorwürfe und Schuldzuweisungen über Armin auszukippen. Ihre Wut ist verschwunden. Miriam fühlt sich endlich im Reinen mit sich und der Vergangenheit. Sie weiß, dass es nach all den Jahren für eine stabile Vater-Tochter-Beziehung zu spät ist, aber sie empfindet keinen Groll mehr auf ihn. Eher eine Art Akzeptanz dessen, was geschehen und nicht zu ändern ist und das ist befreiend.

Miriam föhnt ihre Haare trocken. In der Nacht hat es zu regnen begonnen und die Temperaturen sind etwas über null Grad gestiegen. Die Schneedecke beginnt zu schmelzen und wird sich in Kürze in ein Meer aus grauem Matsch verwandeln.

Sie zieht ein altes Foto aus dem Familienalbum, auf dem sie etwa fünfjährig mit zwei Zöpfen auf einer Schaukel sitzt. Neben ihr stehen ihr Vater und ihre Mutter. Eine verblichene Erinnerung, die nur noch ganz schwach in Miriams Gedächtnis haftet. Sie lachen in die Kamera. Miriam befestigt das Foto gut sichtbar an der Pinnwand im Flur. Auch wenn sie sich nur schemenhaft an diesen glücklichen Moment erinnern kann, so war er doch da, dieser Moment, und darauf kommt es an. Ihre Mutter ist schon lange tot, ihr Vater aber lebt. Noch. Sie hat ihm verziehen, dass er aus ihrem Leben verschwand. Sie verzeiht ihrer Mutter das illusorische, unrealistische Bild, das sie von sich erzeugt hatte. Vor allem aber verzeiht sie sich selbst ihre Feigheit und Bequemlichkeit, die Augen so lange vor der Wahrheit verschlossen zu haben.

Trotz all dieser befreienden Gefühle bleibt in ihr ein Fleck quälender Leere. Vincent. Sie hat sich etwas vorgemacht, als sie sich einredete, ihn einfach aus ihrem Gedächtnis streichen zu können, für den Fall, dass er sich nicht meldet. *Das hat ja wunderbar funktioniert, du Dussel! Was macht er wohl gerade in New York? Bestimmt hat er mich längst vergessen.*

Er hat sich nicht gemeldet und ist trotzdem in ihren Gedanken. Vielleicht wird er immer dort bleiben. Vielleicht schließt sich der leere Fleck, wenn sie endlich aufhört, sein Foto anzustarren und wenn sie dieses unheilvolle Kleid entsorgt, das seit ihrer Ankunft auf einem Kleiderbügel an ihrer Schranktür im Schlafzimmer hängt wie ein leuchtend roter Anklagepunkt. Sie wird es noch heute zur Altkleidersammlung bringen und damit einen symbolischen Schlussstrich ziehen. Sich restlos befreien.

Sie geht ins Schlafzimmer und holt eine Jeans und einen Wollpullover aus dem Schrank. Dabei mustert sie das Kleid verstohlen von der Seite. *Ob es Paula in ein paar Jahren tragen würde?* Andächtig lässt sie ihre Finger über den Stoff wandern und verspürt plötzlich den dringenden Wunsch, es noch einmal anzuziehen. Nur noch ein einziges Mal, bevor es aus ihrem Leben verschwindet wie er. Sie nimmt es vom Bügel und steigt barfuß hinein, zieht den Reißverschluss am Rücken umständlich hoch und holt sich dabei beinahe eine Schulterzerrung. Es fühlt sich traumhaft an auf ihrer Haut. Aber es kommt ihr falsch vor. *Nicht sentimental werden!* Nur für ihn wollte sie es tragen und ihn gibt es nicht mehr. Also weg damit. Um rote Kleider wie dieses würde sie künftig in den Geschäften einen großen Bogen machen. Sie will es gerade ausziehen, da klingelt es an der Tür. Miriam hält inne. Karo kann es nicht sein, sie hat gerade angerufen.

Miriam geht durch den Flur. Wahrscheinlich eine ihrer Kolleginnen, denkt sie und öffnet schwungvoll die

Tür. Ihr Blutfluss gerät ins Stocken. Sie vergisst zu atmen, weicht vor Schreck ein Stück zurück.

Vincent.

Er hebt den Blick und schaut sie geradewegs an. Als hätte es die letzten Tage nicht gegeben, versinkt sie in seinen tiefgründigen Augen. Sie wagt kaum Luft zu holen, weil sie befürchtet, dieser Moment könne nicht echt sein und in der nächsten Sekunde wie eine Seifenblase zerplatzen.

„Hallo“, sagt er leise und lässt seinen Blick an ihr heruntergleiten. „Du siehst atemberaubend aus.“

„Du? Du bist zurück?“, hört sie sich überflüssigerweise fragen. Ihre Stimme ist mehr ein Krächzen, sie greift sich an den Hals. *Wieso ist er hier und nicht in New York?*

In seinen Haaren schimmern winzige Regentropfen.

Sie tritt einen Schritt zurück und schließt die Tür hinter ihm. Kurze Zeit stehen sie sich schweigend im Flur gegenüber. Die Situation wirkt vollkommen unreal und Miriam ist einige Sekunden unfähig, sich zu rühren. Sie hat sich so danach gesehnt, ihn wiederzusehen und jetzt fehlen ihr die Worte. Das Schweigen wird von Pearls misstrauischem Miauen unterbrochen. Miriam löst sich aus ihrer Erstarrung.

„Du hast eine Katze“, stellt Vincent fest.

„Zwei, um genau zu sein“, erwidert Miriam. Pearl maunzt aufgebracht und umkreist sie mit Katzenbuckel und aufgestellten Haaren. Sie sieht aus, als würde sie gleich zwischen Miriam und Vincent springen, als er Miriam an der Wange berührt. „Ich hab dich vermisst“, sagt er mit rauer Stimme an ihrem Ohr und jagt ihr damit einen Schauer über den Rücken. Sie schlingt die Arme um ihn. Irgendetwas wollte sie sagen oder fragen, doch es fällt ihr nicht mehr ein. Sein Mund ist dicht vor ihrem und dann versinken sie in einem leidenschaftlichen Kuss, der keiner weiteren Worte bedarf. Als sich ihre Lippen voneinander lösen, ist der leere Fleck in ihr restlos verschwunden. Sie sind so versunken, dass keiner das Klingeln des Telefons gehört hat. Paulas Stimme tönt vom Anrufbeantworter: „Wo steckst du denn? Ich wollte dir alles Gute zum Geburtstag wünschen."

Vincent ist überrascht. „Du hast …"

„Und außerdem -", plappert Paula weiter. Miriam greift zum Telefonhörer. „Hey, Paula. Danke, das ist lieb von dir."

„Du bist ja doch da!", fährt Paula fort. „Was ich sagen wollte, wir rechnen fest mit dir heute Abend. Dann verläuft das Weihnachtsessen wenigstens nicht so öde. Du kommst doch?"

Miriam überlegt, was sie sagen soll und sieht hilflos zu Vincent. Sie hat keine Ahnung, wie Vincents Pläne aussehen, ob er nur kurz bleibt oder länger. Sie haben ja noch keine Zeit gehabt, zu reden, mal abgesehen von dem Kuss. Sie beobachtet, wie Pearl nach Vincents Hand faucht und seinen nett gemeinten Versuch, sie zu kraulen, im Keim erstickt. Sie geht ein paar Schritte zum Fenster und sagt leise und widerstrebend zu Paula: „Weißt du, ich habe gerade Besuch bekommen. Ehrlich gesagt, kann ich nicht sagen, ob es heute Abend klappt. Aber ich melde mich später noch mal, okay?" Es tut ihr leid, weil sie Paula nicht enttäuschen will und sie fühlt sich in der Zwickmühle.

„Och nö, echt jetzt?“, nörgelt Paula prompt beleidigt.
Gleich darauf wird sie neugierig. „Du klingst so geheimnisvoll. Wer ist es denn? Doch nicht etwa dieser *Niemand* aus New York?“

Als Miriam nicht gleich antwortet, ruft sie staunend: „Im Ernst? Dann bring ihn doch einfach mit! Mama und Papa haben mit Sicherheit nichts dagegen. Stell dir vor, ich durfte sogar Rocco einladen.“

„Mal sehen“, weicht Miriam aus. „Bis später dann, ich melde mich“, sagt sie und legt das Telefon beiseite. Die Vorstellung, Heiligabend nicht nur bei ihrem Vater, sondern auch zusammen mit Vincent zu verbringen, überfordert sie. Sie dreht sich zu Vincent um, aber der ist verschwunden, wie Miriam irritiert feststellt. Hat Pearl ihn etwa vergrault? Die Tür steht offen, im Treppenhaus raschelt es. *Was macht er denn da?*, fragt sie sich.

Er kommt mit einem flachen, eingepackten Gegenstand zurück und überreicht ihn ihr. „Eigentlich wollte ich dir das schon in Manhattan geben bei einem romantischen Dinner in einer kleinen Galerie, aber dann warst du weg.“

Miriam läuft knallrot an. Unfassbar, dass er sich etwas so Schönes ausgedacht hat für ihren gemeinsamen Abend. Und sie hatte es ungewollt ruiniert.

„Nun ist es Geburtstags- und Weihnachtsgeschenk in einem.“

„Danke.“ Mehr als ein Hauchen bringt Miriam nicht heraus, als sie das rechteckige Paket berührt.

„Es würde mich ja unheimlich interessieren, was drin ist“, scherzt sie, um zu überspielen, wie gerührt sie ist.

„Tja, dann wirst du es wohl einfach auspacken müssen", meint Vincent. Sie geht zum Sofa, löst andächtig das rote Schleifenband und befreit das Geschenk vom Papier. Bei dem Anblick des Bildes mit den schillernd bunten Gebäuden schlägt sie die Hände vor den Mund. Es verschlägt ihr den Atem. „Ein Gemälde von Matthis!" Sprachlos fällt sie Vincent um den Hals. In der kurzen Zeit, die sie miteinander verbracht haben, hat er gleich erkannt, was ihr Herz höher schlagen lässt. Das ist ihr nie zuvor widerfahren.

„Ich mache uns erst mal Kaffee", sagt Miriam, als sie ihre Sprache wiedergefunden hat. „Dieses Werk bekommen zu haben, muss ich erst mal verdauen."

„Es stammt aus *Matthis' Canyon-of-Concrete-Serie*", erklärt Vincent, während sie in der Küche an dem zischenden Kaffeeautomaten stehen. Vincent hat Poppy auf dem Arm, die sich im Gegensatz zu ihrer widerspenstigen Gefährtin schnurrend von ihm den Kopf streicheln lässt. Pearl beobachtet das Treiben und Poppys offensichtlichen Verrat mit zitternden Schnurrhaaren vom Kratzbaum aus. „Ich glaube, sie mag mich nicht", stellt Vincent bekümmert fest.

Miriam winkt lachend ab. „Keine Sorge, das wird schon. Wenn sie erst mal Vertrauen gefasst hat, verfolgt sie dich auf Schritt und Tritt."

Sie sieht ihm beschämt ins Gesicht. „Es tut mir so leid, Vincent. Diese ganze überstürzte Abreise und dass ich dir das nicht wenigstens erklären konnte. Ich stand völlig neben mir. Kannst du mir das verzeihen?"

„Wäre ich sonst hier?", gibt er grinsend zurück und Miriam atmet auf. Sie hat Schmetterlinge im Bauch, als sich ihre Hände berühren.

„Außerdem wollte ich noch so viel über die Werke deines Freundes und seinen Weg erfahren", sagt Miriam. „Wie hat er es eigentlich geschafft? Ich meine, es in dieser Stadt zu etwas zu bringen, stelle ich mir nicht so einfach vor."

Vincent legt den Kopf schief. „Das war es auch nicht. Matthis hatte anfangs nichts außer seinem Talent, seiner Hartnäckigkeit und seinem großen Traum. Er hatte zwei Jobs, um über die Runden zu kommen, einer davon in irgendeiner Bar an der Upper East Side. Irgendwann nahm er all seinen Mut zusammen und zeigte dem Barbesitzer eines seiner Bilder aus dieser Serie. Der hängte es prompt in der Bar auf und wenig später wurde ein Galerist darauf aufmerksam. Tja, und dann kam eins zum anderen."

„Wow, bewundernswert", meint Miriam. Sie reicht Vincent den Kaffeebecher.

„Wie geht es deinem Vater", erkundigt er sich plötzlich ernst.

„Ziemlich schlecht", gibt sie kleinlaut zu. „Er versucht, es zu verbergen, aber ..." Es fällt ihr schwer auszusprechen, dass ihm nicht mehr viel Zeit bleibt.

Vincent nickt verständnisvoll. Er blickt aus dem Küchenfenster auf die nass glänzenden Hausdächer. Der regengraue Himmel klart allmählich auf. Wieder im Wohnzimmer kuschelt sich Miriam auf dem Sofa in seine Arme. „Wie lange kannst du bleiben?", fragt sie vorsichtig. *Bitte sag für immer!*

„So lange du willst. Die Zeit ohne dich war die Hölle."

Die Schmetterlinge in ihrem Bauch schlagen wild mit den Flügeln und Miriam kann ihr Glück kaum in Worte fassen. Sie begegnet seinem fragenden Blick und im nächsten Moment beginnen sie, sich die Kleider vom Leib zu reißen, als wäre es das Letzte, was sie in diesem Leben tun.

Sonnenstrahlen malen ein Muster aus Licht und Schatten auf ihre Haut, als sie sich später nackt und warm in den Armen liegen und über alles Mögliche reden. Miriams Kopf ruht auf seiner Brust. Sie lauscht seinem Herzschlag.

„Ich kann immer noch nicht glauben, dass du hier bist", sagt sie.

Er streicht ihr über die zerzausten Haare. „Dir begegnet zu sein, ist das Beste, was mir seit Langem passiert ist, Miriam Engel, weißt du das?" Sie seufzt wohlig.

„Ich habe mich sogar mit meinen Eltern ausgesprochen, alles ist geklärt. Und es war so einfach. Das habe ich auch dir zu verdanken. Mir ist einiges klar geworden in New York."

Miriam hebt den Kopf. „Wirklich? Das ist wunderbar, Vincent!"

„Leider habe ich meine Mutter verärgert, weil ich gestern schon wieder abgehauen bin, aber damit muss ich wohl leben."

Miriam beißt sich auf die Lippe. „Das tut mir leid." In Wahrheit tut es ihr nicht im Geringsten leid, dass er hier ist, aber sie will auch nicht der Auslöser für neuerlichen Krach sein.

„Ich musste ihr hoch und heilig versprechen, den Weihnachtsbesuch umgehend nachzuholen, bevor sie auf Weltreise gehen", sagt Vincent lachend mit erhobenem Zeigefinger. Miriam kichert und küsst ihn. Ein Sonnenstrahl fällt auf sein Gesicht. „Was hältst du davon, wenn ich dir ein wenig die Stadt zeige?" Sie blickt durchs Fenster in den Himmel. „Sieht so aus, als ob der Regen sich endgültig verzogen hätte."

Sie sind mit der Straßenbahn in die Altstadt gefahren und gehen Arm in Arm über den Neumarkt. Es sind nur wenige Menschen unterwegs. Die ganze Stadt strahlt eine friedvolle, stille Besinnlichkeit aus und Miriam genießt diese besondere Atmosphäre zum ersten Mal seit langer Zeit. An einer der weihnachtlichen Hütten bestellen sie Winzerglühwein und teilen sich eine Tüte warmer Quarkkrapfen, unter einer mit Herrnhuter Sternen bestückten Tanne mit Blick auf die Frauenkirche. Vincent wärmt ihre Hände, weil sie natürlich wieder mal ihre Handschuhe vergessen hat.

„Das ist der glücklichste Tag meines Lebens", sagt sie leise.

Sie betreten die Frauenkirche und verharren eine Weile andächtig in dem hellen, reich verzierten Innenraum mit der bemalten Innenkuppel. Vincent ist sichtlich beeindruckt von dem prächtigen, barocken Sandsteinbau, der bei den Luftangriffen Ende des Zweiten Weltkrieges zerbombt und ab Mitte der Neunziger Jahre wiederaufgebaut worden war.

Vincent folgt Miriam den steinernen Wendelgang entlang nach oben. Er legt den Arm um ihre Schulter.

„Gleich wirst du mit einer grandiosen Aussicht belohnt", verspricht Miriam und zieht ihn an der Hand weiter. Oben angekommen stehen sie auf der knapp siebzig Meter hoch gelegenen Plattform. Nur etwa eine Handvoll Leute genießt den einzigartigen Blick über Dresden. Sie sind so gut wie allein. Hinter historischen Bauwerken, Kirchtürmen und Gebäudedächern spannt sich in einem weiten Bogen die Elbe mit ihren Brücken.

„Da hinten arbeite ich", erklärt sie. Sie zeigt zur anderen Elbseite und auf das Gebäude, in dem sich die Redaktion befindet.

„Das ist also die berüchtigte Schreibzentrale, in der deine messerscharfen Artikel entstehen", scherzt er.

„Genau." Sie legt den Kopf an seine Schulter und seufzt wohlig. „Ich komme mir vor wie in einem Wintertraum."

Vincent lächelt. „Ein Wintertraum mitten in Dresden."

Der Himmel strahlt azurblau und wolkenfrei.

Miriam stützt sich auf die Sandsteinbrüstung. Ein nachdenklicher Ausdruck huscht über ihr Gesicht.

Vincent schaut sie von der Seite an. „Woran denkst du?"

Miriam zögert. Sie kann die Frage nach der Zukunft nicht ausblenden in Anbetracht ihrer unterschiedlichen Wohnorte und der nicht unwesentlichen Entfernung. Dieser Umstand schwebt schon eine Weile wie ein Fragezeichen über ihrem Kopf. *Sicher ist es verfrüht, das anzusprechen.* Ihre Beziehung bahnt sich gerade erst an und sie möchte diesen zauberhaften Moment nicht mit unbequemen Fragen zerstören. Fragen, die ihn womöglich unter Druck setzen, wo sie sich gerade erst wiedergesehen haben.

Es ist aber wichtig für mich, für uns, denkt Miriam.

Er wartet auf ihre Antwort. Sie blickt ihm in die Augen.

„Ich frage mich nur, wie es sein wird, wenn du nicht mehr hier bist." Das auszusprechen fällt ihr schwer. Sie presst sie die Lippen aufeinander, damit er nicht sieht, wie ihre Unterlippe zittert.

Er hebt die Hände. „Hey, uns trennt doch kein Ozean“, versichert er ihr. „Zwei Stunden Autofahrt, das ist quasi nichts.“ Ja, sicher hat er recht. *Fang nicht an, es kompliziert zu machen!*

„Komm über den Jahreswechsel zu mir“, bittet er sie plötzlich. „Natürlich nur, wenn du nicht schon etwas anderes vorhast“, fügt er rasch hinzu.

„Liebend gern“, antwortet sie lächelnd, „dann muss ich aber meine Katzen mitbringen. Sie nehmen mir den Trip nach New York heute noch übel. Pearl ist tödlich beleidigt.“

„Kein Problem, sie können ihr eigenes Zimmer bei mir haben.“

Silvester zusammen mit Vincent in Berlin. Bei dieser Vorstellung breitet sich ein glückliches Lächeln auf ihrem Gesicht aus.

Miriam blickt sich in dem Raum um. Bei ihrem ersten Besuch hatte sie den Wintergarten gar nicht wahrgenommen, der sich an das Wohnzimmer anschließt. Alles ist geschmückt mit Girlanden aus Tannenzweigen und Gestecken aus Stechpalmenzweigen und roten Schleifen. Auf einem kleinen Tischchen neben dem großen, rechteckigen Esstisch im Wintergarten dreht sich eine anderthalb Meter große, vierstöckige Pyramide aus dem Erzgebirge. Im Kamin nebenan knistert glühendes Holz. Paula hat die Engelsplätzchen auf dem Tisch platziert. Miriam kann sich nicht erinnern, wann sie zum letzten Mal ein solch stimmungsvolles Ambiente an Weihnachten erlebt hat, oder viel mehr, wann sie es zum letzten Mal erleben wollte. In ihrer Kindheit, sicher, da war dieses Fest immer etwas ganz Besonderes gewesen. Später dann hatte sie sich aus Schmerz dagegen gesträubt. Und nun sitzt sie mit Vincent, Armin, Maria, Paula und Rocco an diesem Tisch zusammen.

Sie hat Maria vorher angerufen und sich vergewissert, ob es wirklich in Ordnung ist, wenn sie Vincent mitbringt, was Maria voller Inbrunst bejaht hat. „Du gehörst zur Familie", hat sie ihr gesagt, „und wer zu dir gehört, ist hier genauso willkommen." Bei diesen Worten musste Miriam fast mit den Tränen kämpfen.

Als sie ankamen, hatten sie und Paula Maria bei den Essensvorbereitungen geholfen. Vincent war sofort herzlich aufgenommen worden. „Er ist cool", hatte Paula ihr mit einem vielsagenden Blick ins Ohr geflüstert. Armin war zu schwach, um aufzustehen. Er hatte sie lange und innig umarmt.

Sie nimmt einen Schluck Champagner und begegnet Vincents Blick durch den Kerzenschein hindurch. In seinen Augen blitzt Verlangen, was auch an ihrem roten Kleid liegt.

Armin räuspert sich und schlägt mit der Gabel gegen sein Glas. „Auch wenn das Essen schon vorbei ist, möchte ich gern einen Toast aussprechen, solange ich noch wach genug dafür bin." Alle drehen sich erwartungsvoll zu ihm. „Ich danke euch allen, dass ihr heute hier seid. Ich danke dir, Maria, für deine Kraft und Stärke, die du aufbringst, um mich auf diesem Weg zu begleiten. Ich liebe dich." Maria neben ihm wirft ihm eine Kusshand zu.

Er blickt zu Paula. „Dir, meine liebe Paula danke ich dafür, dass du nie ein Blatt vor den Mund nimmst und dich trotz Dickschädel – den du höchstwahrscheinlich von mir hast – dazu entschlossen hast, doch noch deinen Schulabschluss zu machen. Ich hoffe, du machst das nicht wegen uns."

Paula zieht eine Grimasse und versinkt grinsend in ihrem Stuhl. „Ich weiß genau, du wirst den für dich richtigen Weg gehen."

„Jetzt reicht es aber mit den Dankesreden, Paps", wirft Paula ein.

„Nicht ganz", erklärt Armin. „Das größte Geschenk für mich sitzt heute hier unter uns." Er dreht sich zu Miriam. Sie spielt verlegen am Stiel ihres Glases.

„Obwohl ich eine großartige Familie habe, hat mir gleichzeitig in den letzten Jahren etwas gefehlt. Ich habe diese Tatsache immer geleugnet und unter den Teppich gekehrt, aber damit ist nun Schluss. Miriam, ich hoffe, es ist nicht zu spät, dir zu sagen, wie sehr ich dich vermisst habe und was für ein Trottel ich war, nicht genügend um dein Vertrauen gekämpft zu haben. Danke, dass du nach all den Jahren wieder zu mir gefunden hast."

Sein Blick wird ernst. „Und ich danke Vera, meiner ersten Frau dafür, dass sie mir so eine wundervolle Tochter geschenkt hat. Ich wünschte, ich könnte ihr das noch einmal persönlich sagen." Dann hält er schwer atmend inne. Miriam laufen Tränen über das Gesicht. Sie greift über den Tisch und drückt seine Hand. „Ich war mindestens ein genauso großer Trottel", sagt sie halb weinend, halb lachend und wischt sich mit der Serviette über die Augen. „Dass ihr mich hier so herzlich aufgenommen habt, macht mich sprachlos. Aber eines muss ich noch loswerden." Sie blickt zu Paula. „Ich habe es bisher niemandem gesagt, aber ich habe mir immer eine Schwester gewünscht. Und dass ich jetzt eine habe, kommt mir vor wie ein Wunder.“

Paula wird rot. „Geht mir auch so“, murmelt sie. Dann zeigt sie plötzlich zu den bodentiefen Fenstern und alle Köpfe rucken herum.

„Seht mal, draußen schneit es!“

Tatsächlich. Dicke, weiße Flocken schweben an der Fensterscheibe entlang wie winzige Federn.

Miriam späht nach draußen. „Was für eine Überraschung, zur Abwechslung mal kein Regen in diesem Dezember!“ Alle lachen.

„Wenn das so weitergeht, können wir später noch einen Schneemann bauen“, sagt Vincent.

„Also ich wäre dabei“, antwortet Miriam grinsend.

Maria hebt ihr Glas. „Wir freuen uns alle sehr, dass wir dich und Vincent heute hier haben.“ Zu ihrer Tochter und ihrem Freund gewandt, sagt sie: „Rocco, schön, dass du da bist.“ Er hebt in einer lässigen Geste die Hand.

„Er durfte nur unter der Bedingung herkommen, dass er seine Gitarre mitbringt und uns sein Können zeigt“, sagt Armin im Scherz.

„Was aber kein Problem ist“, entgegnet Rocco grinsend.

„Seid froh, dass er nicht die E-Gitarre dabei hat“, sagt Paula mit gefährlich zusammengekniffenen Augen. „Obwohl ich zu gern eure Gesichter gesehen hätte. Wenn Rocco in die Saiten haut, vibrieren die Wände.“

„Na hör mal“, hält Maria dagegen. „Unsere Tochter hält uns für alte Spießer“, sagt sie kopfschüttelnd.

„Warte ab, vielleicht sehen wir uns demnächst auf einem seiner Konzerte."

Paula hält sich die Hand vor den Mund, als könnte sie sich nichts Peinlicheres vorstellen.

Es herrscht eine ausgelassene, fröhliche Stimmung.

„Aber nun lasst uns endlich auf Miriams Geburtstag anstoßen", ruft Maria in die Runde.

„Auf euch alle", erwidert Miriam, während sie anstoßen. Das Schneetreiben draußen wird immer dichter.

Paula stimmt *Happy Birthday to you* an und Rocco schnappt sich die Gitarre und spielt ein paar Akkorde dazu. Miriam winkt verlegen ab, aber alle singen lauthals mit.

Als sie das Geschirr abgeräumt und in die Küche gebracht haben, überreicht Paula Miriam im Flur feierlich ein kleines Päckchen mit buntem Geschenkpapier.

„Für mich?", fragt Miriam gerührt.

„Natürlich für dich, für wen denn sonst?", erwidert Paula.

Miriam wickelt es aus und hält ein weichfließendes, türkis- und petrolfarbenes Tuch in den Händen. Staunend streicht sie mit den Fingern über den Stoff mit dem geometrischen Diamantmuster. Das schmale aufgenähte Logo am Rand verrät die Herstellerin. Ihre Schwester.

„Paula, das ist einfach hinreißend!"

Miriam lächelt, als sie sich mit dem Tuch im Spiegel betrachtet.

„Es sticht sich zwar gerade etwas mit dem Rot des Kleides aber es passt super zu deiner Haarfarbe", urteilt Paula mit Kennerblick.

Ihre kleine Schwester hat ein erstaunliches Talent, findet Miriam. Sie umarmt Paula ganz fest und raunt ihr ins Ohr: „Ich finde es klasse, dass wir uns gefunden haben." Sie nimmt sich vor, immer für Paula da zu sein, wenn ihre Schwester das will.

„Aus dir wird mal eine große Designerin. Ich verspreche dir, ich sitze in der ersten Reihe, wenn lauter hochbezahlte Models deine Kollektion auf dem Laufsteg präsentieren."

Paulas Augen beginnen zu leuchten.

„Nicht übel, diese Vorstellung. Und anschließend berichtest du exklusiv darüber!"

„Auf jeden Fall", versichert Miriam lachend. „Warte mal." Sie holt einen Umschlag aus ihrer Tasche und überreicht ihn ihr. „Damit du weiterhin so tolle Stücke zaubern kannst."

„Echt? Danke!", ruft Paula begeistert aus, als sie das Logo auf dem Gutschein erkennt. „Das kommt mir gerade recht, Stoff ist immer so verdammt teuer."

Im Hintergrund erklingen leise Gitarrenklänge. Paula dreht sich um und verschwindet zu Rocco, der mit seiner Gitarre im Schneidersitz neben dem Kamin sitzt und eine etwas eigenwillige, aber interessante Version von *Oh du Fröhliche* zum Besten gibt.

Armins Kopf ruht an der Kopfstütze seines Sessels. Um seinen Mund spielt ein Lächeln. Sein Atem geht flach. Miriam nimmt seine Hand in ihre und streichelt sie. Er will etwas sagen, aber seine Stimme bricht weg. Miriam geht nah an sein Gesicht. „Jetzt wäre der richtige Moment, um zu gehen", flüstert er kaum hörbar. Miriam schüttelt heftig den Kopf. „Das könnte dir so passen", sagt sie mit leiser Stimme und spürt, wie ihr eine einzelne Träne die Wange herunterrollt. *Ich wünschte, wir hätten mehr Zeit gehabt.*

„Der Abend war wundervoll. Danke, dass du ihn mit mir verbracht hast", sagt Miriam, als sie in Vincents Auto spätabends zurück zu ihrer Wohnung fahren.

Er schaut zu ihr herüber und lächelt. „Ja, das war er. Du hast eine tolle Familie."

Als Armin Ruhe brauchte, hatten sie sich auf den Weg gemacht. Vincent lenkt seinen Wagen durch das Schneegestöber nach Striesen.

Da hat Miriam eine Idee. „Weißt du was, ich habe die ganze Zeit überlegt, wie wir das mit deiner Mutter wieder hinbiegen können. Obwohl ich sie nicht kenne, fühle ich mich irgendwie mies, wenn ich daran denke, dass sie traurig ist, weil du hier bei mir bist. Was hältst du davon, wenn wir morgen oder übermorgen nach Hinterwurzbach fahren und sie besuchen?"

Vincent schnappt unauffällig nach Luft. „Das würdest du tun?"

„Warum nicht? Natürlich nur, wenn du das auch willst."

„Darüber muss ich nicht lange nachdenken, sie würden sich riesig freuen."

„Schlimmstenfalls mögen sie mich nicht, dann muss ich halt zusehen, wie ich mich unauffällig aus dem Staub mache", gibt Miriam zu bedenken.

Er fasst nach ihrer Hand. „Sie werden hingerissen sein von dir."

„Na dann", sagt Miriam kichernd. „Nach Hinterwurzbach wollte ich schon immer mal."

Er hatte ihr von dem Gespräch mit seinen Eltern erzählt und dabei ziemlich erleichtert gewirkt. Ganz anders als in der vergangenen Woche im Central Park, als das Thema auf seine Familie und den schwelenden Konflikt kam und er so bedrückt wirkte.

Miriam wird ernst. Sorgenvoll. „Wenn es dir nichts ausmacht, würde ich vorher gern noch mal bei Armin vorbeischauen." Sie möchte ihn noch einmal sehen, weil sie das Gefühl nicht loslässt, es könnte das letzte Mal sein. Sie starrt auf ihre Knie und fragt sich leise: „Wie konnte ich nur all die Jahre so verbohrt sein?"

Vincent greift nach ihrer Hand. Er parkt den Wagen vor ihrem Haus und schaltet den Motor aus. Legt die andere Hand an ihre Wange und dreht ihr Gesicht so, dass sie ihn direkt ansehen muss. Er schaut sie an und sagt: „Das Wichtigste ist doch, dass du deinen Irrtum erkannt hast, wenn man es überhaupt Irrtum nennen kann. Du warst so jung damals. Das kann dir wirklich keiner verübeln und du selbst solltest es dir am allerwenigsten nachtragen." Seine Worte tun ihr gut und das schlechte Gewissen fällt von ihr ab, weil sie weiß, dass es stimmt.

„Du scheinst immer die richtigen Worte zu finden", sagt sie.

Vincent beugt sich zu ihr herüber, legt seine Hand in ihren Nacken und küsst sie. Miriam würde diesen Moment am liebsten festhalten. Sein Kuss hüllt sie ein wie eine wärmende Decke und gleichzeitig verursacht er vibrierende Schauer.

„Hoffentlich ist das kein Traum", flüstert sie, als ihre Lippen sich lösen. „Was ist, wenn ich morgen aufwache und du bist nie dagewesen? Außerdem ... Ist dir überhaupt klar, mit was für einer furchtbaren Person du es zu tun hast?"

„Da muss ich dich leider enttäuschen", erwidert er grinsend. „Miriam Engel, du bist die bezauberndste Frau, die mir jemals begegnet ist. So schnell wirst du mich nicht mehr los. Selbst wenn ich dir noch mal bis ans Ende der Welt hinterherfliegen muss."

Miriam schmiegt sich glücklich an ihn.

„Wer weiß", sagt Miriam, als sie wenig später in ihrer Wohnung nebeneinander sitzen, in sanftes Kerzenlicht gehüllt. „Vielleicht hänge ich im nächsten Dezember einen strahlenden Stern im Fenster auf. Neben Nussknackern und Räuchermännchen." Das hört sich kein bisschen seltsam für sie an.

„Klingt nach einem guten Plan. Einen Engel habe ich jedenfalls in dir schon gefunden", meint er augenzwinkernd. Miriam könnte jede einzelne seiner Lachfältchen küssen. Poppy und selbst Pearl schnurren behaglich auf der Sofalehne.

Auf ihrer Stirn steht eine kleine nachdenkliche Falte, als sie feststellt: „Mit dir ist Weihnachten gar nicht so übel."

„Gar nicht so übel?", wiederholt er mit hochgezogenen Augenbrauen.

„Ja", sagt Miriam lachend. „Selbst der Regen macht mir nichts mehr aus. Im Gegenteil, ab sofort werde ich im Regen tanzen!"

Dieser Dezember hat sie auf eine Wanderung über einen steinigen Weg, durch Kälte, Regen, Schnee und zu sich selbst gezwungen. Aber sie ist angekommen. Am Ziel warteten Wahrheit und Erkenntnis auf sie. Und eine Liebe, von der Miriam hofft, sie wird nie vergehen.

Dieser Dezember hat ihr Leben umgestülpt und sie zu
dem Menschen geführt, nach dem sie, ohne es zu ahnen, schon ihr halbes Leben lang gesucht hat. Sie hat
ihn gefunden und sie hat nicht vor, ihn wieder loszu-
lassen.

Ende

Danksagung

Für diesen Roman, der eine Familiengeschichte mit einer Romanze vereint, habe ich mir zwei Städte ausgesucht, die unterschiedlicher kaum sein könnten. Für mich sind es Lieblingsstädte, trotz oder gerade wegen ihrer Gegensätzlichkeit. Die barocke Herzensstadt Dresden, ein Stück Heimat und Zuhause für mich, und die pulsierende Metropole New York, die ich schon mehrfach bereist habe.

Sämtliche Personen in diesem Buch sind frei erfunden. Die meisten Schauplätze existieren wirklich, wogegen die Dresdner *ELBFLAIR*-Redaktion ebenso meiner blühenden Fantasie entspringt wie das Wirtschaftsmagazin *Winners* im Rockefellerkomplex Manhattans.

Es ist ein schönes Gefühl, wenn eine Geschichte, in die man viel Zeit, Mühe, Grübeleien und Herzblut investiert hat, am Ende im Verlagshafen einläuft und ich freue mich sehr, dass dieser Roman beim *dp Verlag* ein Zuhause gefunden hat. Ein herzliches Dankeschön an das Verlagsteam für die tolle Zusammenarbeit!

Ich danke den Testleserinnen *Katja, Elisabeth, Marita, Francoise, Carmen, Diana, Charlotte* für das Lesen der Rohfassung und das wertvolle Feedback im Vorfeld.

Dass ich mir zum Schreiben überhaupt die nötige Zeit nehmen kann, auch wenn Zeit immer knapp ist, verdanke ich zu einem großen Teil meinem Mann. Du bist mein Kompass, egal ob auf verschlungenen Waldpfaden oder in den Straßen New Yorks.

Wenn ich als Kind nicht schlafen konnte, hat meine Mutter sich schnell eine Geschichte für mich ausgedacht und damit wohl unbewusst den Grundstein gelegt für meine Geschichtenliebe. Manche dieser Geschichten sind für immer in meinem Kopf geblieben. Danke Mama.

Liebsten Dank, *Claudia und Anja*, für eure Freundschaft, dass wir schon so viele Jahre Freud und Leid teilen und für euer Mitfiebern bei meiner Schreibleidenschaft. Mit euch zusammen vergehen gemeinsame Treffen beim Lieblingsspanier in Dresden und nächtliche Küchenpartys in Hamburg wie im Flug.

Herzlichen Dank, liebe *Yvonne von der Dresdner Reisebörse*, dass du dein Wissen als Reisespezialistin mit mir geteilt und geduldig meine Fragen beantwortet hast. Meine Reisen buche ich bei dir immer wieder am liebsten.

Mein ganz besonderer Dank aber gilt *DIR*! Dafür, dass du meinen Roman gelesen und Miriam und Vincent durch den regnerischen Dezember begleitet hast, denn was wäre ein Buch ohne Leserinnen und Leser?

Eure Elli Stern